沉默的房客

THE QUIET TENANT

CLÉMENCE MICHALLON

克蕾蒙絲·米夏隆 著

蘇瑩文 譯

獻給泰勒

唉！誰不曉得這些溫柔和善的狼，是所有動物中最危險的一種！

——夏爾·佩羅，《小紅帽》

1

小屋裡的女人

妳喜歡這樣想：每個女人都有一個，而且他恰好就是妳的。

這麼想會比較容易。倘若大家都不是自由人。妳的世界沒有空間留給仍然在外頭的人。沒有愛，能給拂過他們髮梢的風；沒有耐心，去理會照在他們皮膚上的太陽。

他在夜裡來。打開門鎖。拖著腳步穿過落著枯葉的小徑。進門後，他關上身後的門，拉上門栓。

這個男人：年輕、強壯，梳理得體。妳回想你們見面的那天，回想他露出真面目之前的短暫時光，妳看到的是這樣：一個認識鄰居的男人。一個總是準時拿出回收垃圾的男人。一個在自己孩子出生時站在產房前面的男人，一個抵禦世上邪惡的可靠存在。母親們看到他在雜貨店裡排隊，會把自己的寶寶塞到他懷中：你可以幫我抱她一下嗎，我忘了拿奶粉，馬上回來。

如今他在這裡。現在他是妳的了。

妳該做的事有先後順序。

他看著妳，眼光像在清點財產。妳在這裡。妳的雙手雙腳，一副身軀加上一顆腦袋。

隨之而來的是嘆息。他安頓進妳分享的時光中，背部肌肉放鬆。他彎腰調整電暖器或電風扇，視季節而定。

妳伸出手，領到一個保鮮盒。熱得冒煙的義大利千層麵、馬鈴薯肉派、鮪魚鍋或任何其他食物。滾燙的食物會在妳嘴巴硬顎留下水泡。

他遞水給妳。從來不用杯子。總是用水壺。不會是任何可能打破或磨利的東西。冷冷的液體讓妳的牙齒酸痛。但妳還是喝下，因為這時是喝水的時間。事後，金屬味會停留在妳嘴裡。

他拿桶子給妳，然後妳做妳必須做的事。很久以前，妳就不再覺得羞恥了。

他拿走穢物，離開妳一分鐘左右。妳聽到他就在外面，靴子踏著地面，水管在噴水。他回來時，桶子乾淨了，裝滿肥皂水。

他看著妳淨身。就妳身體的管理階級來說，妳是房客而他是房東。他給妳工具：一塊香皂、一把塑膠梳子、一把牙刷和一小條牙膏。抗頭蝨洗髮精則是一個月一次。妳的身體：老是醞釀著問題，他呢，負責排除。每三星期一次，他會從口袋裡掏出指甲剪。他等妳剪完，恢復體面，接著又收回去。他永遠會收回去。妳這麼做，已經有好幾年時間了。

妳穿回衣服。隨後會發生的事，讓穿衣對妳來說沒有意義，但這是他的決定。如果妳自己動手，妳心想，是行不通的。拉下拉鍊，解開釦子，剝下層層衣物的人必須是他。

他身體的線條和特徵：妳雖不想，但終究還是會知道。肩膀上一顆痣。延伸到腹部的體毛。他的雙手：他的握力。他手掌施加在妳脖子上的強大壓力。

整段過程中，他從來不看妳。這和妳無關。攸關的，是所有女人和女孩。這和他，和所有在他腦子裡沸騰的一切有關。

他從不在事後多留。他是活在這個世界上的人，有責任得承擔。有家庭、家計得維持。他有作業，要看電影。要讓妻子開心，要照料襁褓中的女兒。在妳和妳渺小的存在之外，他有一整張待辦事項清單，得一一解決。

除了今晚。

在今晚，妳看到這個男人——一個非常謹慎，懂得只按計畫行事的男人——違反自己的規則。

他掌撐著木板地，推起自己的身體。他的指頭奇蹟似地沒刺到木屑。他扣好肚臍下方的皮帶扣，貼腰推緊金屬扣。

「聽好了。」他說。

出事了，妳身體最重要的部分開始集中注意力。

「妳在這裡待得夠久了。」

妳想在他臉上找出答案。什麼都沒有。他這個人話不多，臉上表情木然。

「什麼意思？」妳問。

他穿上刷毛外套，把拉鍊拉高到下巴。

「我得搬家。」他說。

妳又問了一次：「什麼？」

他額頭靠近眉毛的靜脈在跳動。妳惹怒他了。

「搬新家。」

「為什麼？」

他皺眉。張嘴想說話，想想又收回。

今晚不行。

妳設法讓他在離開時與妳四目相接。妳要他清楚看到妳的困惑，所有沒說出口的問題。他讓妳一顆心懸著，妳要他感覺到滿意。

想在小屋裡存活的首要規則：贏的人必須是他。五年了，妳一直確保著這件事。

2

愛蜜麗

我不曉得艾登・湯瑪斯知不知道我的名字。如果他不記得，我也不會記恨。比起每星期幫他倒兩次櫻桃可樂的女人，他有更多重要的事情要記。

艾登・湯瑪斯不喝酒。不喝酒精飲料。對酒保來說，一個不喝酒的俊俏男人可能會是問題，但我的愛語不是酒精，而是坐在我吧檯邊、把自己交給我照顧一兩個小時的人。

這不是艾登・湯瑪斯能夠流利掌握的語言。他是站在路邊的鹿，一動也不動地看人開車經過，準備在任何人表現出太大興趣時拔腿狂奔。所以，我改而讓他來找我。每星期二和星期四。在一大群常客中，我想看的只有他。

今天是星期二。

七點一到，我就開始瞥向門口。我一眼找他，另一眼看著廚房——看我的領班、侍酒師，和我那絕對是混蛋的主廚。我的雙手彷彿開啟自動駕駛般地動作。一杯白蘭地調酒「側車」，一杯雪碧，一杯威士忌可樂。門開了。來的不是他。是門邊四人桌的女士必須出去移車。一杯苦精蘇打。最裡面那桌的小孩要一根新的吸管。領班來報：四人桌的客人對今天的義大利麵不滿意。麵冷了，而且不夠辣。他們的抱怨含糊不清，但抱怨就是抱怨，而蔻拉要因為廚房沒有能力端出夠熱的食物而失去小費。我安撫蔻拉。告訴她要廚師重新做一盤麵外加配菜當作道歉。要不然就是，如果四人桌的客人喜歡甜食，便要蘇菲——我們的烘焙師傅——送上甜點。只要能讓他們閉嘴，隨便怎麼樣都好。

餐廳是個充滿需求的黑洞，一個永遠不懂得饜足的怪物。我爸從來沒問過我，他只是假設我會介入。接著他先走一步，就那麼過世，因為主廚就是這樣——他們存在於一團熱氣和混亂當中，讓別人收拾殘局。

我用兩根指頭按太陽穴，試著抵禦心裡的恐懼。也許是天氣的關係吧——現在才進入十月的第一個星期，還是早秋，但白晝逐漸縮短，空氣也涼一些。也許有別的因素。但今晚，每項不足都特別像是我的挫敗。

門開了。

是他。

我內心某處輕快起來。喜悅像泡泡般滾動，讓我覺得自己變得年輕，有點居心不良，可能還相當愚蠢，但這是這餐廳能給我的最甜美感受，而我欣然接受。一星期兩次，我願意接受。

艾登．湯瑪斯靜靜地坐在我的吧檯邊。除了寒暄，我們並沒有交談。這是一支舞，我們對自己的舞步記得滾瓜爛熟。杯子，冰塊，氣泡水機，紙杯墊。硬質紙杯墊上，以古草體書寫著「阿蒙汀」。一杯櫻桃可樂。一個滿足的男人。

「謝謝。」

我俐落地對他微笑，雙手仍然忙不停。工作——清洗調酒器，好放裝橄欖和檸檬片的瓶子——之餘，我會偷看他。像一首我熟知但永遠不會厭倦的詩：藍色雙眸，暗金色頭髮，修剪整齊的鬍鬚。他雙眼下方的皺紋，因為他有生活歷練。因為他愛過也失去過。接著是他的手：一隻放在吧檯上，另一隻握著杯子。穩定，強有力，這雙手會說故事。

「愛蜜麗。」

蔻拉靠向吧檯。

「現在又怎麼了？」

「尼克說我們那些沙朗牛排不能用，得丟了。」

我忍住一聲嘆息。尼克亂發脾氣不是蔻拉的錯。

「我們為什麼得那麼做？」

「他說牛排的切割方式不對，最好的烹飪時機也過了。」

我拉開盯著艾登看的雙眼，面對蔻拉。

「我不是說他是對的。」她說：「他只是……要我告訴妳。」

換成其他時候，我會離開吧檯位置，自己去和尼克交涉。但他不能剝奪我的此時此刻。

「告訴他我知道了。」

蔻拉等著其他指示。她和我都知道所謂的「我知道了」不會讓尼克停止找麻煩。

「告訴他，如果有客人抱怨沙朗牛排，我會親自處理。我保證。責任我扛。沙朗門案會讓我流傳千古。還有，告訴他今天已經有人抱怨食物了，如果他的人繼續端上冷掉的菜，比起沙朗，他更需要擔心的是出菜程序。」

蔻拉舉起雙手，像是在說好啦，好啦，接著朝廚房走去。

這次，我允許自己嘆息出聲。正準備把注意力放到幾個需要擦亮的馬丁尼杯時，我感覺到有道目光落在我身上。

艾登。

他坐在吧檯邊抬頭看我，對我微微一笑。

「嗯，沙朗門案？」

我強迫自己輕笑。「抱歉啊。」

他搖搖頭，喝了一小口櫻桃可樂。

「沒必要道歉。」他說。

我回以微笑，專心擦拭馬丁尼杯，這回是真的。我眼角餘光瞥見艾登喝完可樂。我們的舞步繼續：歪個頭要帳單，短暫抬手當作道別。

就這樣，我今天最美的時光結束了。

我收起艾登的收據——一如往常，小費美金兩塊——和他的空杯。一直到擦拭吧檯時我才突然發現：這支排練多時的雙人舞有了改變。

到。

他的杯墊。我墊在他杯子底下的紙杯墊。現在該是我把杯墊丟進回收桶的時候了，但我找不到。

說不定掉到地上？我走到吧檯另一邊，看著他一分鐘前坐的高腳凳椅腳。什麼都沒有。

這太奇怪，但卻無可否認。杯墊不見了。

3
小屋裡的女人

他把妳帶到這裡。

他家的外觀在妳腦海裡快速閃過；趁他不注意，妳飛快看了幾眼。多年來，妳一再檢視那些影像，不放過任何細節：房子座落在土地的中央。綠草萋萋，柳樹搖曳。每一棵樹都修剪過，每片葉子都經過細心照料。土地上散落著其他較小的建築，像托盤上的小蛋糕。有獨立車庫，糧倉，腳踏車棚。妳因此得知，這個男人住在某個安靜又美麗的地方。一個可供孩子奔跑，花朵綻放的所在。

他走得很快，沿著泥巴小路上了小坡。遠處的房子退去，相連的樹木取而代之。他停下腳步。四周沒有可以緊抓不放的東西，沒有可以呼救的人。妳站在小屋前面。四道灰牆，一扇傾斜的門。沒有窗戶。他拿著金屬掛鎖，從一串鑰匙中拿出一把。

在小屋裡，他教會妳世界的新規則。

「妳的名字。」他說。他跪著，但仍然比妳高上一截，他的雙手固定在妳臉頰兩側，妳的視線始於也結束於他的指頭。「妳的名字是瑞秋。」

妳的名字本來不是瑞秋。他知道妳的真名。拿走妳的皮夾後，他在妳的駕駛執照上看到過。但他說妳叫做瑞秋，對妳而言，接受這個事實至關重大。他唸出這個名字的方式，捲舌的「瑞」和結尾的「秋」。瑞秋是一張白紙。瑞秋沒有過去，也沒有等著她回頭的生活。瑞秋可以在小屋裡存活。

「妳的名字是瑞秋，」他說：「而且沒有人知道妳是誰。」

妳點頭。不夠熱切。他的雙手離開妳的臉，轉而扯住妳的毛衣。他將妳推到牆邊，用手臂卡住妳的脖子，手腕上的骨頭戳到妳的氣管。妳吸不到空氣，完全沒有氧氣。

「我說，」他說，世界逐漸從妳眼前消失，但不聽他說話不適用當下的狀況。「沒有人知道妳是誰。沒有人在找妳。妳他媽的聽懂了嗎？」

他放開手。在妳咳嗽、喘氣，在妳做任何事之前，妳先點頭。像出自妳的真心。妳為親愛的生命點頭。

妳成了瑞秋。

妳當了好幾年瑞秋。

她讓妳活下來。妳必須讓妳活下來。

靴子，枯葉，門栓。嘆息。暖氣。一切如常，唯有他除外。今晚他匆匆執行他的儀式，彷彿他爐子上還在煮水。妳最後一口雞肉派還沒嚼完，他就拿走妳手上的保鮮盒。

「動作快。」他說：「我們沒有一整晚時間可以耽誤。」

他的急迫並非出自熱切。而是，妳好比一首歌，他只是將無趣的部分切換成快轉。

他穿著衣服。他刷毛衣上的拉鍊在妳的肚子上磨出一個傷口。妳一縷頭髮卡進他的錶扣。他抽開手，從妳身邊扯開。妳聽到撕扯聲。妳的頭皮發燙。一切那麼鮮明，即使當他像鬼魂似地在妳身子上方時，一切都那麼真實。

妳得讓他說出來。

妳等到事後。妳好好穿上衣服。

他準備離開時，妳用一隻手梳理頭髮。以前妳外出約會，穿著騎士夾克的手肘支在餐廳桌上，白T恤上裝飾著一串銀飾，就會用這個姿勢。

這偶爾會發生。妳會想起自己的片段人生，有時候，這些片段可以幫助妳。

「你知道，」妳告訴他：「我擔心你。」

他嘲笑她。

「真的。我是說——我只是在想。就這樣而已。」

他嗤之以鼻，把雙手插進口袋。

「說不定我能幫忙。」妳繼續嘗試。「找出讓你留下來的方法。」

他哼了一聲，但沒有走向門邊。妳必須抓住這個機會。妳必須相信這是勝利的開端。

有時候，他會和妳說話。不常，而且總是不情不願，但是他會。有些夜晚是吹噓，其他夜晚是懺悔。也許這是他費心讓妳活到現在的原因：在他的生命中，有些事他需要分享，而妳是唯一能聽到的人。

「如果你告訴我發生什麼事，也許我有辦法解決。」妳說。

他屈膝，讓他的臉來到妳面前。他的呼吸有薄荷的清新氣味。他粗糙、溫熱的手掌貼著妳的顴骨，拇指扣進妳的眼窩。

「妳覺得如果我告訴妳，妳會有辦法解決？」

他的目光由妳的臉來到妳的雙腳。厭惡。輕蔑。但永遠——這點很重要——有些好奇。他好奇的是他能對妳做什麼事，能逃避什麼責任。

「妳怎麼可能知道？」他的指頭順著妳的下顎滑動，指甲刮著妳的下巴。「妳連自己是誰都不知道，不是嗎？」

妳知道。一如禱文，如箴言。妳是瑞秋。他發現了妳。妳只知道他教妳的事。妳擁有的一切都是他給的。釘在牆上，扣住妳腳踝的鐵鍊。一個睡袋。一個倒扣的條板箱裡放著這些年來他帶給妳的東西：三本平裝書，一只皮夾（空的），一顆紓壓球（真的）。隨機，而且不搭。妳猜，都是這個喜鵲般男人從其他女人那裡拿來的小東西。

「我發現了妳。」他說：「妳迷路了。我給妳棲身之處，供妳活下來。」他指著空的保鮮盒。「沒有我，妳知道妳會怎麼樣嗎？什麼都不是。妳會死。」

他再次站起來。他拗折指關節，每根指頭都發出清脆的聲音。

妳算不上什麼。妳知道。但在這棟小屋，在他生命的這個部分，妳是他的一切。

「她死了。」他說。他試著說出口，又說一次：「她死了。」

妳完全不知道他在說什麼，最後，他加上一句：「她父母要賣掉這房子。」

接著，妳懂了。

他的妻子。

妳試圖同時思考所有的想法。妳想說出在禮貌社會中大家會說的話：我很遺憾，很抱歉。妳想問：什麼時候？怎麼死的？妳納悶的是，是他下手的嗎？他是不是終於崩潰？

「所以我們必須搬家。」

他來回踱步，在小屋的範圍所及。驚恐不安，這不像他。但妳沒時間理會他的情緒。沒時間浪費在是否是他下手的問題上。就算是他做的，有誰會在乎？他會殺人。這妳知道。

妳需要做的，是思考。在妳從前用來解決日常問題，如今已經萎縮的大腦皺褶中尋找。那些從前用來幫助妳朋友、家人的皺褶。但妳的大腦唯一發出的質疑是，如果他搬家——如果他離開這棟房子，這片土地——妳會死。除非妳能說服他帶妳一起走。

「我很抱歉。」妳告訴他。

妳很抱歉，一直如此。他妻子過世讓妳遺憾。對世上的不公不義，對發生在他身上的事，妳真心感到難過。他和妳困在一起也讓妳覺得遺憾，一個需要關懷的女人，老是飢餓、口渴、喊冷，而且好管閒事的女人。

想在小屋裡存活的第二條規則是：他永遠是對的，而妳永遠抱歉。

4

愛蜜麗

他出現了。星期二和星期四。和酒精度百分之四十三的威士忌一樣，滿載著承諾。

艾登．湯瑪斯拉下他灰色的遮耳保暖帽，帽子下的頭髮像極了亂七八糟的羽毛。今晚，他帶著一個綠色尼龍旅行袋，看起來像購自軍用剩餘物資商店。旅行袋重重垂在他身邊，背帶扯著他的肩膀。

門在他身後砰一聲關上。我嚇了一跳。他通常會用小心翼翼的姿勢關門，一手拉著門把，另一手扶著門框。

他低著頭走向吧檯。他的腳步帶著沉重的感覺，而問題不在行李袋。

他身上承受著某種重擔。

他把帽子塞進口袋，理順頭髮，將行李袋丟到腳邊。

「我的『曼哈頓』好了嗎？」

我分心地瞥了一眼，把兩杯飲料推向蔻拉的方向。她快步離開。艾登等到她離開後，才抬頭看我。

「喝點什麼？」

他疲憊地對我微笑。

我拿起蘇打打氣槍。「老樣子。」這時我突然有個念頭。「還是說，如果你需要提神，我也可以幫你調杯飲料。」

他呼了一口氣，笑著說：「那麼明顯嗎？」

我冷淡地聳個肩，彷彿這算不上什麼。「觀察，是我的職責。」

他的眼神逐漸空洞。在他背後，艾瑞克正比手劃腳地對四人桌的客人描述今日特餐。艾瑞克的表演技巧高超。他懂得怎麼贏得客人的喜愛，如何用幾句話，將小費從百分之二提高到百分之五。

甜蜜的艾瑞克。這個朋友在我成了他老闆後，依舊是朋友。他一直支持著我。不知怎麼地，他相信我，相信我經營這地方的能力。

「我們試試這個。」

我拿出一個古典威士忌酒杯，先擦得發亮。艾登．湯瑪斯揚起眉頭看著我。有些事發生了，嶄新的、不同的事。他不確定自己是否喜歡這個改變。在他只要老樣子櫻桃可樂時，我想對他做這件事想得要命。

「我馬上回來。」

我盡全力維持輕鬆的步伐。在雙推門後方，尼克正彎著身子準備四盤今日特餐——炸豬排佐起司，以及培根韭蔥肉醬馬鈴薯泥。簡單但別有風味，他告訴我，大家都想知道自己盤子上是什麼東西，但他們來這裡不是為了吃在家裡可以做的菜色。他說得好像這是他的想法，而不是我爸在我連路都還不會走時就灌輸進我腦海的觀念。真正的食物，價錢也要合理。我爸從前說過，我們不想只迎合城裡人。他們只在週末出現，但讓我們度過平常日子的是本地人。我們第一個就是要服務他們。

艾瑞克左前臂上平衡地擺著三盤餐點，正要離開廚房時從我身邊經過。他透過推門看到艾登坐在吧檯邊，於是停下腳步，轉頭對我微微一笑。我假裝沒注意到，走向冷藏室。

「我們午餐時煮的接骨木花茶還有沒有？」

一片靜默。大家不是忙著工作就是不想理我。我和艾瑞克三劍客組的第三名成員尤安達可能會知道，但她正在餐廳裡，可能正在列舉格烏茲塔明那和麗絲玲這兩個品種的白葡萄酒的優缺點。我繼續找，最後在一盆脫脂牛奶後面找到裝接骨木花茶的茶壺，裡頭大概還剩下一杯的分量。

完美。

我快步走出去。艾登雙手放在櫃檯上等待。他和我們大多數人不同，不會一落單就掏手機看。他知道如何獨處，就算不是找到安慰，他也能在片刻時間中找到寧靜。

「抱歉，讓你久等。」

我在他的目光下，在玻璃杯裡放了一塊方糖，一片柳橙，一點安格仕苦精。然後加了一塊冰塊和茶開始攪拌，接著用湯匙——沒有比塑膠手套更能損及酒保形象的東西了——在寬口玻璃瓶裡撈出一顆馬拉司奇諾櫻桃。

「Voilà（法文，「瞧，這就是了」之意）。」

我誇張的法文發音逗得他露出微笑。我的胃部湧過一陣熱流。我把玻璃杯推到他面前。他端到嘴邊輕輕喝了一口。我突然發現，顯然，除了櫻桃可樂之外，我對於這個男人喜歡什麼飲料一無所知。

「我喝的是什麼？」他問道。

「古典處子調酒。」

他笑了。「既古典又是處子？我想這很合理。」

熱意爬上我的臉頰。頓時，我只想否認我和自己身體的關連，因為，聽到些微的性暗示後，我的雙頰漲紅，雙手在桌面留下潮濕的手印。

他啜一口調酒，正好省得我費功夫思考怎麼機智回應。放下杯子時，他咂了咂嘴。

「好喝。」

一時間，我雙膝發軟。我希望他不要看到我的肩膀、我的臉、我的指頭和我身上的每一吋肌肉，都因此放鬆下來。

「你喜歡，真好。」

吧檯左邊有人用指甲敲桌面。是蔻拉。她需要一杯伏特加馬丁尼和一杯桃子風味的「貝里尼」。我在一個馬丁尼杯裡裝了冰塊，轉身找已經開瓶的香檳。

艾登．湯瑪斯轉動他杯底的冰塊，很快喝了一口之後，又再次轉杯子。這裡，這名俊俏的男人對我們的小鎮貢獻良多。他在一個月前喪妻。如今，儘管他不喝酒，仍然獨自坐在我的吧檯邊。這讓我不得不想，他的生命中心是否有個大缺口，那麼，也許維持這個習慣給他帶來某種慰藉。我不得不想，這個儀式——我們分享的靜默，我們安靜的慣例——對他，同樣的，也有意義。

關於艾登．湯瑪斯的故事，鎮上每個人都有自己的版本。如果你是個孩子，他在聖誕節遊行前救了你一命。他在你需要他時，腰上掛著工具帶，修好你鬆掉的雪橇，調整好你的麋鹿角。

兩年前，那場可怕的風暴來襲，一棵倒下的樹壓在老麥米蘭家。艾登開車過去架設發電機，留在現場幫忙。接下來的那個月，他每個週末過去修理屋頂。麥米蘭先生想付錢，但艾登不願接受。

艾登故事的我家版本發生在我十三歲那年。我爸忙著晚餐出菜時，冷藏室過熱故障。我忘了細節，又或者是我從來沒費心過問。反正永遠是相同的狀況，不是馬達故障就是短路。我爸想弄清楚該怎麼修理，但一邊又要忙著讓廚房繼續運作，幾乎要失控。當時有一名好心人和他的妻子來用晚餐，聽到了這件事，便提議來幫忙。我爸先是猶豫。接著，在罕有的「不管了，就試試吧」的時刻，他帶那男人進到他的廚房。艾登．湯瑪斯那晚大部分時間都跪在地上，彬彬有禮地問大家要工具，還安撫疲憊的員工。

到了晚餐時段結束時，冷藏室的溫度已經降下來。我爸的脾氣也一樣。他在廚房裡請艾登．

湯瑪斯和他妻子喝梨子白蘭地。這對夫婦都婉拒，因為他不喝酒，而她剛懷孕。

那天晚上，我在餐廳幫忙，餐廳老闆的孩子通常如此。在我去接待桌、拿薄荷糖去補充裝糖的小碗時，看到艾登．湯瑪斯站在餐廳裡。他正在翻外套口袋，就像客人用餐結束後找皮夾、手機和車鑰匙的樣子。我爸笑著從廚房裡朝我們走過來。我爸是個了不起的廚師，只是脾氣甚至更大，力求完美的態度經常會演變為震怒。他那時很放鬆，在自己一手打造的餐廳裡享受少有的寧靜時刻。距離他最快樂的時光不遠。

「剛才謝謝你。」

艾登．湯瑪斯抬起頭，彷彿剛注意到我在場。我想抓回還懸在我們之間的話吞回去。聽到自己還是小女孩的聲音讓我覺得討厭。

我以為他會隨便點個頭，像多數成人那樣打發我。但艾登．湯瑪斯和其他大人不一樣。他和任何人都不同。

艾登．湯瑪斯露出微笑，對我眨個眼。接著，他以低沉的嗓音說：「不客氣。」他的聲音打動我內心深處，某個我不知道存在於自己體內的部分

這不算什麼，但等於一切。這是基本禮節，是無盡的善意。一圈光暈落到一個躲起來的女孩身上，將她從陰影中拉出來，讓其他人看見她。

是我最需要的東西。是我甚至連想都沒想過，可以去渴望的東西。

回到現在，我看著喝到一半停下動作、透過玻璃杯望著我的艾登．湯瑪斯。我不再是那個躲起來，等人來把光線投擲在她身上的女孩了。我是女人，剛走進自己投下的光暈。

他伸手越過吧檯桌面。某件事改變了。世界出現了騷動，哈德遜河下方好幾哩深的地質板塊互相碰撞。他的指頭刷過我的指尖，拇指掠過我的手腕內側，而我的心——在這一刻，我的心完全沒有跳動，就這麼遺落，無可挽回，沒辦法掌握。

「謝謝妳。」他說：「這非常……謝謝妳。」他握了我的手一下，某種難懂的、無價的情緒震盪著，從他身上傳遞給我。

他放開我的手，歪著頭喝光他的調酒。他的頸項，他整個身體精實強壯，充滿平靜的信心。

「我該付多少錢？」

我收起空杯，在吧檯後沖洗，刻意讓雙手忙碌，如此一來，他才看不到我的手在顫抖。

「知道嗎？這你就別操心了。這杯餐廳請客。」

他掏出皮夾。「別這樣。」

「沒問題，聽我的。你可以……」

如果他不是剛喪偶，我會說，你可以找一天請回來，算我們扯平。但我沒說，而是攤開乾淨的布，開始擦杯子。

「下一次吧。」

他微笑著把皮夾收回口袋裡，然後穿上厚重的連帽外套。我轉身把杯子放在我身後的架子上，但我的手臂停在半空中。沒錯，我緊張不安而且臉孔發燙，剛才發生了某件事。我心存僥倖，但這次的冒險成功了。我說了話，沒有災難隨之而來。

也許我敢，再往前跨一小步。

我轉回身子，靠著吧檯俯身，假裝旋緊一罐漬洋蔥的罐蓋。

「你接下來要去哪裡？」我說，彷彿閒聊是我們共同詞彙的主要成分。

艾登·湯瑪斯拉上外套的拉鍊，戴上遮耳帽，拿起他的行李袋。袋子垂在他的臀邊，發出金屬碰撞的聲音。

「去找個我能好好思考的地方。」

5

小屋裡的女人

妳等待晚餐，等待溫水的潑灑。等待一切。甚至是拉鍊上下拉的雜音都好。

他沒有出現。

妳想像這小屋，隱藏在樹林裡。現在應該是秋天了。幾星期前，他帶走電風扇，換來電暖器。妳閉上雙眼。一年的這個時候，妳記得：白晝變短，太陽在六點鐘落下。變幻的天色下，光禿禿的枝幹。妳想像：他的家在遠處，在妳看不見的地方。光線透過窗戶投下黃色的方塊，橘色葉子散落在院子裡。也許有熱茶。也許有蘋果酒甜甜圈。

遠遠傳來他那輛小貨卡低沉的顫動聲。他在這裡，在這片土地上。過著他的生活，照顧他自己的需求。但，不是妳的。妳等了又等，然而他還是沒出現。

妳冥想，試圖藉此驅開一陣陣飢餓的感覺。妳翻閱他帶給妳的書，他帶這些書過來時，並沒有依照任何順序。史蒂芬．金的《牠》。老舊平裝版的《布魯克林有棵樹》。瑪莉．海金斯．克拉克的《愛神與死神共舞》。全是二手書。翻爛的書頁，頁面空白處寫了註記。很久以前的某一天，妳問過他，妳想知道這是不是他的書。他搖頭。妳猜，這些是更多的小東西。這些雜物，來自那些沒有妳幸運的女人。

妳蹲在小屋的角落。少了他，沒人給妳帶桶子過來，妳別無選擇。他會很生氣，這是說，如果他還會回來的話。他會皺起鼻子，朝妳的方向扔一瓶漂白水。動手刷，在我聞不到味道前不准停下來。

妳努力不去擔心，因為擔心會妨礙妳活下去。

從前，他曾經丟下妳。但不像這次。進入頭一年第九個月時，把妳拘留在小屋裡的男人告訴妳，他要離開。他帶了桶子、一盒燕麥棒和和一手小瓶的瓶裝水給妳。

「我需要離開。」他說。不是我想。不是我不得不。而是需要。

他抓住妳的雙肩。妳有股衝動，想用手包覆住他的手。妳想緊緊抓牢他，就算短暫也好。妳是瑞秋。他發現了妳。妳只知道他教妳的事。妳擁有的一切都是他給的。

他抓著妳的肩膀搖晃。妳任由震顫擺動妳。「如果妳有任何嘗試，」他說：「我會發現。那對妳不會是好事。妳懂嗎？」

妳點點頭。到了那時候，妳已經知道怎麼點頭，好讓他相信妳。

他離開了三天，回來時宛如世上最快樂的人。腳步充滿活力，四肢彷彿通了電。他貪婪地深呼吸，對他來說，空氣似乎從未那麼甜美。

這不是妳認識的男人。那個懂義務有責任的男人。

他做了來小屋會對妳做的事。過度興奮。有些狂野。

接著，他告訴妳。他說得不多。只說她同意了。說她完美。她不知道，但到了她知道時，已經太遲。

同樣的事再次發生。在去年感恩節前。妳知道，因為他帶了吃剩的食物給妳。他每年都會。妳不曉得他是否知道妳藉此掌握時間。妳猜，他從來沒這麼想過。

總共兩次。在他讓妳活下來時，曾經兩度動手。同樣的準則下添加了兩人，而妳是唯一例外。前兩次他離開時，都預先做好準備。這次，他什麼都沒給妳。是他忘了妳嗎？還是他找到另一個值得他專注的計畫？

他沒來，妳便很難計算時間。妳認為他早上離開晚上回來的小貨卡車聲足以作為斷點，但妳不確定。妳的身體告訴妳何時該睡，何時該醒。妳手掌貼牆，試圖感覺太陽的溫度和夜晚的冰冷。根據妳的估計，一天過去，接著又是另一天。

到了感覺應該是第二天的晚上，妳嘴裡乾到像是砂紙。妳的腦袋裡彷彿有蝙蝠在飛。妳吸吮手指刺激唾液分泌，舔小屋牆壁找凝水，或任何可以解渴的水分。很快，妳就只剩下躺在木板上的身體，頭骨、脊椎、骨盆和雙腳，妳的皮膚濕冷，呼吸急促。

也許他高估了妳的韌性。也許他不是刻意，但終歸還是殺了妳。他會回來，打開小屋，看到妳冰冷又沒有反應，一如妳該表現的樣子。

到了妳告訴自己應該是第三天時，門鎖咯咯作響。他是個站在門框裡的人影，一手拎桶子，另一手拿著瓶子。妳應該坐起身，搶過水瓶扭開瓶蓋，然後喝，一直喝，喝到世界回到妳的眼前。但妳辦不到。他不得不走向妳，跪在妳身邊，把瓶頸靠到妳的嘴唇邊。

妳吞嚥著，用手背抹嘴。他看起來和平常不一樣。大多數時間，他會打點外表。手動刮鬍刀在他的臉頰和脖子上留下了傷口。他的頭髮有檸檬草的味道。他的牙齒潔白，牙齦健康。妳雖然從來沒看過，但妳猜得出他經常使用牙線清潔牙齒，每天早上或每晚還用漱口水結束刷牙這件工作。但今晚，他顯得很凌亂。他的鬍子沒有打點。他的目光閃爍、茫然，還來回看著小屋。

「食物呢？」

妳的聲音變得粗糙。他搖頭表示沒有。

「她還醒著，在打包。」

妳推測，他指的是他女兒。

「所以沒東西？什麼都沒有？」

妳這是得寸進尺，妳也知道。但過了三天，少了口渴來麻木妳的身體，妳全都感覺得到，妳胸腔下的飢餓，背部的疼痛，上千個警鈴指向妳身軀破損的部分。

他舉起雙手。「什麼？妳覺得她看到我用微波爐加熱餐盒走出門不會問？」

他帶給妳的食物通常是整份餐點的小部分。一份千層麵，一碗燉肉，烤鍋料理切剩的中央方塊。少了也不會有人注意到的食物。比一片披薩，一整個起士漢堡，一隻烤雞腿不引人注意。這麼久以來，他煮的一直是大分量的食物，然後從自己的盤裡藏一些下來，再帶給妳。這是他得以把妳當作祕密的諸多方式之一。

他呻吟一聲，坐到妳身邊。妳等著他動手拉妳身上夾克的拉鍊，用雙手掐住妳的脖子。沒想到他卻是探向自己的褲腰。金屬的亮光一閃。

妳認得這把槍。和五年前他用來指著妳的是同一把，黑色手槍和一截亮面消音器。妳的腳趾抽動，似乎打算衝刺。鍊子一緊，冰冷又沉重地拉住妳的腳踝。往下拉住妳，彷彿要把妳拖進地下，先是妳一隻腳，然後是妳整個人。

專心。繼續注意他。

他的胸膛上下起伏，一次接著一次深呼吸。脫水帶來的渾沌解除後，妳可以更清楚地覺察他的狀態。累，但不厭煩。混亂，但沒生病。沒錯，他一團糟，但他很快樂。像是結束了一件讓人精疲力盡的任務，比方長跑或陡坡健行。

像是殺戮過後。

他從口袋裡拿出某個東西，丟在妳腿上，好比貓獻上死老鼠。

太陽眼鏡。從沉重的鏡框和鏡腳上的商標看來，是設計師品牌。在小屋裡完全派不上用場，但重點不是太陽眼鏡。重點是，這副眼鏡曾經屬於某個人，而她現在已經不再需要。

這下，妳感覺到了。勝利。一次成功出獵帶來的無限興奮。

她在呼喚妳。她從事什麼工作，才負擔得起這種太陽眼鏡？把眼鏡戴到鼻梁上時，她的指頭是什麼樣子？她曾否拿眼鏡當髮箍？曾否在某個夏日午後坐在敞篷車的副駕座上，打開篷頂，讓髮絲打在臉頰上？

妳不能進入這個階段。妳不能想著她。妳沒時間受驚嚇或被擊垮。

這是一個機會。他的驕傲。今晚，他會相信自己無所不能。

「呃，聽我說。」妳說。

他收回太陽眼鏡。可能是事後想想反悔。妳可能打破鏡片，拿來當武器。

「有關你要搬家的事。我一直在想。」

他的雙手停下來。掃他的興，妳有危險了。在他只想繼續得意下去時，妳把他拉回惱人的日常生活中。

「你可以把我一起帶走。」

他抬起頭，輕聲笑出來。

「拜託，」他說：「妳大概沒搞懂。」

但妳很清楚。妳知道他的光明面和黑暗面。妳知道他幾乎每天晚上來看妳，當然，他每天晚上都會在。妳知道他逐漸習慣某些事。他喜歡的不是妳，不完全是，只是，妳可以供他使用。提供他想要的，無論何時。

沒有妳，他會怎麼做？

「我只是說，」妳告訴他。妳朝門的方向歪個頭。朝外面，朝他帶走妳的世界，以及那世界裡的眾多人口。「沒有人會知道。」

他微笑。把手放到妳的後腦勺，輕柔地，泰然自若地，姿態像個知道自己處境安全的男人那樣撫摸。接著，他用力拉扯。用的力道正好足以拉痛妳。

「而且，當然了，」他說：「妳只是為我著想。」

他一碰妳，妳就渾身僵硬。

他起身離開，拉開門栓，邀夜晚的冷空氣進入小屋。外頭，掛鎖喀嗒地鎖上。他回頭走向他家，他女兒，他們家中僅剩的光線和溫暖。

想在小屋裡存活的第三條規則是：他的世界裡，就只有妳最純潔。所有發生的一切，一定得發生在你們兩人身上。

6

第一號受害者

他很年輕。我立刻看出這是他的第一次。他不在行，可以說遜斃了。

事發地點是校園，在他的宿舍。他的作法——笨拙到爆。搞得到處都是血。他身上有我的DNA，我身上有他的。指紋也是。

他不認識我。但我幾星期前就注意到他了。如果妳在大學附近混得夠久，尤其在那些星期六夜晚，妳可以確定，最後，害羞的大學生終究會走向妳，不知道該怎麼開口，什麼時候該付錢。

通常，他們把錢遞給我之後，就會擺出世界教他們的傲慢態度走人。他們是值得尊敬的年輕人，而我是口交一次收費十五美金的女人。

我沒想到他會那麼做。他太年輕，太弱。他完全不知道自己在做什麼。

我想，知道我喜歡閱讀，他很驚訝。這些傢伙從來沒想過我可能是個愛閱讀的人。但我真的是。我會在讓我思考的段落邊上寫筆記，甚至會翻爛讓我有感覺的章節。那天晚上，我卡車上擺了兩本平裝書：《牠》和《愛神與死神共舞》。我記得這兩本書，因為我一直沒機會知道結局。

他等到我穿回上衣。他的手突然來到我脖子上。像在自己和自己對賭，像是知道如果當時不下手，他可能永遠不敢。

我閉上雙眼時，他的眼睛張得又圓又亮。他臉上露出驚異的表情：有對於他終於動手、也有對於我身體正確反應的驚嚇。驚嚇，是因為那是真的——如果夠用力去掐住某個人的喉嚨，對方真的會不再動彈。

我記得，在他殺我時，我明白了一件事：如果他這次能僥倖逃脫，他會覺得自己什麼都逃得掉。

7

小屋裡的女人

妳記得片段的自己，有時候，這些片段能幫助妳。

例如麥特。

在妳失蹤前，麥特的身分最接近妳的男友。他就像其他每件事，是永遠不會成真的承諾。

關於麥特，妳記得：他懂得開鎖。

在小屋裡，妳經常想到麥特。妳嘗試過幾次。從地板上撬根木片，在牆上敲個缺口。木片沒辦法撬開鐵鍊上的大鎖。妳擔心木片會斷，然後會怎麼樣？

然後，妳會倒大楣。

妳記得片段的自己，有時候，這些片段能幫助妳。僅僅是有時候而已。

拘禁妳的男人隔天回來，帶了熱食和一根叉子。妳一連在嘴裡塞進五大口食物，才試著去辨識自己在吃什麼——義大利麵和肉丸。又吃了三口，妳才發現他在說話，繼續吃兩口，妳終於找到力氣放下叉子。關於妳的生存，他正在說的話比吃飯重要。

「告訴我，妳叫什麼名字。」

妳的耳朵嗡嗡作響。妳蓋上食物保鮮盒的蓋子，還沒吃完的肉丸在裡頭呼喚妳。

「嘿。」

他從小屋另一頭走過來，抓住妳的下巴，迫使妳抬頭看。

妳承擔不起惹火他的後果。不是永遠，但絕對不是現在。

「對不起。」妳說：「我在聽，請說。」

「不，妳沒有。我說，把妳的名字告訴我。」

妳把保鮮盒放在地板上，然後坐在自己的雙手上，免得在他指頭施壓時，妳忍不住抬手按摩妳的臉。妳深吸一口氣。當妳開口，他必須相信妳。妳說的話必須像個咒語，像朗誦神聖的禱文。必須是真理。

「瑞秋。」妳告訴他。「我叫做瑞秋。」

「還有呢？」

妳拉低音調，添加了熱情的圓潤變化。他需要從妳這裡得到某樣東西，而一次又一次地，他教過妳怎麼給。

「你發現了我。」不用他問，妳說出其他部分。「我只知道你教我的事。我擁有的一切都是你給的。」

他用左右兩腳輪流支撐身體重量。

「我迷路了，」妳複誦道：「你發現了我。你給我棲身之處。」下一句是冒險。如果妳跨得太努力，他會看到妳把戲後面的操縱線。但如果妳退縮，他會停留在妳觸碰不到的地方。

「你讓我活下來。」妳拿起保鮮盒當作證據。「如果沒有你，我早就死了。」

他摩娑手上的婚戒，在指頭上轉了幾圈。拿下來又戴回去。

可以自在環遊世界的男人被鎖在花園的小屋裡。男人遇見女人，執起她的手，單膝跪下，說服她嫁給他。男人決心控制所有因素，仍然失去她。現在，他的世界分崩離析，但是在生命的廢墟中，他還有妳。

以及一個女兒。

「她叫什麼名字？」

他看著妳，像在問妳在說什麼？妳指向他家。

「妳為什麼會在乎？」

如果在小屋裡可以選擇吐實，妳會說，你不會懂的。一旦曾經是女孩，這便會深植在心裡。你在路上和她們擦身而過。你會聽到她們的笑聲，感覺到她們的痛苦。你會想抱起她們走向終點，護著她們的雙腳，免得踩到讓你流血的荊棘。

世上每個女孩都是小小的，片段的我，而世上每個女孩都有一點點屬於我。甚至你女兒也一樣。就算她是半個你也一樣。

我在乎，妳會告訴他，是因為我需要的，是賦予她生命那部分的你。你絕對不會殺害你自己的女兒，對吧？

妳安靜地坐著。讓他相信他需要相信的事。

他的左手握起拳頭。他把拳頭靠在自己的額頭上，用力閉上眼睛，閉了好一會兒。

妳就這麼看著，無法吸進另一口氣。無論他在閉起的眼皮後看見什麼，妳的性命都寄託在上面。

他張開眼睛。

他回神了。

「她不能因為妳而開始問問題。」

妳眨眼。他不耐地嘆口氣，歪著頭指示外面世界——指向他家房子的方向。

他的孩子。他在講他的孩子。

妳試圖恢復呼吸，但妳忘了該怎麼呼吸。

「我會告訴她，說妳是我認識的人。朋友的朋友。租用我們的空房。」

他解釋著，語氣強硬起來。這就是他：猶豫不決，一直到他說服自己，相信自己所向無敵。

接著，他付諸行動，絕不回頭。

他告訴妳的方式，彷彿這本來就是他自己的想法。彷彿妳從來沒有播下種子，從來沒做出任何建議。他會找個半夜把妳帶到新家。沒有人會看到妳。妳會有一個房間。妳大多數時間都會在那個房間裡，除了吃、洗澡和睡覺以外的時間，都要銬在暖氣機上。大部分的日子會有早餐，某些週末有午餐，多數夜晚有晚餐。妳必須跳過某幾頓飯。無論多友好、多貧窮，沒有房客會和房東以及他女兒每一頓都共餐。

晚上，妳得戴著手銬睡覺。他會和平時一樣來找妳。這點不會改變。

妳必須很安靜。在整個過程中，妳得非常安靜。

妳只能在用餐時和他女兒說話，足以不引她懷疑就夠了。這就是一起用餐的目的：他會讓她接觸妳，如此一來，妳會失去吸引力。她不會對妳產生好奇。妳會成為她生活中的一部分——無聊的部分，她不會想探問的部分。

最重要的是，妳的舉止必須如常。在重複洗澡、睡覺和用餐規則間，他幾次強調這點。妳不能透露任何蛛絲馬跡。如果妳露出馬腳，妳會有得受的。

妳點頭。妳也只能點頭。妳試著想像，妳、他，以及他女兒，全在同一個地方。一張床。床墊。枕頭。毯子。家具。早餐和午餐。盛在盤子上的食物。貨真價實的洗澡。熱水。對話。一扇開向世界的窗戶。一個第三者。五年來第一次，除了他之外的別人。

他不再踱步，來到妳面前蹲下。他指甲周邊的皮膚破了，是最近啃的。他再次抬起妳的下巴，把妳的臉拉到他面前。整個世界就在他的雙眼中。

他的指頭來到妳的脖子，大拇指壓住妳的喉嚨。他可以動手。現在。這太容易，好比揉皺一張紙。

「沒有人會知道。」在露營燈的光線下，他的臉頰泛紅。「重點就在這裡。妳懂嗎？只有我。和瑟西麗雅。」

瑟西麗雅。

妳準備說出這個名字，但它卡在妳的聲帶上。妳吞了回去。他的女兒，他的孩子。這件事和生理有關。是那麼高尚。他在醫院裡，穿著無菌袍，顫抖的雙手抱起沾著血的新生兒。一個成為父親的男人。他會不會在兩點、三點、五點起床餵她喝奶？他是不是睡眠不足地，在黑暗中幫她熱牛奶？他曾否抱著她坐旋轉木馬，幫忙她一起吹滅一歲生日的蠟燭？她生病時，他會睡在她床邊的地板上嗎？

現在只有他們父女兩人。他允許她擁有手機嗎？當她哭，如果她哭，他能否說正確的話？在她媽媽的葬禮上，他曉不曉得要搭著她的肩膀？告訴她一些例如我們愛的人不會真的離開，我們的記憶會讓他們活下來，妳只要過好能夠讓她驕傲的人生就好？

「好美的名字。」妳說。

但你自始至終就不該讓我知道。

8

愛蜜麗

他知道我的名字。

星期四，他沒有出現。我以為我失去了他。但接下來是個讓人愉快的驚喜：星期五傍晚，在我沒有預期時，他來到餐廳。

「愛蜜麗。」他喊我。他嘴裡說的是我的名字，熟悉的感覺連串起他和我。

我說「嗨」打招呼，然後，在我阻止自己之前，說我昨天沒看到他。他微笑著說他很抱歉。他說，臨時在郊外有工作。但他現在回來了。

然後，世上的一切都回到正軌了。我告訴自己。這次是默默地說。

我心裡一直在想。他意外來到餐廳，他吐出我名字的聲音。我整晚想著，想到隔天，一直想到星期六晚上。

星期六的餐廳猶如戰場。城裡的人開車出來，和本地人搶訂位。直到不開心之前，大家都很高興。廚房快速出菜，熱菜，冷盤，都沒有關係。我們只要看到桌上有盤，盤子上桌。吧檯後面，我長出第二雙手。星期六了，每個人都想喝調酒。我刨檸檬皮絲時把拇指也削下一層皮。每次我拿起調酒器，手腕就會抗議，冰塊每碰撞一次，我的腕隧道就和關節更沾黏一分。

餐廳有個罕見的優點：越忙，我就越麻木。我沒時間多想；沒時間在乎尼克不理會我每個指令；想他如何惹火包括我在內的每個人；想我早該開除他，而不是擔心新來的主廚會不會更糟。我心裡只有我和吧檯，直到最後一名客人離開，直到蔻拉在客人離開後鎖上門。

一切結束後，我們會一起出去。雖然沒什麼道理，但這卻是一定要的儀式，即使我們一整個晚上都受夠了彼此也一樣。因為，如果星期六晚上是戰場，那麼我們就是士兵，我們一定要能夠一起退場。而這麼做的方式，就是去喝一杯。

我抵達時，大家都已經坐在老位子上了。我朝店東萊恩招手——他不是什麼壞人，他只是覺得把小酒館取名為「毛蜘蛛」是個好主意——然後拉來椅子做在艾瑞克和尤安達中間。

「他們說是意外，但我不信。」蔻拉正在說：「你們看過那一帶的步道嗎？要跌下去還真沒那麼容易。」

萊恩為我端上他的本週啤酒，南瓜酸啤。我喝了一口，對他點個頭，希望他認為我的表情是欣賞。

「我們在聊什麼？」

尤安達為我簡報。「上星期失蹤的那個女人。」

我在本地週刊上讀到過那個女人：三十五歲左右，沒有精神疾病病史，也沒有吸毒。她是畫家，工作室在這裡的北邊四十哩處。女人在一夜之間失蹤，此後再也沒有人看到她。她的手機或信用卡都沒有任何後續的使用紀錄。

「有個警察告訴我妹妹，說警方認為她去健行，跌到山谷下。」蘇菲說：「顯然她很喜歡那幾條步道。」

尤安達插嘴說：「可是監視器不是錄到她在當晚七點左右去過便利商店？」

蘇菲點頭。

「所以是怎麼樣，」尤安達繼續：「她先到便利商店，然後去健行？有誰那麼晚還去健行？」

艾瑞克喝了一口啤酒。「說不定她想看日落？」

蔻拉搖頭。「才不。首先，現在太陽比較早下山。七點鐘已經沒什麼看頭了。而且，何必一路走到步道上？那個小鎮我很熟，隨便哪裡都看得到日落。」

我又喝了一口萊恩的南瓜酸啤，隨後聞了聞，放下杯子。有件事我搞不懂。「他們怎麼會想到那些步道？」

蔻拉低下頭，有些挫敗。「他們在樹叢裡找到她一隻鞋子。」她勉強承認。「但我不知道。那只是一隻鞋子而已。那沒辦法解釋她那天那麼晚怎麼會去健行，而且還是一個人去。」

艾瑞克拍拍她的手臂。「人向來會做怪事。」他輕聲告訴她：「常見的啦。」

「艾瑞克沒錯。」我說：「意外就是會發生。」

沒有人挑戰我。大家都低頭看自己的飲料，看杯子留在萊恩桌上的水痕。有個孤兒告訴你意外就是會發生時，沒有人會爭辯。我爸在兩年前一個晴朗的星期六早上心臟病突發過世；我媽因為事後過於勞累，出車禍身亡。

「不管了。」過了一會兒，尼克說：「我聽說某個城裡來的主廚買下從前的穆立根餐廳。顯然，他打算改成牛排館。」他轉頭看我，表情幾乎像是善意的戲弄：「說不定，如果妳態度好一點，他會告訴妳他在哪裡採購沙朗牛排。」

我嘆口氣。「你知道嗎，尼克，我覺得不要操煩小事才是健康的作法。每當有人問我最愛我主廚的什麼特點，我總是說，因為他是個真正有大格局的人。」

這句話讓艾瑞克和尤安達露出笑容。其他人則選擇袖手旁觀。換成我，如果我每星期得和尼克在各種刀具俱備的廚房裡相處五十個小時，我也會一樣。

幾小時後，艾瑞克開車載我們回到我爸媽從前的家。現在，我和他以及尤安達一起住在這裡。這是那種不得不如此的安排。車禍隔天，他們都以只有童年友人才辦得到的方式來照顧我。他們把冰箱塞得滿滿的，確認我會吃會睡，就算一點點也行。他們協助我安排葬禮；在我無法獨處時陪伴我，在我需要時給我空間。一路走來，我們一致認為他們最好不要離開。這房子對我一個人來說太大。想賣掉，又需要整修，而這是不可能的事。於是，在某個週末，我們把我爸媽的東西搬進保管庫，當晚，三人癱倒在沙發上，達成了新的平衡。不完美，而且有些不常見。但也是唯一合理的決定。

今晚，我輾轉反側，累到沒辦法入睡。我想到那名失蹤的女人。梅莉莎。這是她剩下的一切：一個名字，一個工作，小鎮名，以及在步道附近找到的一隻鞋子。和人們給我雙親的悼詞一樣，精準，但嚴重匱乏。我爸的生平縮減到短短幾個字：他曾經是主廚，是個父親，工作努力。我媽的片段人生就像拼圖的另一半：她經營餐廳，是老闆娘，是會計，是維持一切的黏著劑。這些都沒錯，但沒有任何一句話捕捉到他們身而為人的特質。沒提到我爸的笑容，我媽的香水。沒提到和他們共同生活，由他們帶大，被他們以同等程度所愛、所拋棄的感覺。

我又回頭想那名失蹤的女人，試圖填補各種說詞間的空隙。把她當作空白畫布，然後以我想要的方式來塑造她，這個作法不牢靠，但冥冥之中，她的故事偏就緊抓住我的注意力。

也許她生前有些像我。生前——瞧瞧我，對我們還不知道的事，已經用了過去式。也許她也一樣，在這個對世界著迷和恐懼並存的情況下突然長大。也許在她寧可穿褲子時，被迫穿上裙子。也許在她寧可獨處時，被迫和成人打招呼。也許她學到了永遠覺得有些不自在，有些抱歉。也許她長大了，等著一直沒有出現的叛逆期，也許當她到了二十來歲時，她懊悔沒能排除心裡的焦慮。

這是我告訴自己的故事。我身邊沒有人來告訴我這不合理。故事以致敬開始，以自私結束。這故事講的不是她。不真的是。是關於我，關於在黑暗中抓住我的人生片段。是關於我，關於較年輕的我，關於後者如何看待我，一直要求得到我所沒有的答案。

9

小屋裡的女人，少女時代

警訊出現在二〇〇一年，也就是妳十歲生日那年。妳最好朋友的母親得了癌症。妳表親公寓遭竊賊闖入，一夜間，最有價值的財物遭到洗劫一空。每次出錯，妳得到的教訓就更清楚一些：壞事會降臨在妳認識的人身上。

妳開始猜疑，說不定哪一天，妳也會遇上壞事。在妳心中某個角落，妳希望能得到豁免。直到現在，妳一直有個幸福人生。有慈愛的雙親在河濱公園教妳騎腳踏車，有不把妳當傻子看待的哥哥。仙子俯身探望躺在嬰兒床上的妳，給妳美麗的一切。妳的幸運為什麼會用完？

妳的童年結束，這個希望幾乎完好無損。接著，妳的少女時代開始，旅程多了些顛簸。妳哥哥吞藥自殺。一次，接著是第二次。妳學會感覺哀傷。妳學會填補父母親心中的空洞，那個渴望有個金童兒子的空洞。妳滿十五歲了。妳已經準備好，可以讓某人看到真正的妳。妳已經準備好，可以讓某人愛真實的妳。

在某個滑雪度假村裡，妳第一次親吻男孩。對於那一刻，妳記得：他的心靠著妳的心怦怦跳，他髮膠的味道，除雪機的反光在租來的房間牆上投下形狀各異的陰影。妳回家後，那男孩顯然不打算打電話找妳，他本來就沒有這種打算。妳學到了心碎。比起成年人的真正分手，這個傷害得花妳更久時間才能恢復。夏天來臨，妳的傷口開始癒合。

兩年後，妳認識了妳第一個男朋友。他很完美。如果有人針對少女推銷郵購男友，妳會挑他。如果有巫婆給妳一塊能夠得到生命的黏土，妳會以他為模型。

妳認真當女朋友。這是妳首次有機會在這個領域證明自己，妳想做對每一件事。妳帶他去伍德勞恩公墓看爵士樂巨擘艾靈頓公爵的墓地。他生日那天，妳買了好幾樣小禮物——一個放送《愛的故事》電影主題曲的音樂盒，一根大麻棒棒糖，一本封面印著一匹馬的平裝版《麥田捕手》——藏在妳身上，放在妳褲子的後口袋裡，塞在牛仔褲褲腰下。到了送禮物的時候，妳要他自己找。於是他的雙手來到妳身上。

妳沒有性經驗，他有。他比妳大六個月。妳不急著長大。妳知道這是妳該覺得羞恥的事，可是妳沒有這種感覺。不足以讓妳改變心意。

但你們會做其他事，和一個該做什麼的人在一起很好。妳允許他把手伸進妳的襯衫下。妳讓他用兩根指頭解開妳的胸罩。妳讓他打開妳牛仔褲的釦子。之後，妳開始緊張，而他看得出來。於是他停手。他一向如此。

妳本想在兩個月左右結束。但相反的，妳讓自己談起戀愛。七月一個晴朗的下午，妳躺在哥倫比亞大學校園的樹下，發現這段感情已經有六個月了。大家告訴妳，說一個像他這樣的男孩和妳這樣的女孩在一起這麼久，卻一直沒施壓要妳和他上床，妳是多麼幸運。妳微笑著說妳明白。

而且妳真的知道。妳無法相信他是妳的。有時候他會睡著，或也許是假裝入睡。妳只知道他在妳身邊而且閉著雙眼，即使妳的手臂發麻，妳仍然沒辦法想像自己能抽出枕在他頭下的雙臂。妳十七歲。愛情，比妳期待中嚐來更甜美。

一天晚上，妳父母開車到紐澤西參加募款晚會。他到妳家。你們「一起看場電影」，這是「親熱」的代號。兩個星期前，你們兩人「看了」《惡夢輓歌》。就算妳的性命取決於妳是否能引用片中任何一句台詞，妳仍然辦不到。

那天晚上你們放的是《鬥陣俱樂部》。妳從來沒看過。而他，和所有男孩一樣，說那是他的最愛。這不打緊。任何有關《鬥陣俱樂部》的事都沒關係。重要的是他的肌膚貼著妳的，他溫暖的呼吸拂過妳的臉。他的指頭梳過妳的頭髮，來到妳的大腿，滑到妳的雙腿之間。妳覺得新奇，高興妳找到他來指引妳。這是所有雜誌都要妳尋找的人：妳喜歡，而且喜歡妳的人。一個妳能信任的男孩。

妳穿著裙子。艾德華·諾頓哀悼他的沙發、音響和高級衣櫃，妳的男友的兩根指頭伸進妳的內褲裡，接著，很快地，甚至在妳明白之前，進到妳的體內。直到這一刻之前，妳從來沒想過：裙子代表容易進入，尤其在夏天，妳和世界之間少了緊身褲和層層毛織邊界。

妳男友的指頭開始動作。妳應付得來。妳深吸一口氣，要自己放鬆。

布萊德·彼特在地下室解釋鬥陣俱樂部的首要規則。妳男友拉下妳的內褲。這輩子，妳從來沒有這麼赤裸的感覺。妳的胸腔釋放出一聲像咳嗽般的笑聲。妳男友的反應，是更熱切地親吻妳。

事態逐漸擴大，妳不太能處理。艾德華・諾頓的臉撞在水泥地上，皮開肉綻。妳和妳男友腰部以下赤裸裸的。

大家告訴妳要拒絕。但他們從不講該怎麼說。他們表達得很清楚，世界不會為妳停止轉動，讓事情慢下來是妳的責任，但沒有人給過進一步的指示。沒有人告訴妳該怎麼看著妳深愛之人的雙眼，然後說妳想喊停。

理想的狀況是，妳甜蜜的男友不必等妳開口也會瞭解。他會注意到妳雙臂無力，牙齒打顫。但艾德華・諾頓用電子郵件傳詩給同事，妳男友伸手拿保險套。妳完全不曉得他把保險套放在背包的內側口袋。不知道他處理這些事有自己的一套。

布萊德・彼特發表一篇廣告如何摧毀靈魂的獨白。妳看著妳男友進入妳。這是妳的初體驗，而這件事之所以發生，是因為妳太害怕，不敢拒絕。因為這麼做的男孩忘了看進妳的雙眼。

接下來那個星期，妳留了一條語音訊息給他。妳告訴他，經過思考，你們最好結束這段感情。妳掛掉電話，哭了起來。

幾年後，妳會在臉書的搜尋欄裡輸入他的名字。他的個人簡介會鎖住，該放大頭貼的位置是一個灰色方塊。妳不能加他朋友。

與此同時，妳活了下來。妳當然會。

妳有接下來的性經驗。有時是不好的經驗，有時無聊。比妳想要的更頻繁，妳發現自己回到那一刻。

妳不會忘記自己的第一次。妳絕對不會忘記教妳在一個陌生人進到妳體內時如何生存的那個男孩。

10

途中的女人

每天晚上，妳都會問他會在什麼時候走，但他每晚都拒絕告訴妳。「妳很快就會知道。」他說：「而且，急什麼？妳又不是有什麼地方要去。」

他說，打包還沒完成。他們能有多少東西？他不是有錢人。他的衣服乾淨整齊但全是舊衣。過去，他曾經提過雜務，他得拖地，必須洗衣晾衣。世界的重擔壓在他的肩膀上，而沒有人，尤其是付錢請來的幫手，來減輕他的負擔。他們在這房子住了好幾年，如今，他們必須挖出寫著他們家庭史的所有物，把每張紙、每件不值錢的小玩意丟在一旁。他們要踏上旅途，必須決定哪些東西要留下來，哪些要跟著走。他們必須離開，到別的地方定居。

然後，某天晚上，他走進小屋，說：「走吧。」

妳花了一秒鐘。聽懂後，妳愣住了。他拉妳站起來，開始解腳鍊。他有一把鑰匙——鑰匙一直都在，接著他拉扯幾下。鍊子從妳的腳上噹一聲掉下來。妳覺得不可思議地輕盈。

少了鍊子，妳失去平衡。妳扶牆穩住自己。這時，他已經扯著妳的手臂，想用最快速度把妳拉到外面。

「跟上，」他說：「動作快！」

再過幾秒，妳腳下會有草地，四周的牆壁會消失。

「等一下。」

妳朝小屋後側踏了一步。他的手幾乎鬆開。他立刻再次緊緊抓住妳，這力量來自一個永遠、永遠不會放手的男人。妳的左臂瞬間扭轉，痛得妳視線模糊。他整個人的重量壓在妳背上。

「妳他媽的在開我玩笑嗎？」

妳喘氣，用右手指著那幾本書。很久以前，他帶了一個塑膠袋給妳，用來保護書，免得潮濕。妳猜，他是想讓妳知道他懂得怎麼照顧他的財產。同時，條板箱裡還有些小東西，那些他從其他人身上取來交給妳的東西。

「媽的。」

「我只是想拿我的東西。」妳咬著牙說：「真的。對不起。」

他帶妳走向那疊書，妳被他扭向背後的左手抵著臀部。他的腳絆到妳的，妳差點跌倒。他抓住妳，拉妳站好。

「走。」

當妳蹲下去拿塑膠袋時，他的身體隨著妳一起動作。妳把塑膠袋丟進條板箱，和其他的東西放在一起。

「現在好了沒？」

妳點頭。他帶妳走到門邊。沒時間道再會了。妳只能盡力抓住回憶，日子互相交織，五年光陰化作泥。小屋就這麼點大，是絕望之境，但到了最後，卻成了妳熟知的地方。

在這裡，妳學會如何生存。他要帶妳去的新房子裡充滿了不確定性，每個角落都潛藏著犯錯的可能。

妳走到門口時，他要妳停下來。金屬光一閃，某個又冰又硬的東西抵在妳的腰側。是手銬。他用一端扣住妳，另一端則扣住他自己的手。

「走了。」

他伸出沒扣住的手，準備拉開門栓。他把臉湊到妳跟前。

「到了外面，別輕舉妄動。我是說真的。如果妳跑，或是喊——除了和我一起走到車邊，其他舉動都會讓妳嚐到後果。」

他拉開門栓，一手壓住妳的後腦勺，迫使妳低頭看。那把槍。就插在他臀邊的槍套裡。

「我懂。」妳說。

他放開妳的頭。喀嗒一聲，然後一拉，接著——來得太突然，妳根本來不及表示歡迎——一陣奇蹟般的風吹在妳的臉上。

「快走。」

他拉妳往前走。妳跨出第一步，隨後第二步。妳到了小屋外面。站著，而且在呼吸。幾綹髮絲拂過妳的臉頰。太多事同時發生，大自然要求妳去聽，去感受。一陣陣輕風吹動樹葉，妳赤足踩著土地。昆蟲嗡鳴，樹枝啪地折斷。露珠的濕意碰觸妳的腳踝。

又是一拉。妳正走向他停好的小貨卡。這是妳有史以來第二次看到小屋的外面：垂直的木板漆成灰色，門邊有白框。保持得很好，很乾淨。他不是那種會讓自己產業長雜草，或有所改變的人。如果有人看到小屋，絕對不會懷疑。

倘若妳瞇起眼睛看，妳會看到，在妳的左手邊，那房子遙遠的輪廓。聳立，寬敞，空無一人。在妳想像中，在那幢房子裡，曾經住著快樂的一家人，光線從天花板往下照，歡笑聲在走廊迴盪，在閃亮的器具上跳動。如今，窗戶暗了，大門深鎖。回憶消失了。搬空的屋裡，四牆上的共同生活痕跡已經抹滅。

妳繼續往前走。一個忙碌、情急的男人催促妳走向妳的命運。今晚不是妳的幸運夜，這一切都不是為了妳。

妳知道，在妳上方是天空。也許有星星，也許有月亮。

妳不能不看。

伸長脖子瞥一眼，可能會讓妳付出慘痛的代價。他不會高興的。但已經五年了，如果事情會發生，非得是現在不可。

他走在妳前面，低著頭，目光落在自己的腳上。他不想絆倒。這男人最不想看見的情況，就是跌倒。

妳跟上他的節奏，小心地不要落後，接著——緩緩地，像踏上吊橋搖晃那端的人——歪頭往後看。

就在這裡，一直在等妳。漆黑的天空和十來顆星星。全神貫注看著天空時，妳繼續一步接著一步地走。妳，以及黑暗。妳，無底的大海，以及可能散佈在四周的小小冰山。妳，黑色的墨水，閃亮的白漆灌注了活力。

其他什麼也沒有。妳的胸口一陣拉扯，那是一股巨大深沉的悲痛。妳，和所有和妳一樣仰頭凝視天空的人。和妳一樣的女人、孩童、男人、老人、嬰兒和寵物。

這是天空告訴妳的事：從前，妳身邊有人。妳有母親，有父親，有個哥哥。妳有室友。妳有血緣關係的親人，有自己選擇的親人。有人和妳合作，陪妳小酌，一起分享食物。有人將妳抱在懷裡，舉起妳迎向世界。

妳當初一心尋找的，現在擁有了。一段將妳撕裂成碎片的沉默、親密關係。

妳的小腿疼痛。妳內心深處湧現了某種情緒。妳必須再次找到他們，那些他將妳從他們身邊帶開的人。有一天，妳會得跑向他們。

「妳在做什麼？」

他停下腳步回頭看，看著妳仰頭看天空。妳立刻把脖子轉回到正常角度。

「沒有。」妳告訴他。「對不起。」

他搖搖頭，拉著妳往前走。妳想放聲尖叫，想抓自己的胸膛，想跑，一直跑，即使妳知道，妳知道得太清楚，跑，對妳而言即代表結束。

笨。只要妳去想外面的人，這就是後果。

想在小屋外存活的首要規則：除非妳有十足把握，否則不要跑。

他再次停下腳步。妳踉蹌地停下來，及時避免撞上他。妳這時已經站在他小貨卡的副駕座車門外。他拉開門，妳把條板箱放在後座。妳飛快地看綠葉最後一眼，再次偷偷摸摸地吸了一口新鮮空氣。妳屈身爬進前座的塑膠座位。他打開銬在他手上的手銬，將妳雙手拉到背後銬住。

「不要動。」

他俯身調整妳的安全帶。他不是那種會冒險，讓自己因為小小的交通違規事件，就被警察要求停到路邊的人。他不惹事，而世界因此感謝他。

再次檢查過安全帶之後，他站直身子，笨拙地在牛仔褲腰際摸索，掏出槍套裡的手槍，拿在妳面前揮舞。在手槍前面，妳的皮膚化作無物。妳的身體——只是有待瓦解的肢體——沒能提供任何幫助或任何保護，只會帶來無盡的痛苦。

「不要動。妳如果亂動，我不會高興。」

妳點頭。我相信你，妳想告訴他，像許諾，像誓言。我一直相信著你。

他用力關上副駕座車門，繞到駕駛座旁邊。他手上的槍指著擋風玻璃，目光沒有離開妳。他那側車門打開。他滑進座位，把槍放在儀表板上，扣上自己的安全帶。他重重吐氣。

「走吧。」

與其說是在對妳說，不如說他在自言自語。

他啟動引擎。槍回到槍套裡。妳以為他要踩油門，沒想到他轉頭面對妳。妳的下巴抽緊。他可能改變心意。在最後一刻，他可能會決定，這麼做行不通。比較容易，比較好的方式，是讓妳永遠消失。

「到那裡時……會很晚了。她已經睡了。妳要很安靜。我不想讓她半夜醒來，開始問問題。」

妳點頭。

「那好，現在，閉上眼睛。」

妳忍不住皺眉頭。

「我說，閉上妳的眼睛。」

妳閉上雙眼。車子在妳雙腿下隆隆啟動，這時，妳才明白為什麼：他不想讓妳看到妳在哪裡，或是要到哪裡去。這和五年前他帶走妳時一樣，只不過，當妳蒙著眼。在他帶妳到這個地方時，他遞給妳一條頭巾，要妳綁住自己雙眼。但那是當時，這是現在。他現在瞭解妳了。他知道他說什麼，妳都會服從。

在任何其他狀況下，妳可能會冒險。妳會張開眼睛偷看。但今晚不成。今天晚上，最重要的是保住這條命。

妳把注意力放在搖晃的小貨卡上。車子顛簸地駛過妳想像中的車道，接著才開上光滑的路面——猜想是柏油路。馬路。妳覺得頭暈，不是暈車，但也難說。假如妳在扣住安全帶的範圍內盡可能往前靠來影響他會怎麼樣？迫使他打方向盤？如果妳自己去轉呢，用妳的膝蓋、腳，或身體任何部分？如果你們兩個人翻車，翻過護欄或摔進深谷？他不會有時間拿槍。也許。又或者說，他可能在幾秒鐘內把小貨卡拉回路面，開到荒僻的地方，拿出手槍解決妳。

於是妳不敢動。妳只聽到引擎，以及他偶爾用指頭敲方向盤的聲音。妳難以判斷他開了多久。十分鐘？二十五分鐘？最後小貨卡減速，停了下來。妳聽到抽出鑰匙的金屬碰撞聲。

妳沒有動。妳沒有張開眼睛。有些事，除非他要妳做，否則妳不敢。但妳已經知道，你們到達目的地。妳感覺得到。這房子在呼喚妳。渴望妳。

11

家裡的女人

駕駛座的車門打開又關上。幾秒鐘後，他來到妳這側。他拉起妳仍然銬在背後和副駕座上的雙手。先是妳左手腕的手銬滑開。接著一陣摸索，一聲喀嗒。當他要妳張開眼睛時，你們已經又銬在一起了。

「走吧。」

妳沒有任何想下車的動作。他嘆口氣，接著靠上前來解開妳的安全帶。

「妳就不能自己解開嗎？」

然後看你抓狂？在我背後拿手槍敲我？才不要。

他拉妳一下。妳踩到草坪上。他彎腰拿妳放在後座的條板箱。這是妳四處看的機會：妳站在一個小前院的邊緣，這裡是他的世界與人行道的界線。小貨卡停在鋪石小車道的一邊，從輪胎留下的痕跡來看，妳假設他才剛停好車。馬路通往兩個方向：妳來的地方，以及另一個未知的目的地。一棵樹，一扇裝了電鈴的門，一塊迎客擦腳墊。另外還有推輪式大垃圾桶，一個綠色，另一個黑色。房子在小斜坡上，車庫門在坡腳，就在房子一樓正下方。房子的另一側有個小小的露台，幾張金屬椅，一張和椅子成套的桌子。

看起來如此正常。郊區生活的好配備。

他帶妳直接往上走，走向那幢房子，妳觸手可及的，貨真價實的房子。這房子和小屋一樣的外牆、窗戶和木板條，但是大得多，高得多，還有那個屋頂。前門有道鎖，他從口袋裡拿出一把鑰匙插進鎖孔，妳還來不及明白，連鑰匙轉動門鎖的聲音都還沒完全傳到妳的耳鼓，妳人已經在屋裡了。

「來吧。」

他催妳爬上一排樓梯。這房子在妳面前展開——一張沙發、一台電視，書架上有幾幅裝框的圖片。開放式廚房裡，家電用品嗡嗡輕響。

「走了。」

妳跟著他走。爬上第一階、第二階，然後——妳身子往前撲。妳在下巴撞到地上之前伸手抓住欄杆。妳低頭看腳。妳絆到了：樓梯上鋪著地毯，這時候的妳已經不習慣柔軟的地面。

他轉頭瞪妳一眼。妳的胃部隨之緊抽。

但他接著繼續爬樓梯，再次急切地拉著妳往前走。他想要妳進去他指派給妳的房間。他想掌握控制權。他這輩子只想要一切按計畫進行。

你們上到二樓。妳看到，在走廊末端的暗處，有扇門上貼著一張海報。妳集中注意力，想看清海報上的影像——一個沒有臉孔的人擁抱著另一個較小的人影，橘色和藍色的色塊在黑暗中發亮。妳的視線掃過海報，妳的大腦——妳幾乎不敢相信——妳的大腦說：凱斯．哈林。像一道穿過碎石瓦礫堆的閃電，妳辨認出來。小屋沒能抹滅妳這個部分。

那一定是他女兒的房間。他的房間應該在妳的左邊，在走廊的另一頭。他站在光禿禿、關上的房門前面，靜靜地掌握自己的祕密。就像他不想要讓妳看見。就像這祕密中隱藏著一個完全與妳無關的世界。

妳的右邊有另一扇門。沒有標示。毫無特色。他拿出另一把鑰匙，插進圓形門把中央的鎖孔，開始轉動。滑順，無聲。即使在黑暗中也如此流暢。

房間很小，沒有太多擺設。妳第一眼就看到右邊的床，那種鑄鐵床架的老式雙人床。角落有一張小書桌和搭配的凳子，旁邊放著一座五斗櫃。暖氣機在空間的另一端。唯一的窗戶上，遮光簾已經拉上。這是妳看過最神奇的房間。裡面什麼都有，什麼也沒有，是妳的又不是妳的，是家，卻不是家。

他關上門。天花板上有一盞燈，但他不打算開燈。他把條板箱放在地上，解開銬在他手上的那端手銬，指向床鋪。

「過去。」

他等著妳去躺下。這是當初說好的：白天銬在暖氣機上，晚上銬在床上。妳往床墊一坐。彈簧在妳身下呻吟。五年來第一次，妳沉沉坐進柔軟又有彈性的物體上。妳抬起雙腿放在床墊上，伸直腿，放低上身，讓頭靠向枕頭。

這個感覺應該要很美妙。躺在木板地上的睡袋中度過超過成千個夜晚後，妳這時應該要聽到天使在唱歌。然而一切都不對。下陷的床墊彷彿要吞噬妳。妳彷彿一直往下沉，不停地下沉，直到什麼都不剩，地球上再也沒有妳的痕跡，沒有任何讓人知道妳曾經在此的證據。

妳坐起身，試圖穩定自己的呼吸。

「對不起。」

他一隻手飛快來到妳的肩膀，手指扣進妳的鎖骨下方，將妳往後推。

「搞什麼。他媽的。妳在做什麼？」

「我不……對不起。我只是不……我覺得這樣做行不通。」

他縮緊手指。妳想安撫他的情緒，只不過妳的胸腔越繃越緊。刀刺般的感覺在妳的胸腔放了一把火。他必須知道妳沒有任何企圖，就算妳覺得有機會，妳也不會跑。妳努力想呼吸卻沒能成功。

「只是……對不起。」

妳舉起雙手，希望妳的身體能告訴他那些妳說不出來的話。說妳是無辜的，妳沒有任何要隱藏的事。他仍然握著手槍。滅音器摩擦妳的膝蓋側邊。妳專注地呼吸。很久以前，在妳從前的人生，妳曾經下載冥想應用程式。程式中，一名英國人提醒妳如何透過鼻子吸氣，嘴巴吐氣。一次又一次，一次又一次。

就在妳覺得自己的胸口逐漸平靜時，妳的喉頭發出喘氣聲。或是說，那是妳耳鳴？鼻子吸氣，嘴巴吐氣。舉手。眼睛看著槍。

「能不能……讓我睡地板？」

他揚起一邊眉毛。

「是因為……床墊……和小屋裡很不一樣。我知道這很蠢。對不起。可是，可以嗎？這不會改變任何事的。我保證。」

他嘆口氣。用槍管搔搔太陽穴。這表示槍上了保險？還是說，他對自己的槍法真的有信心？最後，他聳聳肩。

「隨便妳。」

妳從床墊上滑下來，慢慢地，以拆彈專家的精準姿勢躺在地板上。妳胸口的結打開來。這才是妳所熟悉的。這和小屋裡一樣。妳懂得怎麼在小屋裡存活。在這裡，妳也學得會。

他在妳身邊跪下，抓住妳銬住的那隻手。他拉長妳的手臂，拉過妳的頭之後，將手銬空著的那頭穿過床架的兩處鑄鐵彎弧之間。他左右拉扯手銬測試是否牢靠，油漆碎片跟著剝落。

當他確認妳不可能掙脫後，他站了起來。

「如果我聽到聲音——任何聲音——我會不高興。懂嗎？」

妳躺在地上，盡妳所能地點頭。

「我的房間在走廊對面。如果妳有任何嘗試，我會知道。」

妳再次點頭。

「我明天早上會過來。我希望看到妳躺在原位。同一個姿勢。一切都相同。」

再一次地，妳點點頭。他走了幾步，手握門把，但沒有動作。

「我保證，」妳說：「我不會亂動。」

他斜眼看妳。他看妳的眼神中有著懷疑，永遠如此。他能信任妳嗎？現在可以嗎？一小時後呢？再過一星期呢？

「我說真的。」妳補充道：「我好累。你一走出去，我會馬上昏睡過去。」

妳抬起沒銬住的手，用食指朝房間劃個圈。

「這裡很棒，謝謝你。」

他轉動門把，這時，事情發生了。牆的另一邊，地板發出刺耳的嘎吱聲。走廊另一頭穿來呼聲：「爸爸？」

他的雙眼閃過某種類似驚駭的神情。他用看死人的樣子看著妳，好像妳是屍體，他雙手染血，而他女兒正朝你們走過來。

但同樣快地，他恢復了自持。他臉上的表情放鬆下來，眼神銳利。他朝妳舉起一隻手。不要管。不要作聲。

他輕盈地走出門外。她看到他了嗎？還是說，光線太暗而且她的位置太遠？這是妳遇過最困難的事：不要看。不抬頭，不拉長脖子。當門在他身後關上時閉緊嘴巴。一股風吹在妳臉上。妳把雙唇往嘴裡吸，咬住臉頰的內側。

牆外傳來模糊的聲音：「都沒事吧」、「對」、「好晚了」、「我知道，我知道」、「我發了簡訊給你」和「我沒聽見」，以及最後的「回去睡覺」。她一定聽了他的話，因為很快地，所有聲音消退，只剩下妳。房間裡的妳。妳在一幢真正的房子裡，屋裡有家具、暖氣、許多面牆壁和門。妳和他，以及走廊另一頭的某處，另外一個人。

妳幾乎能感覺到她。瑟西麗雅。宛如力場。黑暗中的餘火。五年來首次的小颶風。以及，絕對是一個新加入的人。

12

第二號受害者

他訂婚了。

這是他告訴我的頭一件事。在我關上店門後。在他要我交出收銀機裡的現金後。在我明白他不光是要錢之後。

他在拿走我戒指後這麼說。他會擔心珠寶，因為他最近剛訂婚。

和一名美好的女人，他說。

關於他的另一件事：他懂得繩結。「看到了嗎？」把我雙手綁在我面前時，他告訴我：「這叫八字結。就算妳用力拉，也拉不開。壓力只會讓繩結更緊。所以，不必試了。他媽的連試都不必試。」

趁他沒看時，我還是試了。但這個男人有個特點，他不說謊。他打的結一直沒有鬆開。

我得知的最後一件事是：他有所準備。我想，他從前做過同樣的事。他有信心，有決心。冷靜，甚至連我違背他的計畫時仍然保持冷靜。因為他知道我終究會服從。世界會因他的意志折彎。

他——那是我這輩子想到的最後一件事——像個戰士。像個知道在對手不再扭動前，事情不會結束的人。

13

家裡的女人

妳的肩膀一陣搖晃。他俯身看妳，將妳搖醒。妳什麼時候睡著的？妳只記得躺在硬木板地上，試圖為上了手銬的手臂找出個好姿勢。

妳等著他放開妳。他拉妳站起來。妳揉揉眼睛伸伸腿。在小屋裡，他進來時妳總已清醒。想到他能夠在妳不注意的情況下悄悄進到房裡——在妳躺著，眼睛閉著，嘴巴微微張開，忘卻周遭世界，並且沒注意到他時來到妳上方，妳的喉嚨就緊了起來。

「我們走。」

他抓住妳的手臂，拉開門，帶妳穿過走廊。在他另一側手肘下，他夾著一條浴巾和一套衣服。他拉開妳左邊的另一扇門——一扇妳昨晚沒注意到的門，將妳拉進去。打開水龍頭時，他伸出一根指頭壓住嘴唇。「她還在睡。」他低聲說話的聲音差點被水流蓋過。「可是，動作快一點。還有，要安靜。」

瑟西麗雅。昨夜的記憶浮現在你們兩人之間，他女兒的詢問，以及他眼裡的驚慌。你們三個人，手牽手站在懸崖邊緣。

妳讓牛仔褲和內褲滑下雙腿。接著脫下毛衣、T恤，以及在妳原來胸罩的鉤子脫落後他買給妳的廉價運動胸罩。

妳掀起馬桶蓋。有那麼一下子，現實的經驗讓妳忙到忘記他在看。妳只知道棉製腳墊擦著妳的足弓，冷冷的馬桶座刺激你的大腿後側。妳右手邊有一卷衛生紙，白色的，雙層的。他的視線沒有離開妳，冷漠的眼神，像看一隻狗在散步時解放。

在妳的左邊，浴缸裡的水花潑濺。妳沒問起瑟西麗雅，不問有人洗澡的聲音有沒有可能吵醒她。他是父親，知道什麼會打斷他女兒的睡眠。妳猜：她習慣了。據妳所知，幾年來他都比她早起，在她打第一個哈欠前先修鬍刷牙。

妳坐在馬桶上觀察他。沒錯。他已經穿好衣服——牛仔褲和乾淨的刷毛上衣，腳上的靴子也繫好鞋帶。頭髮梳好，鬍子剛修過。他很早起，讓自己有充裕的時間漱洗，再來照顧妳的需要。如果她聽到什麼聲音，他女兒會以為新房客和她父親一樣，都是早起的人。

妳站起來，按下開關沖水。準備跨進浴缸時，有件事阻止了妳。鏡子中的人。一個女人。從來沒看過，不認識的女人。那是妳。

妳需要幾秒鐘看。妳深色的長頭髮和以前一樣，但髮根開始泛白，幾綹白色髮絲順著肩膀往下垂，像是臭鼬。肋骨突出，裹在妳的皮膚下，彷彿隨時會戳出來。還有，妳臉孔的輪廓。

「夠了。」

在妳有機會看得更仔細之前，他抓住妳的手臂，將浴簾拉到一邊，催妳站進去。

水很熱。從前，妳習慣這樣洗澡。久久站著，讓水花在妳胸口跳動。妳仰頭讓水灌進雙耳和嘴巴，讓水佔有妳，讓自己完整地投入這一刻，試著擭取從未實踐的某種莊嚴。現在，用水桶裡的水潑洗了五年後，妳很難判斷那個經驗的哪個部分——燙著妳的背，沖洗妳臉孔的熱水，湧入妳肺部的蒸氣——應該要讓妳覺得享受。

妳張開眼睛，努力在水霧中保持呼吸。妳還記得該怎麼做嗎？妳伸手拿香皂時腳底一滑。他抓住妳，翻個白眼。浴簾仍然拉在一邊。這裡沒有剃刀，沒有任何妳可以用來傷害他或妳自己的物品——連能拿來噴他眼睛的洗髮精都沒有。只有妳，妳赤裸的身體，以及一塊香皂。

妳拿著香皂站在蓮蓬頭下。在雙臂、胸口、腿間，一路到腳趾都搓出泡沫

「妳洗夠了沒？」

妳告訴他，就快好了。妳回頭抹上更厚的香皂，洗妳的臉和頭髮。隨後，妳才關水，轉身面對他。他把毛巾遞給妳。妳擦乾自己。妳擦乾的身體如此顯眼，在黃色的燈光下如此真實。小屋裡，在露營燈的光線下，妳看不到自己身體的細節——妳大腿上的擴張紋猶如一道道閃電，前臂和小腿上長著深色體毛，兩邊腋窩下還各有一叢。妳的手臂上看得到瘀青，肘彎有一塊塊青色和紫色的痕跡。妳的胸口有零散的疤痕。寫在妳皮膚上的，是暴力陰影下的好幾年時光。

妳將毛巾交還給他。他指著門上的鉤子，讓妳把毛巾掛在上面陰乾。他指指他放在地上的一堆衣服。妳跪下，看到全新的超市品牌內褲。一件同樣黑色棉布的運動胸罩。乾淨牛仔褲，一件白T恤，一件灰色拉鍊帽T。每件衣服都廉價，灰暗，無聊。每件衣服都是新的，是妳的。

妳穿上衣服，一面提醒自己有關妳新身分的細節。妳是瑞秋。妳最近剛搬到鎮上。妳需要住處，妳聽說朋友的朋友有房間要分租。他遞給妳新牙刷，指指放在洗臉槽邊上的牙膏——應該是他的。

這不是善意。這是基本衛生，是妳清理自己的機會。妳不生病，不掉牙，身體不要感染，他只會更好處理。在小屋時，他需要妳保持健康，不要給他帶來額外的工作。現在，為了他女兒，他需要妳盡可能看起來像正常人。

「過來這裡。」

他要妳站到鏡子前，接著用毛巾擦掉鏡面的水霧。這是妳仔細看看自己的好機會。妳本來就不是美人，不完全是，但只要日子對，角度對，妳還是可以看到自己的吸引力。妳有漆黑的頭髮和短短的劉海。除了每個月長一次的青春痘，通報月經到來，否則皮膚狀態良好。嘴唇的線條分明，可以不用口紅。妳教會自己隨時備著眼線筆，下眼眶用白筆強調那雙又圓又大的眼睛。

鏡子裡的女人沒有劉海。很久以前，劉海就已經留長了。妳的皮膚，不知怎地，同時既乾又油。妳的額頭、眉頭和嘴邊都有新生的皺紋。整片皮疹從太陽穴延伸到下巴。體重的減輕，也影響了妳的臉。妳的雙頰凹陷，長期往內縮。

從前，妳強壯又健康，是個吃燕麥而且會在星期日練習伸展的跑者，偶爾會做瑜伽，也上皮拉提斯課程。妳盡可能步行，餓了才吃，飽了就停。妳的新陳代謝運作正常，沒有困擾。身體這個服從的小機器，這個懂得回報妳照料的有機體，對妳而言是個奇蹟。如今他毀了它。糟蹋它，一如他對待一切的方式。

「站好。」

他拿著一把剪刀。妳愣住了。

「太長了。」他拿著剪刀指指妳的頭髮。頭髮並沒有妳想像中長得那麼快。度過前十二個月之後——十二個每天只有一餐的月份——妳的身體決定把資源用來處理更迫切的議題。妳逐漸稀薄的髮尾永遠垂在肩胛骨下方。

他需要一個更整齊的妳。他需要讓妳看起來像個定期剪頭髮的人。

「不要動。」他告訴妳：「如果妳害我手滑，就可惜了。」

妳保持靜止不動，讓他手上的剪刀劃過妳的後背，在金屬碰到妳皮膚時壓下顫抖的衝動。剪了幾刀後，他將妳的頭髮剪到及肩的長度。

他把剪刀插進褲子的後口袋，然後拉住妳的手臂。

他老是這樣將妳拉來拉去，催促妳，做任何事都沒有足夠的時間。妳轉頭面對他。他的藍眼睛，妳可以發誓，這雙眼睛的顏色有時會變深。他仔細修剪的鬍子，他的臉頰——驚人地細緻——幾乎可說是脆弱。

洗臉槽下方的抽屜裡可能藏有洗髮精。鏡子後的櫃子裡說不定有蘆薈鬍後乳。不是昂貴的東西，只夠讓人覺得乾淨體面。

熊熊怒火衝上妳的脊椎。妳環視浴室，想找東西摔。說不定肥皂盒就可以敲破他的頭顱。又或者妳可以徒手攻擊，雖然短暫，但那會是多麼美好的感覺，一次又一次地對著他的胸口揮拳，也許痛揍他的臉，瞄準他眼睛上方的骨頭，或打破他的嘴，讓他的牙齒染紅，或把他的鼻子打進他的腦袋？但他收緊了握住妳手臂的手掌。這個吃得好睡得飽的男人知道武器會藏在哪裡。他是他領域的主人。

「對不起。」妳拉上帽T的拉鍊，說：「我好了。」

他撿起妳的舊衣服，要妳跟他走。他俐落地打開通往臥室的門，把妳的衣物丟進去。在白天，妳能夠把門看得更清楚：圓形門把的鎖孔在正中央，是可以反鎖的那種門把，和妳從前和室友們住在一起時相同。門鎖的重點不是把妳關在裡面。是為了瑟西麗雅，為確保她進不去。只有她父親有鑰匙。只有他能進來。

妳走回房間裡。再一次地，他將妳銬在床架上。走廊盡頭，有個鬧鐘響了。時間抓得正好。

妳坐下來等，濕髮披在背上。沒多久他又回來，再次打開妳的手銬。這次，他在妳走出去後關上門，抓住妳的腰。妳跟著他下樓。這房子在妳腳下醒了過來。樓梯鋪著灰色地毯，牆壁刷成白色，扶手也是白色。你們左轉後走進開放式廚房。妳的名字是瑞秋；妳是瑞秋。妳的右邊是起居空間。沒有門廊，只有前門，呼喊著妳的前門。妳看到一張沙發，一張扶手椅，一台不小的電視。咖啡桌上放著幾本雜誌。牆上掛著裝框照片，角落的書架上排著一些平裝書。樓梯下方有一扇門。

妳想察看一切。妳想翻箱倒櫃，拉開所有的門。但他拉妳走向廚房的桌子——木桌，少許刮痕，但最近才剛上過亮光漆。距離桌子不遠處有一扇後門。整個房子顯得很乾淨，但缺乏特色，彷彿它擔心若自己開始說話會一發不可收拾。

他指著一張椅子，同樣是木椅，離後門最遠的那張椅子。妳坐下來。桌上有三副餐具、兩個空馬克杯、三把餐刀。流理台上有一個整在煮咖啡的咖啡壺。他搭著妳的肩，搖妳一下。妳瞥向他的腰。沒有槍套。

「要記住。」

妳是瑞秋。妳是朋友的朋友。妳不會拿刀刺他的喉嚨。妳會舉止如常。

他打開銀色的冰箱，拿出一袋白吐司，一片一片擺進烤吐司機裡。妳的兒時早餐浮現腦海：兩張紙巾夾住的夾心餅乾，還是熱的，在上學的路上吃。後來，相似的慣例，但換成在車上吃炒蛋三明治和紙杯裝咖啡。就妳記憶所及，妳從未坐下來和妳父母一起吃過早餐。週間當然更不可能。

妳坐在椅子上，記下眼見的所有東西：流理台上一組刀具，瀝水架上有鉗子、杓子、開罐器、一把長剪刀。烤箱把手上掛著一條擦手巾。一切都很乾淨，每件物品都放在應放的位置。他打開了搬來的箱子。在這個新空間安定下來。這地方現在是他的，在他的掌控之下。

他走過去靠在樓梯扶手上，歪著頭看向樓上。

「瑟西麗雅！」他喊道。

他拖著腳走回咖啡機旁，檢查咖啡是否已經煮好。這名父親當班準備早餐，忙於早上的例行工作。

最先映入妳眼簾的，是她的雙腳。兩只淺藍色的襪子輕輕走下樓梯。接著是黑色窄褲，毛茸茸的淺紫色毛衣。走到樓梯中央，她探頭往廚房裡看。

「嗨。」妳說。

妳的聲音嚇到了她，和他，而其中以妳最驚嚇。他的目光來回看著妳和他女兒。妳擔心自己做錯了事。一個字，妳就毀了一切。但瑟西麗雅一路來到桌邊，在妳對面坐下。

「嗨。」她說。

妳不能再說嗨了，於是妳小幅揮個手。妳努力不瞪著看，但妳忍不住，妳貪婪地端詳她的臉，盡情享受她五官的細節。

妳細看她的臉，尋找她父親的痕跡，尋找她的成長故事。她和父親有些相似之處——路上的陌生人會假設他們是親屬——但她是個獨立自主的個體，她的臉比他的圓潤，也柔和些。波浪般的頭髮圍起散落著雀斑的臉孔。然而，那雙眼睛是他的——相同的灰藍色眼眸，虹膜外圈同樣閃爍著黃色。

他將一盤吐司放在桌上。他背對著他女兒，對妳揚起雙眉。別搞砸了。

妳在努力，但妳一點也不知道該怎麼做才不會搞砸。對於坐在這男人的廚房裡，掏出自己友善的天分來對待他的女兒，妳不可能有任何事前準備。

「我是瑞秋。」妳告訴她。

她點點頭。「瑟西麗雅。」

「很開心認識妳。」

她短暫一笑。她父親走向廚房流理台，拿起咖啡壺，回來坐在桌邊。他轉頭問她：「睡得好嗎？」

她點頭，眼睛看著空無一物的盤子。妳模糊想起，在她這年紀時，妳在早晨是什麼模樣：總是疲倦，從來不餓，絕對沒有心情說話。她父親為自己倒了杯咖啡，然後把咖啡壺放在妳餐墊的邊上。這是在告訴妳，指示妳幫自己倒咖啡。妳注滿面前的杯子。拿起杯子湊向嘴邊時，妳才看到陶製馬克杯另一邊印了幾個黑色大字：有史以來最好的老爸。

早餐桌邊，這位有史以來最好的老爸伸手拉起女兒一綹頭髮。他把頭髮拉到她的鼻前上下揮，還戳她的鼻孔。一開始，她沒有反應。到了第三次，她輕輕揮開他，彷彿明知不該，卻還是笑了出來。

「住手！」

他微微一笑，半是對她，半是對自己笑。他和她，相處融洽的父女。

他愛她。這很明顯，連妳都看得出來。

愛這回事：可以是人的軟肋。

趁他們分心，妳閉上眼睛，喝下這些年來的第一口咖啡。這個氣味猛然將妳帶回妳最後一個早晨：他帶走妳的那天。在那之前，暑期，妳在新聞室實習，疲倦的員工會在接近傍晚時，把膠囊塞進咖啡機裡。那段期間，妳常去咖啡館。說到咖啡，妳現在想起來了，妳從來不執著。妳嘗試過每一種想得出來的口味，濾滴咖啡，加雙份濃縮咖啡的馥烈白，榛果拿鐵，奶泡增量的卡布奇諾。妳拒絕表態。想嘗試這個世界提供給妳的一切。

妳再次張開眼睛時，女孩正在研究奶油盒的底部。舉止如常。妳伸手拿來吐司，放在妳的盤子上。接著瞥向有史以來最好的老爸，等他無言同意後，才好拿起磨鈍的刀。他女兒放棄她的閱讀素材，妳把奶油抹在麵包上。妳在上頭多抹了一層果醬，像是不當一回事，像是，這不是五年來，妳第一次能夠決定要吃多少他交給妳的食物。在不引起懷疑的情況下，妳盡可能儀式般的咬下一口。

劇痛叮咬妳的牙齦邊緣。果醬太甜，卡在妳的喉頭。妳不知多久沒看牙醫了。妳不想去思考嘴裡的那團糟。齲齒，齒齦炎，如果用牙線清理就會出血。雖然會刮痛妳，但吐司又熱又酥，奶油逐漸融化，而妳他媽的貪心，餓到忘了飽足是什麼感覺。也許妳一直在貯存飢餓感，存在妳凹陷的肚腹和髖關節之間，而在妳補足生活在小屋裡錯失的所有卡洛里之前，妳無法停止進食。

「妳有沒有帶要給紐曼小姐的紙條？」

那名父親的聲音將妳帶回廚房。回到妳擱在桌上的手，踩在地板上的腳，回到這個男人，他女兒，以及他們美好的晨間例行公事。瑟西麗雅確認，表示她帶了給紐曼小姐的紙條。父女兩人又閒談了一會兒，詢問即將到來的考試，確認瑟西麗雅這晚會去上美術課，而他會在五點半去接她。

從前妳不知道父親們能夠有這種表現。無論妳回溯到多久之前，妳都不記得妳父親曾經為妳準備過早餐，知道妳老師的名字和妳的課表。他一大早去上班，晚餐後才穿著一身西裝、手上提著公事包回家，疲倦，但快樂。在運動賽事，學校戲劇表演，和週日下午去公園時，他會為妳和妳哥哥空下時間。但妳只是待辦清單上的項目。即使在孩提，妳早已感覺到，如果沒有人提醒他這項特別的任務，他可能會忘了自己為人父親的身分，妳的童年，就像件沒有人費心領回的乾洗衣物。

那位有史以來最好的老爸喝完杯裡的咖啡。他女兒放棄努力咀嚼的吐司。他們站起身。他對她說「五分鐘」，她表示知道，然後上二樓消失了身影。浴室關門聲一傳進廚房，他便看向妳來。

「走了。現在。」

他要妳走在他前面上樓去，自己緊跟在後，身體擦過妳的後背。妳走回臥室。他不必開口，妳自己知道要走到暖氣機旁邊。妳坐在地上，抬起右手。他從他的口袋裡拿出手銬，一頭銬住妳的手腕，另一頭銬在金屬散熱管上。他上下滑動手銬，以確認這個方式安全無虞。

「我得送她上學，然後必須去工作。現在妳聽好了。」

他拿出手機。妳以前沒看過他用這東西。這手機的螢幕比妳印象中五年前的機種大許多。

「我裝了攝影機。這房間裡，前門口，到處都有。隱藏式攝影機。全都連結到這上面的應用程式。」他輕觸幾下，然後將螢幕轉向妳。螢幕上出現的不是畫面源——他不會讓妳看。那麼做會透露太多線索。畫面上是線上錄影。是一段樣本。

他低聲下指令播放。螢幕上出現一棟房子的入口。一個女人拉開又關上門。妳看得到也聽得到。螢幕右下角出現一個紅色圖示。

妳全神貫注地看著那棟房子，以及受雇走進不真的是她家的女人。新科技。他眼看著妳，耳聽著妳，這是威脅。

妳收緊了下巴。在小屋時，他沒有隨時監看妳。他離開時沒有。妳在小屋時可以閱讀。可以躺下。可以坐起。妳可以做這些事，而他不知道妳什麼時間或怎麼做。這不算什麼，但已經不少，而且這個「不少」屬於妳自己。

來這裡本來應該要比較好的，妳想這麼說，但又立刻詛咒自己竟會有這種想法。「比較好」不是他容許妳擁有的感受。「比較好」是童話故事。

螢幕暗下。他鎖上手機。

「如果妳有任何舉動——如果妳尖叫或亂動，讓我看到有人過來察看，我會收到通知。到時候我會不高興。」他瞥向拉上遮光簾的窗戶。「我工作地點離這裡很近。這樣妳懂嗎？」

妳告訴他，妳懂，但他不知為何猶豫了。他跪在妳身邊。一手握住妳的臉，強迫妳抬頭看。他必須看著妳的雙眼。看到妳相信他，然後他才能也相信妳。

「妳知道我做什麼工作嗎？」

他真心問妳嗎？他真的不記得他從未告訴妳？

妳試著搖頭表示不知道。

「我是線務員。」妳一定是用茫然的眼神看他，因為他翻個白眼，加上一句：「妳知道線務員是做什麼的嗎？」

妳認為妳懂，但他如此熱切的問法讓妳覺得妳不曉得。

「大概吧。」妳說。

「我負責維修電線電纜。妳從來沒看過我們在上面維修頭上的纜線？」

妳表示有，妳本來就是那麼想。在妳看來，他做這個工作是有道理的。整天爬在電線桿上，和足以致死的電力間只有一層橡膠。

「這鎮很小。」他繼續說：「我上工時，嗯，妳很難相信我在上頭可以看得多遠。」

他放開妳的臉，眼睛往上看，彷彿能看穿天花板。妳想像，他在背景中的高處，飛鳥從他身邊掠過。他的注意力回到手機上。

這次，他讓妳看的是Google的搜尋結果。幾個男人掛在電線上，一隻腳踩在四十呎高的電線桿上，另一隻腳在空中晃。妳看到硬殼帽和厚手套。雜亂的滑輪組和鉤子。妳將一切收入眼中，知道他看著妳。他給妳一點時間，然後收回手機。

「人在上面，什麼都看得見。」他的眼睛又飄向窗戶。「每條街道，每棟房子，每條路，所有人。」他的目光回到妳身上。「我全看得到。妳懂嗎？雖然大家不清楚，但我在看。我一直在看。」

「我懂。」妳告訴他。如果妳的聲音有手，現在，那雙手會合掌祈禱。「我明白了。」

他低頭看了妳幾秒鐘，之後才走向門邊。

「等等！」

他的指頭飛快地壓住嘴唇。妳壓低聲音說：「我的東西。」妳拉拉手銬，強調妳人在這裡但書在那裡，妳拿不到。他拿起書，丟在妳身邊。書本落成一堆。

「謝謝。」

他看看手錶，急急忙忙走出去。妳聽到腳步聲，接著他的聲音從樓下傳來。「準備好了嗎？」瑟西麗雅一定是對她的父親點頭。前門打開又關上。小貨卡發動，轟隆隆的引擎聲遠去。少了這對父女，這時候的房子很安靜。不是祥和的寧靜。是空洞的靜默，充滿壓力，和坐在陌生人腿上一樣令人不自在。房間同時巨大又渺小。四牆彷彿逐漸拉近，地板面積縮小，整個空間朝妳壓迫而來。

妳閉上眼睛，回想小屋，回想枕在頭下的硬木地板，回想妳的木材拼板世界。妳先用手掌蓋住雙眼，接著又移去捂住耳朵。妳聽到一股風吹過妳的身邊，那風聲好像海螺殼裡的窸窣聲。

妳在這裡。

妳在呼吸。

這天早晨是個測試，而妳安然過關。依妳看，妳合格通過了。

14

愛蜜麗

艾登先是妻子過世，接著，為了某種未知的理由，她雙親將他踢出他們家，之後，拜恩法官提議將自己在鎮上，位於哈德遜河附近的小房子租給艾登。那房子不大。我聽說，法官在房租上打了很大的折扣，是那種讓人無法拒絕的開價。這是拜恩法官的經典手法。

拜恩法官視自己為將整個小鎮凝聚在一起的膠。我還沒出生，他就已經主持了方圓十哩的所有婚禮。當你遇到困難，拜恩法官會找到你。他永遠願意抽空來談話。他永遠鼎力支持你，即使你希望他別那麼做也一樣。

這就是三天前，拜恩法官在臉書提議舉辦五公里路跑募款的原因。「大家最愛的巧手工匠兼鎮上真正的好人，艾登，剛失去他的家和妻子，如今，在獨自撫養女兒時，他仍然必須面對龐大的醫療帳單。」他寫著：「他太驕傲，不願意承認或抱怨，但我知道這男人用得著一些協助。」

大家愛死了這個想法。一名義消計畫出路線，以鎮中心為起點和終點。留言區裡，賈西亞家願意以他們有機商店的產品——紙袋裝的葡萄乾和柳橙果乾——當作補給品。我從前學校裡的孩子們報名現場遞水的工作。父親們表示願意當賽道引導員。每個人都顧著熱心協助，幾乎忘了募款的重點：報名費至少要五美金，並且歡迎額外捐款。最後的總額會交給艾登和他女兒，以支付醫療費用、租金、未繳交的喪葬費，以及其他種種開支。

與此同時，艾登·湯瑪斯一直沒有作聲。在我想像，他將小鎮為了協助他的忙碌看在眼裡。他不想貿然冒犯大家，但其實討厭這種注目。

直到這天下午。

雖然我和艾登不是臉友，但我看過他的個人簡介。他只有大概三名朋友，其中包括他已逝妻子的帳號。但我立刻認出他——不是他的照片，當然不是。而是結凍的哈德遜河，從鎮上旅館旁的山丘上拍下的照片。

「各位，真的感謝。」他在法官的貼文下方留言。「瑟西麗雅和我都非常感謝這個社區。」這條留言兩小時前才剛分享，一下就湧入五十個人按讚。有些人甚至留下愛心或加油的符號，貼圖中，短短的卡通雙臂交會起實質的擁抱。

我坐在臥室裡，食指在筆電觸控板上方游移。

在我腦中的多廳電影院裡，同一部電影循環上演：在那杯「古典處子」調酒的夜晚，艾登藍色的雙眼透過他的杯子看著我。只屬於我們兩人的交流。

我在臉書上點選留言，開始打字。停下。再次開始。又停了下來。

我最不想要的，是讓自己顯得太過熱切。

不，那不是真的。

我最不想要的，是讓自己顯得毫不在乎。

「阿蒙汀樂於支援所有跑者（及他們的啦啦隊員）。我會在終點線設立熱可可供應站？」

餐廳每年聖誕遊行時都會提供熱可可。我不介意在今年把時間稍微提前一點。到了比賽那天，這可以讓我有事做，同時也給我在場逗留的藉口。

我檢視自己的留言，然後按下發送鍵。

準備餐廳晚餐服務時，我回到螢幕前檢查貼文的更新狀態。就在我要離開時，臉書頁面右上角彈出訊息通知。

兩條回覆。

一條來自庫伯太太。她和丈夫及兩個孩子幾年前搬過來這裡住。「太棒的點子！」她寫。庫伯太太一直有些過度熱情；總是擔心她和家人無法融入。

第二條留言來自他。我讀得太快，驚慌壓迫著我的胸腔（萬一他覺得這很蠢，萬一他覺得這太過頭或是不足怎麼辦）。接著，我慢慢再讀一次，品嚐著每一個字。

「妳真慷慨。」

他在這裡分段，開啟另一行。

「我覺得這聽起來美味極了。」

15 家裡的女人

妳在暖氣機旁移動身子，想找出沒那麼不舒服的姿勢。倘若妳背靠牆，妳可以伸直雙腿。妳閉上眼睛聆聽。外頭，一隻啄木鳥在鑿洞。一隻另一種鳥在唱歌。在他帶走妳之前，妳正在學習辨認鳥叫聲。妳找到一本書，上面有品種清單以及相對應的鳥叫聲敘述。理論上很清楚，但妳一直沒辦法確切分辨什麼叫聲應該搭配哪個品種的鳥，即便經過拘禁在小屋裡的多年練習也一樣。聽在妳這個都市人耳裡，鳥就是鳥。

小貨卡回來時，遮光簾周圍的一塊塊光斑已經暗下，門開了又關。聲音從樓下的廚房裡傳上來。妳捕捉到零碎的字句——「功課」、「晚餐」、「危險邊緣」。有人爬上樓梯。馬桶沖水，浴室洗臉槽放水，水管咕嚕咕嚕唱起歌。房子裡瀰漫著食物的味道，豐盛，熱騰騰的，而且——如果妳沒記錯——帶著奶油香。

他警告過妳：晚餐不是每晚都吃得到。早餐也不是每天有。他會在恰當的時間來帶妳。但今晚是第一個晚上。所以，他出現了。

妳已經熟知舞步。他解開手銬，要妳動作快。妳站起來，彎彎膝蓋，揉醒麻木的雙腳。樓下，桌上的擺設和今早一樣，只差水杯取代了咖啡杯。他打開烤箱，檢查裡面的不知什麼食物。

「瑟西麗雅！」

這男人在自己家裡，將食物端上桌。餵飽他的孩子。一名父親。

他用手肘輕推妳，像在說妳還等什麼？妳在早餐時他指定給妳的位子上坐好。

瑟西麗雅下樓來。她憋下一個哈欠。妳想起自己在她這年紀時，每天所學，所有讀過的書，所有背下的數學方程式，一切都讓妳筋疲力盡。世界觸手可及，而下課時間，妳還有耗神的任務，要摸索自己想成為什麼人以及如何抵達的最好方式。

她在起居室停下腳步，拿起遙控器指向電視。叮噹聲響起，銅管樂器齊奏起重複的旋律，接著，一個聲音隆隆出現。「現在為大家播出的——是——『危險邊緣！』」螢幕上出現參賽者、名字和居住地，荷麗來自銀泉，賈斯伯來自帕克市，班傑明是水牛城人。一個穿西裝打領帶的人走進現場。

「歡迎『危險邊緣！』節目主持人亞歷克斯．崔貝克。」

妳的雙臂麻了。妳的雙腿發癢。房子，妳能夠設法應付。甚至是瑟西麗雅，妳也能處理屋中出現的第三人能量，她的青春，她生命中的難解之謎。但電視，參賽者為了錢回答問題，亞歷克斯像招呼老朋友那樣問候荷麗、賈斯伯和班傑明——這太超過。太多外界資訊。太多證據，證明少了妳，世界仍在繼續運作。

屋裡，那父親走向他女兒，一手環住她的肩膀。妳爸爸從前也會這樣，妳的腦子在低語，他會將妳摟到身邊，要妳記得妳是他的伙伴。

「晚餐準備好了。」

瑟西麗雅抬頭，用懇求的眼神看著他。

「就看一回合好嗎？拜託。」

那父親嘆口氣。他瞥了妳一眼。也許他覺得，可以讓女兒分心的事物畢竟不是世上最糟糕的事。讓女孩的注意力放在電視上，而不是桌邊的陌生女人。

「把音量調小，我們就放著不關。」

瑟西麗雅挑起眉毛。在這瞬間，她和他好像，同樣猜疑的神情，隨時留心他人的詭計，欺騙。她不想得寸進尺，拿遙控器對準電視，直到亞歷克斯的聲音變成模糊的雜音。她繼續按遙控器。螢幕下方出現原來隱藏的字幕。聰明的女孩。

那父親用抹布包著手指，端起陶盤放到桌子中央，就放在一盤切片的大蒜麵包旁邊。瑟西麗雅靠過去聞味道。

「這是什麼？」

他告訴她是素食千層麵，要她坐下。她先分千層麵給他，再為自己盛盤，接著，她看向妳，停在半空中的湯匙像個問號。妳把自己的盤子送到她面前，自己拿了一片大蒜麵包。瑟西麗雅研究妳好一會兒，最後，是她父親指著電視。這個類別是「與心臟有關」。獎金是八百美金。亞歷克斯讀提示卡時，字幕跳上螢幕。「當心臟周圍的液體累積到足以威脅性命的狀況。」

那父親大聲回答，「什麼是心包膜填塞」。他的語氣不像發問，而只是陳述事實。來自水牛城的班傑明說出相同的答案。他的總獎金增加八百美金。

「不公平。」女孩說：「你從前讀過。」

妳知道，擁有小屋鑰匙——擁有妳房間鑰匙——的男人不是醫生。這裡有個妳看不懂的故事。沒有實現的野心，修改過的計畫。妳還來不及想出任何聰明的試探方式，來自水牛城的班傑明便挑了「暱稱」，挑戰兩百美金的獎金。亞歷克斯說出提示：「他同時也以『安靜的甲蟲』這個暱稱廣為人知。」

妳的內心開始波動。來自過去的知識。妳唱過的歌。在妳爸爸家中書房的架子上拿出來的CD。「多到滿出來」的前幾組和弦，失真的電吉他琴聲。

那父親和他女兒交換一個一無所知的眼神。接著，是妳的聲音。「誰是喬治．哈里遜？」

來自水牛城的班傑明回答「約翰．藍儂」，被判出局。公園市的賈斯伯接著猜「林哥．史塔」。在時間到之前，銀泉的荷麗不願賭運氣。亞歷克斯露出遺憾的表情。「不是約翰，不是林哥。」隨後以隱藏字幕的模式，說：「正確答案是……誰是喬治．哈里遜？」

瑟西麗雅對妳露出小小的微笑，像在說：*幹得好*。她父親等到她的視線回到電視螢幕上，才盯著妳看。妳略聳著雙肩。*怎麼了？是妳說要舉止如常的*。他轉頭看電視，這時，班傑明再次挑選「暱稱」，這次的獎金是四百美金。

「這位英國偶像出生於倫敦布里克斯頓區，暱稱很多，其中有個『瘦白公爵』的封號。他的本名是……」

來自銀泉的荷麗按下作答鈴，噘起嘴巴。更多記憶浮現：某個萬聖節夜晚，妳的臉上化著閃電妝。在妳愛上薄唇，雙眼足以催眠的細瘦人影時，妳心中小鹿亂撞。妳飛快地吞下滿口千層麵，即時說：「誰是大衛．瓊斯？」

螢幕上，荷麗猶豫到超過時限。她遺憾地對亞歷克斯微笑，後者先等其他兩名參賽者碰運氣，然後才說：「答案是大衛．瓊斯……又名大衛．鮑伊。」

瑟西麗雅又轉頭看妳。

「妳怎麼知道這些事？」

妳想不出不能說實話的理由。

「我很喜歡音樂。」

坐著的女孩侷促地扭了扭身子。「喔。我也是。」

她父親不再繼續吃，把叉子擺在盤子邊上。他雙眼一下看妳，一下回瑟西麗雅身上，彷彿在看一場網球賽。

妳還記得其他一些事。讓妳倍感興奮的：是在女孩的年紀，老師讓妳做雪兒的報告介紹。是當妳提到鮑伯．迪倫時，其他人激動地睜大雙眼。是音樂如何成為捷徑，通向友情，還能結束隨著十三歲而來的極度孤單。

妳對她微笑。那個女孩是半個他，那個女孩絕對不能知道她父親私底下會做什麼事。「妳都聽哪些人的音樂？」妳問道。

她開始想。從前，這個問題讓妳又愛又恨。愛，因為妳從不厭倦吐出這些名字——平克・佛洛伊德、大衛・鮑伊、帕蒂・史密斯、深紫樂團、佛立伍麥克，以及鮑伯・迪倫。恨，因為妳怕說出錯誤的人名，那些會揭露妳並非搖滾迷，而只是另一個少女的名字。

瑟西麗雅說了幾名音樂人，泰勒絲，席琳娜・戈梅茲和哈利・史泰爾斯。這些歌手在妳消失時才剛出道。是在妳缺席時，冒出頭的藝人。

「很棒。」妳告訴她。當妳還在世上時，妳發現認識新朋友，努力讓自己的話聽起來像是欣賞而不是降貴紆尊，有多麼困難。

她點點頭。「妳呢？」

妳感覺到她父親惡狠狠的瞪視。*大家都是這樣的，稍後，如果他問起，妳會這麼說。大家會交談，會分享最愛的事。*

妳告訴她幾個名字。「滾石合唱團——事實上，我還在二〇一二年看過他們的現場演出。海灘男孩。指標姊妹合唱團。艾維斯・普里斯萊，但我猜，沒有人不喜歡他。還有桃麗・派頓。我在整個成長過程都好愛桃麗。我還求我爸媽帶我去桃麗主題公園，每年——」

像是在教堂裡出言不遜。像是唸咒語時突然口吃。妳說到一半停了下來。*我爸媽。*這是妳首度在他面前提到他們——當年，他將妳從他們身邊帶走。

妳曾經有自己的人生。只差幾星期就畢業的大學生。妳有報告要寫，有事做，有朋友，有工作。但無論妳是否樂意，妳仍然是父母親的女兒。仍然每星期共進一次晚餐。有訊息該發，有電話得打。有個要分享的人生。

瑟西麗雅清清喉嚨。她伸手找盛麵用的大杓子，給妳時間恢復自持。妳再試一次。「……每年夏天。但從來沒有成功。」

她舀了一杓千層麵到自己的盤子上。當她再次抬頭，她的凝視足以摧毀妳。太久沒有人這樣看妳了。心懷善意。心懷對妳的感覺，對妳的重視。

妳不知道她在想什麼。她也許以為妳和妳父母不相往來，或是，以為他們在有機會帶妳去桃麗主題公園之前過世。無論她告訴自己什麼故事，她都想要妳知道，她懂。

「嗯，」她說：「現在，妳想去哪裡都可以。」

妳瞪著盤子裡吃剩的千層麵。「對。不管我想去哪裡都可以。」

過了一會兒，她父親要她去刷牙，她偷瞥妳一眼。她那雙眼睛，像個工讀生，在第一天上班就找到個可以相鄰而坐的同事。或像個茫然的表親，在喪禮上終於找到一個可以說話的對象。

妳認得這雙眼睛。妳從前看過。屬於某個孤獨，受傷的人。

16

瑟西麗雅

有時候，我會感覺到喉嚨深處這種可怕到爆的壓力。這會讓我想尖叫或出手痛揍。不是揍人，絕對不是人。只是用力打個什麼東西。

如果我爸知道，他會用那種方式搖頭，那種讓我有點想死的方式。我媽從前就告訴過他，你不能對每個人都採取這麼高的標準。讓她當個孩子。她日後有一輩子時間像你。

每次我受不了，就會到小坡旁邊的樹林去。找棵樹，用鞋尖踢個幾下。一開始輕輕踢，然後越踢越重。我爸當然不曉得。我都在放學後，上美術課之前過去，免得他看到我。現在他已經有得忙了。

先是我媽，然後又有瑞秋。

我們搬家前他就告訴我了。他說的是：有個朋友的朋友的朋友。隨便啦。我其實不太在乎她是誰，我氣的是她要來和我們住在我已經不怎麼喜歡的新家。

他說，瑞秋需要幫忙。她遇過壞事。我問他到底是什麼壞事。他說他不想說得太詳細，但她受過傷害，身邊沒有人可以幫忙。所以了，我們要把法官家的空房分租給她，讓她分享早餐晚餐之類等等。

我沒告訴我爸的是我也很倒楣，我對和陌生人分享食物沒那麼熱衷，但也只好這樣。

「她經歷了很多事。」他告訴我。「所以別逼她，別問問題。妳只要友善一點，禮貌一點，給她一些空間就好。」

我想告訴他，沒問題，反正我又不想和什麼隨便什麼女人交朋友。但那麼說就不友善了。而我爸是個大好人。他現在所做的，幫助瑞秋是好事，特別是在我媽——他老婆——剛死的時候。所以我答應他，說我會盡量。

我不笨。我知道，老婆剛死就讓陌生人搬進家裡不是什麼正常的作法。所以，一開始我以為瑞秋是他女朋友之類的女人。我看過電影，電視看得也不少。我知道丈夫死了妻子會怎麼樣。他們會繼續前進。就算是這樣，我也沒想到我爸前進得那麼快，但這種事不是我說了算。

後來我看到他們互動，才發現我錯得離譜。我記得我爸媽從前會手牽手，她會喊他「親愛的」，還有他們怎麼彼此凝視——即使在吵架後也一樣。我爸和瑞秋間完全不是這樣。沒有火花，沒有愛心滿天飛，什麼都沒有。

一開始我對我爸的想法太不公平。他不可能那麼快就忘了我媽，讓別人搬進家裡取代她。他過去愛著她，現在還是深愛她。

到目前為止，瑞秋最讓我驚訝的是我竟然有些像他。她是個怪胎，那是一定的，但這不是壞事。老實說，我自己也有點怪。但瑞秋和我說話的方式和其他大人不一樣。她會詢問我的看法，問我喜歡什麼。她從來沒提過我媽。有個人不拿我當個破碎的孩子對待，這倒是新鮮。

她搬進來之前，我爸答應過，她入住不會改變我們父女間的任何事。顯然不是這樣。但不是壞的變化。她和我們住在一起，和我們一起吃飯，事情當然會改變。我不知道他怎麼會以為一切會和以前一樣。他老覺得他可以控制這種事，把時間固定在原點。但事情永遠在變化。

舉例來說好了，我媽死後，我有陣子什麼都吃不下。現在我的胃口恢復正常。甚至更糟的，我開始享受起晚餐。我們三個人坐在一起看「危險邊緣！」，有那麼一會兒，一切都酷。

而且，在她搬來後，我就不再覺得有必要經常去踢那棵可憐的樹。

我相信那棵樹會很開心，那我呢？殺了我吧，我真不想說。我媽幾個月前才剛死。這會讓我成了哪種女兒？

我不該停止哀傷。我應該還活在痛苦中。

我喜歡她，那個住我家的女人，但我同時也有點恨她把我從畏縮中拉出來。

然而，重點是她沒和我爸幹那件事，這讓我鬆了一口氣。

17

家裡的女人

屋裡燈光暗去後，他來找妳。

在這裡的過程，和之前在小屋裡幾乎一模一樣。他嘆氣，從頭到腳地審視妳。不過，他現在不必等妳吃完或用完桶子。他解開妳的手銬，指示妳躺到床上。但接著，三思過後，他要妳下來躺在地板上。妳感到困惑，但仍然服從。

沒多久，妳懂了。他不想讓他女兒聽到彈簧床嘎吱響，以及足以洩漏祕密的，床架碰撞牆壁的聲音。

18

家裡的女人

白天是妳自己的時間。

妳讀妳的書。妳現在已經熟讀內容，幾乎全背了下來。妳挑戰自己憑記憶背誦《布魯克林有棵樹》的第一章。妳努力回想妳上個人生的冥想課程，如何讓心智壓縮時間，延伸時間。

他們不在家時，房子好安靜，有時候，為了確認妳的耳朵沒問題，妳會小聲哼唱。

妳的跑者人生教會妳一些技巧。跑馬拉松的訣竅：不去想終點。不要想像終點線的樣子。只要一直前進。妳存在於當下。這麼做的唯一方式：一次跨出一步。姿勢不必漂亮，當然更不必值得享受。重點是，到了最後，妳仍然活著。

妳東張西望，想找出攝影機。獨自在房間時找，在廚房用餐時，妳也找。妳不確定他說的是真話，或只是騙妳。妳什麼都沒看到，但要把攝影機藏在書本間，在天花板角落，在廚房櫃子後面，是多麼容易的事？妳相信他什麼都看得到。

週末早晨，他們會把午餐放進塞得滿滿的背包裡出門。一直到晚上，除了鳥叫聲，妳什麼都聽不見。瑟西麗雅回家後雖然累，但樂意分享整個下午去健行、探索、參觀圖書館或博物館的故事。妳採掘她的句子，以得取資訊。清涼的健行：你們一定離山不遠，可能還在紐約州北。不可能確定。有些日子，她會提到附近城鎮的名稱。一個都沒聽過。妳可能在任何地方。

她會盤問妳。瑟西麗雅。想知道她不在時妳打算做什麼。妳以她父親編的謊言回覆：妳遠距工作，在一家科技公司擔任客服。以這個謊言為骨幹，妳為瑞秋——那個瑟西麗雅以為的女人——編造人生。下午時間用來閱讀——這不完全是謊話。偶爾去購物——去妳聽她父親提過的商店。妳不願給瑞秋朋友或家庭。妳不相信自己的大腦有能力維持諸多虛構角色的班底，跟得上他們人生的完整故事。她不傻。如果妳犯錯，她會發現。

他不准妳碰任何東西，但妳有眼睛。眼睛哪裡都能去。就像妳小時候，妳媽媽帶妳去購物時一樣：只能用眼睛看。妳讓視線在廚房裡跳躍，去窺視起居室。書架上，一排醫學驚悚小說。妳坐在沙發上，歪著頭，想看清楚書名。妳在找什麼？模式？主題？至於他是誰，做什麼事，妳是不是想找塞在《驗屍》與《人間大浩劫》之間的解釋？

答案就在這裡，在四牆間跳動，宛如硬木地板下的寧靜嘶吼。有關他的真相，就包藏在這房子的正中央。

每件物品都訴說著一個故事，可能為真，或者可能是假。醫學驚悚小說：過世妻子的收藏，幾年來暑假留下來的閒書，是對人體的黑暗執念？瑟西麗雅小時候的照片，在汽車旅館游泳池裡學游泳，三年級「畢業」，整張臉被萬聖節帽子遮住：是家庭生活的尋常紀念品，抑或是他的舞台道具，放在這裡充當門面？

這棟房子——這房子認識他嗎？或房子是電影場景，是個替代世界，一磚一瓦蓋起來只是為了隱藏他真正的自我？

有些是妳看見的東西，而另外有些東西是因為不存在，才引起妳的注意：沒有電話線。沒有桌上電腦。妳假設某處可能有個筆電，鎖在抽屜裡，上了密碼，只有在處理家務管理或做功課時，才會拿出來。他們的手機分別收在他們的口袋裡。瑟西麗雅甚至不能保管她的手機：只有在學校或美術課，當她離開他身邊時才能拿。她一回家，他便伸手要她交出手機。她今年十三歲。在極少數的場合，她會抱怨他的手機管理規定，他說，他不想讓她把時間浪費在社群媒體上，還信誓旦旦地說，日後，她會感謝他。她為此嘆氣，但沒有挑戰他。

妳的視線回到書本，到照片，到咖啡桌上堆疊整齊的自然雜誌上。妳想尋找答案。尋找一個男人，尋找生活的跡象。找他的故事。

夜裡，妳會作夢。這些影像從小屋時代就一直跟著妳：妳，在兩旁都是樹木的鄉間小路上狂奔。妳身後，是他呼吸的聲音，是威脅——他的腳步逐漸追上。

妳嚇醒了。即使在夢裡，他仍然在追妳。但妳不停地跑，在那一會兒，夢境是那麼真實。黑暗中，妳盡可能抓住這些感覺，妳身體的衝力，妳雙手在身邊的擺動，空氣灌入妳喉嚨時，那種美妙的灼熱感。

一天晚上，吃蔬菜餡餅時，妳有了最驚人的斬獲。瑟西麗雅的眼睛看著電視。來自阿肯色州的尼克選了「座右銘」，獎金四百美金。

「這兩個拉丁文單字，象徵美軍陸戰隊的特質。」亞歷克斯・崔貝克說。

「Semper fidelis（永遠忠誠）。」

你們同時說出口。妳，和那位完美父親。他慢慢轉頭。這是他首度在女兒面前直視妳的雙眼。

「妳怎麼知道？」

他的語氣堅定又專注。這對他意義重大。

妳不想把真正的原因告訴他。妳想把對二〇一二年陸戰隊馬拉松賽的回憶留給自己。從賓州車站搭晚上的火車到聯合廣場車站，在旅館裡度過一夜，凌晨四點接到叫妳起床的電話。一輛擠滿穿著運動服跑者的巴士，日出前，模糊的人影走向五角大廈。身穿制服的人檢查妳的路跑腰帶，翻看一包包能量凍飲，個別裝止痛藥，能量棒。國歌，然後是起跑槍聲。三萬名跑者。四小時又二十分鐘。賽道兩側的維吉尼亞樹林，在令人窒息的熱氣中，是看不到盡頭的高速公路，最後，終點線出現。更多身穿制服的人。他們的手頒發獎章。妳痠痛的雙腿，汗濕的身體，脖子上的頸掛綁帶。站在妳旁邊的跑者對他面前的陸戰隊員說了兩個字。*Semper fidelis*。

妳不想讓他擁有這當中的任何細節。妳不想讓他知道，有一天，如果機會來臨，妳能夠跑。

儘管現在不可能。妳的身體現在還辦不到。想在小屋外存活的第二條規則：妳會做好準備。在那之前，妳會乖乖坐好，乖乖吃東西。妳會看「危險邊緣！」，而在餐桌邊，妳會巧妙回答問題。

那對父女正在等待妳的回答，妳搜索枯腸，想找出最合理的謊言。

「我從前有個陸戰隊退下的健身教練。」妳說：「是他告訴我們的。」

那名困惑的父親揚起一道眉毛。拿叉子玩他盤子上的餡餅。這不像他。他不是會猶豫的人。要嘛吃，要嘛不吃。

瑟西麗雅心照不宣地靠向前來。「他從前也是陸戰隊員。」她用下巴指向她父親。他想打斷。「瑟西麗雅——」但她繼續說：「他大學休學去從軍。」

妳手上的叉子敲到妳的盤子。

陸戰隊員。

「哇噢。」

妳想不出別的話好說。

「醫護兵。」他低聲說。因為他被迫對妳透露自己的資訊。一個他想保留的資訊，一如妳的馬拉松。

妳不知道醫護兵的定義。妳不知道醫護兵要做哪些事。他休學從軍，那麼妳可以假設擔任醫護兵不需要醫學院學位。

故事自動浮現：有個男人想行醫，但他做不到。盤旋在他腦中的想法讓他無心課業，那是讓他沉迷的循環，是他內心日益加深並且反覆出現的旋律。他不是休學去從軍，不像他女兒說的那樣。他是退學，也許是自願也許是被迫——這妳無法得知。天曉得妳身在何處，但他來這裡一定有自己的原因。他找到工作。找到妻子。成為一個有家室的男人。成為妳認識的人。

妳放下叉子，把手平放在餐墊上。*他休學去從軍*。

妳開始回憶：一位友人的祖父，一場在阿靈頓軍人公墓舉辦的葬禮。七月四日的烤肉，妳父親站在烤架後面，妳母親穿著紅洋裝。在妳紐約大學的班上，一名帶著服務犬的退伍軍人成了班上的吉祥物。一句話。九個字。對話中，當時間對了，大家會用這句話為某些事情致謝。瑟西麗雅——她從小聽父親如何休學從軍報效國家的故事長大——會想聽到的九個字。

妳重新拿起叉子。妳沒辦法看著他，於是，當妳開口時，妳看向他肩膀上方。

「感謝你對國家的貢獻。」

他點點頭。妳則是滿嘴酸味。

19

家裡的女人

經痛在一個星期五下午出現。妳不會經痛。好幾年沒有了。起初，妳猜妳是因為壓力才停經。他不是莽撞的人。他用保險套。妳擔心過，說不定經期會重新開始。但在妳爆瘦之後，妳想，大概也就這樣了。也許妳的身體知道，如此一來，小屋裡的生活會容易一些。

妳的月經很快就會來。妳需要衛生棉或棉條，需要他為妳買來。妳必須開口要求。想到這裡，妳的小腹絞痛得更厲害。

這天早上，妳已經惹他發過一頓脾氣。在浴室裡穿衣服時，妳指著牛仔褲緊緊的褲腰，以及繃在妳小腹上的釦子。他這陣子持續供妳吃，妳的體重增加。「你覺得有可能嗎？」妳試著問，接著又說一次：「對不起。但有沒有可能買大一號？你方便的時間就好。」他嘆氣，看妳的目光，好像妳是故意刁難他。

妳沒資格要求更多。至少這陣子不行。

妳想用胎兒姿勢側躺，把頭埋在銬起來那隻手的臂彎。這件事的所有細節都對妳造成不便。妳的小腹持續絞痛。妳的身體在測試妳的極限，挑戰妳面對更多痛苦的能力。

晚餐時，他掏出放在口袋裡的手機。這是這個家會發生的事：手機從不知道什麼地方冒出來，電視響起，妳坐在廚房時有車子經過。每次發生，妳的指尖都會刺痛。

「我這個週末會去採買。」那名父親抬起頭問他女兒：「需要什麼東西嗎？」

瑟西麗雅想了想。她提起想要一支四色筆，可能還需要洗髮精。他點個頭，輕觸他的手機。

「還有別的嗎？」

他的視線依然落在她身上。她搖搖頭。

妳的下腹彷彿在燃燒。整個晚餐時間，妳必須很努力才能坐好。這次經痛比妳記憶中更難過，疼痛從妳身體中央往外發散。妳收緊下巴，咬著牙。有什麼要流出來了，但妳無能為力。妳需要幫助。妳需要該死的衛生棉或棉條。

他正準備把手機放回口袋時，妳開口了。

「如果你方便，其實，若能買一些棉條或衛生棉就……太好了。」妳輕笑著，像個仍有自己的生活，卻剛洩漏出一些訊息的人。

他的前額出現皺紋。有那麼一下子，他的指頭停留在手機上方。他想在他女兒面前對妳表示友善。他應該要友善的。他會遞餐具給妳，有時還會幫妳盛菜，而不是讓妳自己動手。但妳剛剛說的話——他不喜歡。他沒有輸入，就把手機放回口袋，站起來，開始清理桌面。瑟西麗雅過去幫忙。

「上樓去。」他告訴她。「我來就好。」

他等著，直到聽見她臥室的關門聲。妳還來不及思考是否該離他遠一點，他的指頭就來到妳手臂上，將妳從桌邊拉開，然後固定在廚房牆邊。他掐住妳的喉嚨，力道重得妳難以吞嚥。妳瞬間回到小屋。回到一個完全屬於他的世界，一個陽光照不進來的世界。四面牆，沒有窗戶。一天一餐。是瑞秋唯一知道的世界。

「妳覺得這個想法好嗎？要我去幫妳採買？幫妳跑腿？」

妳想搖頭說不。但妳動彈不得。沒辦法說話。無法說對不起，妳不是故意的。

「妳老是有事。不是要新褲子，就是要棉條。」

妳的喉嚨發出咕嚕嚕的聲音。他輕輕一推放開手。妳不敢動。妳雖然想坐回椅子上，把頭埋進雙膝之間，找回妳的呼吸，但妳曉得現在不是時候。廚房裡這個男人的脾氣還沒結束。

「我開始在想，帶妳過來這裡是個錯誤。」

妳揉著後頸，點頭表示對又搖頭否認，和妳從前用了一整天電腦後一樣。

「對不起。」妳說：「我不是想……但你是對的。你絕對是正確的。」

他轉頭看窗戶——遮光簾一如往常地已經拉下——於是，他背對著妳。他不怕妳可能會對他做什麼事。跳到他背上勒住他脖子。這個男人沒有怕妳的理由。

「我說話不經大腦。」妳告訴他。「對不起。」

妳伸手想拉他的手臂，但隨即收回來。太危險。在錯誤的時間做錯誤的接觸，妳會就此結束。

「別這樣，」於是妳提議：「我們上樓去。」

他飛快地轉身。妳往後退一步。這只讓他更生氣。

「樓上？」他說，音量雖小但怒氣沖沖。他又用力抓住妳的手臂。「好主意。棒透了。」妳不明白，接著他抬頭看天花板。「她才剛上樓。他媽的天才。」

瑟西麗雅。還清醒地待在房間裡。這個孩子。妳敢說，她會害死妳。

他把妳推回妳的椅子上。「坐下，閉嘴。」他告訴妳。「妳辦得到嗎？妳嘴巴能不能閉個一秒鐘？」

妳坐下，緊閉著嘴巴，他俯下身看著妳。一會兒後，他挺直腰板，眼睛看著遠處，而妳雖然看不到，但妳可以感覺到，在桌子下，他的靴尖踢向妳的小腿，腳撞向妳的腿。他不常踢妳。他會掐會捏會拉扯，會更輕鬆地以各種方式動手。用腳踢，只有在他想不出其他方法時才會用的招數。比方一開始那次，他發現妳在小屋裡，知道——光是看著妳，看到妳眼中的不安，和妳趴在門邊的身體——妳想去開鎖。那天晚上，他踢了妳好幾下。另外還有其他幾次也是。他施暴時，總是用腳踢。從來不用手。

他走回廚房流理台邊，視線離開了妳。有些時候，他沒辦法看著妳。這告訴妳，這個男人內心某處仍然懂得羞恥。埋藏在深處，被悶住，被忽視，但羞恥就是羞恥。你總想相信羞恥心偶爾會佔上風。妳想相信羞恥在他內心裡燃燒。

稍晚，當他女兒入睡後，他走進臥室。

妳下腹依然絞痛，但還沒開始流血。

他離開後，新一波由裡到外的疼痛讓妳忍不住發抖。妳握住床架，就像溺水者緊攀著浮木。

妳咬住臉頰內側，嚐到金屬的味道。

不要抗拒。讓疼痛接管。沉溺在其中。

妳在這裡。

妳在流血。

妳還活著。

疼痛退去後，另一個人生中的衝動襲來：妳用沒被銬住的手撫摸小腿，瘀傷的，以及完好的小腿。妳摸到骨頭，沒斷。接著，妳開始屈伸妳的腳趾。

20

愛蜜麗

五公里路跑賽那天，我六點鐘起床，開我爸那輛老舊的本田喜美到起跑點去。艾瑞克和尤安達決定睡懶覺。「宿醉嚴重，無法去看人賽跑。」艾瑞克在群組裡發訊息。「好好去玩，寶貝。代向鰥夫問好。」

我站在鎮上的廣場。太陽才升起，志工就來布置場地，清空路線。他們告訴我，第一處補水站和賈西亞柳橙果乾補給站在約莫一英里處。在我身邊，身穿機能衣的跑者在原地慢跑，他們聊著自己最近完成、以及未來想參加的賽事。拜恩法官在人群中走動，問候每一個人。

我把手放在口袋裡扭動，企圖讓指頭暖活起來。我原本的計畫是在起跑前設置好熱可可供應站，但我和艾瑞克一樣，昨晚喝了幾杯，今早要那麼早起床，就體力來說真的不可能。可是既然都來了，而且這裡又有一大群人走來走去，我不妨留下來，看看能不能遇見艾登。

他開他那輛白色的小貨卡出現。即使遠看，也好看得過分。就算他戴著那頂老舊的遮耳帽、滑雪手套和雪靴，還是無損他的相貌。他沒有拉高外套拉鍊，露出下面的法藍絨襯衫和頸子。我都替他發抖了。他的孩子站在他身邊，裹著粉嫩色系的保暖外套和白色無邊帽，雙手塞在口袋裡。她看起來很嚴肅，有點太沉重。難說是因為害羞還是哀傷，或者兩者皆有。也許青春期的女孩都是這樣，我只是現在才注意到。在我記憶中，當女孩確實不容易。尤其是剛喪母的女孩。

到了七點左右，拜恩法官終於抓起麥克風。尖銳的回授噪音嚇飛了附近樹上的鳥。大家笑了出來，法官連忙把麥克風關掉重開。

「大家早啊。」他說著，努力讓麥克風順他的意。「開賽前，我想說幾句話。」大家安靜下來。「我們今天來這裡，是為了鼓勵一個非常，非常特殊的家庭。知道自己是這個社區的一員，我感到非常驕傲。這個社區成員懂得彼此照顧。」

四周響起一波掌聲。法官等了幾秒鐘才繼續。「我要感謝今天在場的每一個人。我們的志工、觀賽者，當然還有我們的跑者。」更多掌聲響起。法官又停了一下，等到安靜下來，才又說：「正如各位所知，這場路跑是為了募款而舉辦。我非常高興能夠宣布，感謝大家慷慨的捐款，我們已經為我們的鄰居，我們的朋友募集到兩千美金。」

群眾大聲歡呼。我則是縮了一下。我不知道艾登有什麼反應，因為我沒辦法讓自己看著他。我不知道我想騙誰，但我希望小鎮的幫忙不至於讓他覺得自己像是接受扶助的對象，希望我們是為了他，而不是為我們自己做這件事。

拜恩法官四下環顧。「現在，」他說，麥克風又開始發出嗡嗡聲。「我們的貴賓在哪裡？」

喔，我的天。

我短暫希望沒有人會看到他，然後法官會繼續下去，但庫伯太太把他揪出來。艾登朝法官走過去，接下麥克風。噪音沒有出現。就好像，這個男人懂得怎麼處理所有電子設備。

「就在這裡，法官！」

「我不太擅長在這麼多人面前說話。」他說這話的方式，讓我好想把他藏在我的外套下，偷偷帶他離開這群人。「但是我想說：感謝大家。我想說我們，瑟西和我，對這個社區有多麼感謝。我們非常想念她的母親。每天都想念著她。這場路跑會讓她很感動的。」

大家情緒沸騰，又開始鼓掌。艾登又說了幾次感謝，才把麥克風還給拜恩法官。

法官清清喉嚨。「現在要宣布的是沒那麼好的消息：報名參加路跑是一回事，問題是你們必須跑。」零散的笑聲響起。「祝各位比賽平安。享受這美好的一天。如果大家覺得冷，別忘了終點線有熱可可等著你們。」

那就是我啦。

法官的姪子——他夏天剛從警察學校畢業——鳴槍起跑。喇叭傳出雅各・迪倫以沙啞的嗓門唱出〈一盞頭燈〉。

我走進餐廳，打開前門的鎖，按下電燈開關，餐室霎時活了過來。整個餐廳平靜，安詳；完全是我一個人的。

我在後面的儲藏室找出活動要用的折疊桌。終點線離餐廳只有一條街。我再次鎖上餐廳門，扛著桌子過去，在距離終點線一小斷距離外，讓跑者有足夠時間在來到攤位前先喘過氣。蹲下來檢查安全扣環時，我聽到他的聲音。

「嗨。」

我嚇一跳，腦袋一抬就砰一聲撞到桌底。劇痛從頭頂往下擴散。

他媽的。

他用指頭撐著撞擊點，彷彿他能回到過去阻止碰撞。

「對不起。」他說：「我不是故意嚇妳。」

我站起來，一邊按摩腦袋。他扶住我的手臂，幫我站穩。

「妳沒事吧？」

我在腦子身處搜索，想找出任何行得通的連串字句，什麼話都好，就算語焉不詳也沒關係。

「嗨。」我終於說：「我很好，真的。」我露出微笑，不再按摩頭皮，好像這麼做可以作為證明。

他回頭看。他女兒站在拜恩法官身邊，後者正努力和她開啟對話——我猜，應該是在解釋我們小鎮迷人的歷史。

「謝謝妳做這件事。」他告訴我，指著馬上要完成的熱可可供應站。「尤其是在星期六一大早。」

我點頭。「不麻煩的。我們餐廳就在附近。」

他一手放在折疊桌上。「我來幫忙。害妳那樣撞倒頭，只少讓我盡一點力。」

「真的沒關係。」

「拜託。」

他回頭短暫瞥了法官一眼。「我很高興能來這裡，真的。可是……該怎麼說？」

「你不喜歡人群。」

他咬著嘴唇。「我真懂得隱藏，是吧？」

我胸腔裡好像有什麼東西在拍動。

「現在想想，」我說：「有個助理廚師也不錯。何況，就像你說的，我才剛撞倒頭。」

「不必再說了。」

他的手來到我的後腰，把我往餐廳的方向輕推。「瑟西，我去幫忙一下。妳自己一個人沒問題吧？」我回頭看到她不怎麼讓人信服地點個頭。

到了餐廳門前，我摸索口袋找鑰匙，清楚意識到自己的動作。門鎖難倒了我。「可以嗎？」他問道。我說可以，繼續開了幾秒鐘。最後門終於打開，讓我們看到裡面空無一人的餐室。桌子已經為今晚擺設好，為還沒出現的客人放上閃亮的刀叉和酒杯。我們星期六只供應晚餐，星期日才有早午餐。

「歡迎來到阿蒙汀：員工視野版。」我告訴他。

他環顧四周。「原來，在我們全都離開後，餐廳裡頭看起來就是這個樣子。」

他和我四目相接。上次我們兩人單獨相處，而且同樣在這個空間時，我還是少女，他是有婦之夫。

「跟我來。」

這裡是我的世界。由我來引導他，由我來使用他。我們脫下外套，我帶他走進廚房，打開燈。出現在我們眼前的是乾淨的工作空間，每個看得見的表面都刷得乾乾淨淨，每樣工具都在定位，妥善收藏的每件容器上都有標示。所有金屬表面都閃閃發亮，每片磁磚都是最潔白的顏色。他吹了一聲口哨。

「喔，對。」我說，好像這沒什麼了不起。「你上次進來到現在已經有一陣子了。」

「那次之後，還沒有人邀我進來。」

所以你被困在外面，我想說，像個站在門前台階上的吸血鬼。

我把這個吸血鬼的想法留給自己。

「這……簡直乾淨到難以想像。」他繼續說。

我微笑著，彷彿他剛頒了座奧斯卡金像獎給我。「我的主廚和我在這個世界上可能只有一個共識，那就是，用餐時間結束後，如果廚房沒像剛安裝好那天那麼乾淨，員工不能離開。」

他的一根指頭摸過離他最近的台面，點個頭，繼續四處張望。

「那我能幫什麼忙？」他問道。

「嗯，首先，你能洗手。」

我帶他到水槽邊。我們安靜地抹肥皂，輪流把手放到熱水下沖洗。我遞給他一條乾淨毛巾。他認真地一根一根擦乾指頭。

「現在呢？」

「這邊。」

他跟著我走進儲藏室。我拿了可可粉、香草和肉桂。

「你有沒有看到一個貼著『砂糖』標籤的塑膠罐？」我問：「應該在這附近。」

我們一起看。「在這裡。」他伸手拿放在上層架子的密閉罐。他的法藍絨襯衫拉高到腹部，在陰暗的儲藏室裡非常短暫地露出皮膚。我強迫自己看向別處。

「太棒了。」

我說得好像一切都在掌握之中，好像我沒有為了可以永遠和這男人困在儲藏室裡，不惜放棄自己的一顆腎臟。

下個步驟是到冷藏室去，我一手抓起一加侖裝牛奶。他有樣學樣。

「看看你，」我說：「像天生吃這行飯的。」

他輕聲笑出來。知道自己能逗他笑，感覺就像第一口咬下剛出爐的巧克力豆餅乾，像雨天後的熱水澡，像第一次啜飲乾馬丁尼。

回到廚房，我們放下牛奶。我拿起放在廚房角落的不鏽鋼飲料桶。艾登靠過來想幫忙，但我告訴他我可以，沒裝東西的飲料桶不重。「等裡頭裝滿四加侖熱可可的時候，別擔心，我會有工作麻煩你。」他又笑了。在他身邊幾乎是太輕鬆，太舒服，這是個控訴：這個世界在其他時候表現得太難以討好。

我們並肩工作，他模仿我的動作。我們協力把牛奶倒進一個大鍋裡以文火慢慢煮，在裡頭加入可可粉、糖、香草和肉桂。我小跑回儲藏室。「你聞聞這個。」回來時，我告訴他。他靠上前嗅了嗅。「安喬辣椒粉。」我說，他問：「真的嗎？」我告訴他，沒錯，我爸爸很堅持——這是他的配方，讓人一試成主顧。

「我相信妳。」他說。這句話帶給我的感動遠超過應有的程度。

他看著我加入少量辣椒粉攪拌。正當我要拿更多香草時，我突然住手——我眼角餘光看到他的動作。

「這是什麼？」

他伸手指著我喉頭，約莫聲帶的位置。他的指頭落在我今早戴上的小盒子鍊墜上。一股電流從我的脖子直衝胃部。

「喔。這是我媽媽的。」我告訴他。我拿高小盒子，好讓他看盒子的設計。三個女人——珠寶商告訴我媽那是美惠三女神——身穿飄逸的袍子，手牽著手，其中一人指向遠處的某個點。也許是天空吧。我猜，在設計師心裡，這三個女人正要去散步；但對我來說，她們看似在進行某種儀式，在下咒語。

「我不會戴這條鍊子上班，因為有點太……隆重。」我告訴艾登。「我媽媽會喜歡，是因為它和她有的每件珠寶都不同。我喜歡，是因為它提醒我，我媽媽可以是個有趣的人。」

他又碰碰鍊墜，用兩支指頭拿起來，像在掂重量。

「我覺得這是很好的讚美。」他說。

他放開墜子。我們各自的鬼魂飄浮在廚房裡。我讓她們停留一下，才再次打破沉默：「你會在廚房裡花很多時間嗎？我是說你家。或你比較喜歡外帶？」

他說，他會下廚，但不是什麼特別的菜色。接著，他指著整個廚房，說：「和這裡的天差地別。」他在家下廚，是個有實質功能的廚子。他想讓女兒吃得好。他不介意進廚房，下廚可以讓他放鬆。「下廚一向是我的工作。」他說：「即使早在——」他沒繼續說。牛奶開始冒泡。我看著鍋子裡的液體，把注意力全放在攪拌用的杓子上。「嗯，反正妳知道的。」他補充道。

我抬頭看他。容許他看到我的內在，我必須褪去薄薄一層自我，但這麼做是值得的。我們之間，有了彼此的瞭解。世界給了我這個禮物，讓這個男人來到餐廳的廚房，讓他在這幾分鐘完全屬於我。我希望他能聽到我不能大聲說出口的心聲。

一滴滾燙的熱可可從鍋裡噴出來，燙到我的手背。「噢。」我調低爐子的溫度，拿我們稍早用過的毛巾擦手。「熱可可應該好了。」

我轉頭問他：「要試試看嗎？」

「只有笨蛋才會拒絕。」

我腦海中出現一個影像——我拿著杓子靠向他嘴邊，另一手在下面擋著，怕熱可可滴下來，然後讓杓子傾斜，看著他喝下去。這太超過。太恰到好處，太冒險。我放下杓子，從料理台上面的櫃子裡拿出一個白色咖啡杯。可可很濃郁，色澤完美，和我爸爸煮的一樣。我們煮出這鍋熱可可。我們一起煮的。

「來。」

接過杯子時，他的指頭擦過我的。我的胃部抽了一下。他喝了一口。在我的期望中，他閉上眼睛。當他再度張開眼睛時，他的眼眸中有火花。

「該死的。」他說：「抱歉。我只是不曉得可可能有這種滋味。」

他又喝了一口。我面帶微笑。我沒什麼好說，不需要任何補充。這是完美的一刻，而連我都知道，唯一正確的作法，是退後一步，慢慢品味。

他堅持洗他的空杯。我告訴他我來就好，反正我得洗煮可可的工具。「別操心這種事。」他說，接著把工具全洗了。我收拾好乾料，把將空牛奶罐拿去丟。我們一起把熱可可倒進不鏽鋼飲料桶，然後把桶子抬起來。他哼了一聲。

「懂了吧？」我說：「我說過會很重。」

我們小心翼翼離開廚房走進餐室，兩人的身體協調移動。走到門口時，他靠在一旁推開門。一陣風吹亂他的頭髮，陽光就照在他臉上。

「你們終於來了！」

拜恩法官看著我們把飲料桶放到折疊桌上。我跑回廚房拿紙杯和餐巾紙。艾登跟在我後面。

「你不必忙這些的。」我說。

「我知道。但我現在是可可任務隊的成員了。我不要在最後一刻退出。」

我們回到起跑點時，庫伯太太已經接近了，她穿著深藍色緊身褲和白色背心，顯得俐落又優雅，馬尾辮隨著步伐跳動。

我雙手圍在嘴邊喊：「庫伯太太，就快到了！」這話聽起來不太自然，像是表演。但稍早和艾登在廚房裡的際遇讓我精神振奮，我很樂意配合演出。庫伯太太對我輕輕揮手。不到一分鐘之後，她便成了第一屆湯瑪斯五公里路跑賽的第一名。

拜恩法官拍手恭賀，這場賽事沒有獎牌，沒有禮物，但保證一定有我正要倒進紙杯的熱可可。艾登來到我身邊。我把杯子放到桶嘴時，他按下把手。我還來不及說話，另外兩名跑者接著出現——賽斯，來自我從前就讀的高中，以及他的父親，在城裡工作的羅伯茲先生。我們一起又倒了兩杯熱可可。

很快地，跑者以穩定的速度陸續抵達終點。我們找出配合的節奏。我負責拿紙杯，他負責壓把手。遞出每一杯可可，我都會加上幾句讚美——太棒了，你真厲害，換成我絕對辦不到。艾登專心做手邊的工作。他碰碰紙杯，檢查飲料桶摸起來是不是還燙手。這是坐在我吧檯邊的男人：討厭他人的注目，縮肩拱背，除了我的雙眼，目光可以落在任何地方。他的孩子坐在馬路對面的長凳上，口袋露出來的耳機線通向耳邊；那是她父親的女兒。

約莫四十分鐘後，完賽者散開了些。庫伯太太和拜恩法官聊天，問他是否能主持她表親三星期後在波啟浦夕舉行的婚禮。艾登和我安靜地等待下一名跑者。我們在比賽高潮時建立的氣勢逐漸消失，沒有可以繼續讓我們忙碌的任務。

「你的工作還好嗎？」我試圖開啟話題。

他微笑著說：「很順利。」

「我可以告訴你一個祕密嗎？」

他說，當然可以。

「我好像不太清楚線務員在做什麼。我知道和電線電纜有關，那是一定的。但也就只知道這些。」

他笑了。「沒有人知道線務員在做什麼。」他翻個白眼。「連一些線務員自己都很困惑。」

基本上，他告訴我，他們的任務是讓家家戶戶有電可用。「所以妳才會看到我們在上面處理纜線。我們修理那些損壞的，維護正常的纜線。如果有暴風雨扯斷纜線，我們也要負責維修。有時候，我們也會到住家更新住戶的纜線設施。」

我點頭。「那我猜你沒有懼高症。」

他搖頭表示沒有。「我喜歡高處。那很……寧靜，不知道這麼說有沒有道理？」

我告訴他我懂。著手進行一項計畫，毫不誇張地，真的埋頭在雲間，脫離現實，沒有人去打擾他：聽起來像是他的調調。

「更何況，」他補充道：「在上面視野很好，什麼都看得見。哈德遜河，那些山……我是說，看看我那天看到什麼。」

他從口袋裡拿出手機，朝我靠過來。我聞到松針、洗衣精和剛洗過頭的味道。我想閉上眼睛，把這個組合存入記憶中，好讓自己在夜裡能記住這個味道，在下次我洗衣服或去健行時能夠尋找他。但他想讓我看照片，我必須專心。他的拇指滑過一連串影像。我捕捉到一閃而過的山丘和屋頂，素食千層麵食譜的截圖，他女兒在小徑上的照片。

他的指頭停在他要找的影像上：一隻張著翅膀的猛禽在教堂後面的山毛櫸林上方滑翔。

「哇。」

這次，輪到我靠向他。我現在有藉口了。我得看那隻鳥。我可以假裝這無關他就在我旁邊的身體，他強壯的雙臂、緊繃的小腹，以及如天鵝般細長、優雅又驕傲的脖子。

「好……威嚴。」我說。

「我就是這樣想的。」

他凝視那隻鳥，隨後又看向我。這就像，他緊握著這張照片有好幾個星期之久，為的是找到一個能和他同樣欣賞的人。

「紅尾鵟。」他說：「至少我在網路上查到是叫這個名字。」

「體型好大，我敢說牠抓得起一隻小狗。」

他點頭。

我用兩根指頭去放大螢幕上的大鳥。

「你看看，」我說，「牠在巡視領地，尋找獵物。牠好美。」

我們之間，有種兩人都無法以文字形容的深奧真理。

「不好意思。」

庫伯太太的丈夫，鮑布，手上拿著紙杯站在桌前。

「對不起。」我說，去為他裝熱可可。艾登收起手機。

接下來的不是跑者，而是步行者。來自安養院的三人組手牽著手，一起穿過終點線。我們又等了幾秒鐘，但拜恩法官確認他們是最後幾名參賽者。在最後一波恭喜聲結束後，人群開始散去。

我收拾好被丟棄的紙杯，擦拭灑在桌上的熱可可。艾登幫我帶飲料桶和折疊桌，我走回餐廳。我沒告訴他，其實他不必這麼做。我假裝夠了，不再說我不想要他幫忙。

飲料桶刷乾淨，折疊桌也收回儲藏室後，艾登思索該說什麼話。

「謝謝妳讓我陪著。」他說：「真的很……嗯，我很享受。」

「該道謝的人是我。」這一刻很溫暖，帶著長久祕密終於釋放的輕快。「我找不到更好的副手了。」

他微笑，說他得去接他的孩子。我告訴他，去，趕快去，揮手要他離開的樣子，像是我不怕他即將離開。

我鎖好餐廳，走回我的小車，把外套放在車子後座。當我抬頭時，整個身體緊繃起來，手上的鑰匙陷入掌心，腋下出汗。

車子的另一側有個人影，從副駕座的窗戶望出去，看得清清楚楚。有人靠在車邊。幾秒鐘前，我穿過停車場時沒看到也沒聽到這裡有人。

「對不起，我又嚇到妳了嗎？」

我身上每一吋肌肉都放鬆下來。

「沒有。」我告訴他：「抱歉，是我的問題。我沒認出你來。」

艾登掏出放在口袋裡的手機，拿在手上晃了晃。「我想把我的手機號碼給妳，以防妳有任何需要，知道嗎？只要發個訊息或打電話給我。」

我秉持外科醫師進行開胸手術的專注力，掏出放在牛仔褲後口袋裡的手機。他等我準備好，解開螢幕叫出聯絡人，才唸出一串號碼。

「好嘍。」在我輸入完成後，他說。

他退了一步，看著我的喜美小車。

「別想歪，不過妳的車是不是比妳年紀還大？」

他的眼神發亮，臉上掛著微笑。他不是在取笑我，而是在逗我。

「幾乎是。」我告訴他：「從前是我爸爸在開。等你聽到驅動皮帶的聲音吧。還有，別讓我開始抱怨變速箱。」

「很糟嗎？」

「爛透了。而且是手排。」

他同情地皺著鼻子。

「但倒也不全是壞處啦。」我拍拍車頂，說：「只是經歷過太多。」

他點頭。我低頭看手機，他的號碼還在螢幕上，我點選「新聯絡人」。到我輸入他的名字儲存後，他已經走了。

我把手機放進牛仔褲前口袋。一路開車回家時，溫暖的螢幕就靠在我的大腿上。

21

家裡的女人

妳開始流血的隔天是星期六。早晨，妳用腳趾把沾血的內褲推到浴室角落。他遞給妳一件新內褲。妳用衛生紙墊著，這是妳現在的最佳選擇。他看了一眼，然後挪開視線。

早餐時，瑟西麗雅趁吃炒蛋的空檔問她父親，那件事是不是在今天。他問她說的是不是路跑賽，她說是，接著他也說對。她咕噥抱怨。

「沒事的，」他說：「不會拖太久。」

早餐後，他帶妳回房間。他沒解釋，妳也沒問。妳等他離開，才把自己蜷成球狀。經痛已經散開，而且沒那麼明顯，但妳仍然不舒服。仍然讓妳想縮著身體。

幾小時之後，前門打開又關上，接著，立刻再次打開。

「瑟西麗雅！」

聽到他惱怒的喊聲，妳笑了。她一定早他一步走到門口，然後當著他的面甩上門。這個做女兒的，公然又火爆地表達對父親的怒火。

憤怒的腳步聲踩踏上樓。另一扇門砰一聲關上，離妳很近——瑟西麗雅的房間。他的腳步聲——沉重，果斷，快但不匆忙——緊跟在後。

「瑟西麗雅！」

他敲她的門。一個模糊的聲音要他走開。他安靜下來，嘆口氣，循原路走回走廊的另一頭，然後下樓。

那孩子，他的孩子。此刻，妳好愛她。

當天稍晚，妳聽到他在廚房裡忙。他上來解開手銬，讓妳下去吃晚餐。他和瑟西麗雅靜靜地吃，眼睛只看著起司通心粉。吃到一半，他做出新的嘗試。

「我只是去幫忙朋友。就這樣而已。」

她自顧自地嚼食物。

「瑟西麗雅。我在和妳說話。」

她抬起頭，瞇著眼睛。「你是冷落我。」她說：「我本來就不想去，可是你一定要拉我去看。你害我們待了一整個早上，而且完全忘了我的存在。」

妳推測他們講的是他早餐時提到的路跑，那場他保證不會花他們太多時間的賽事。瑟西麗雅用叉子戳盤裡的通心粉。妳懂她臉上的表情——視線往下，緊咬牙關，皺起眉頭。她在忍，忍著不哭出來。妳有種衝動，想把她拉到身邊，緊緊抱住她。抱著她前後搖，妳希望她母親從前那麼做過。

「你到底知不知道，」她問他：「那個幹法官的傢伙有他媽的多無聊？」

他喃喃數落了她的用語。她不肯聽，沒有道歉。相反的，她推開盤子站起來。他過去拉她的手臂，但她甩開他，衝上樓去。妳看得太專注，忘了呼吸。他要大發脾氣了，妳想。他會追過去，如果有必要，還會扯著她的頭髮拉她下來廚房。他會提醒她，這個家是誰作主。

但他沒動。他的視線先是跟著女兒往上，隨後落在她空下的椅子上。他瞪著看了幾分鐘，然後拿出口袋裡的手機。解鎖螢幕，察看，又放回原來的口袋。他嘆口氣，開始抖腳。他不耐煩了。妳猜，他在等待，等某件還沒發生的事。

晚餐後，他帶妳回房間。過幾個小時，當他女兒入睡，房子安靜下來之後，他會回來。目前他只想要妳回到妳無法傷害他的地方，回房間裡，鎖在暖氣機上。

妳走在前面。這是他喜歡的方式。他一向讓妳走前面，他才能看到。他拉開房門，把妳輕推進去。

妳踩到某個軟軟的東西。在黑暗中，妳分辨不出那是什麼，但妳知道妳不會想讓他看見。

「那是什麼聲音？」妳問。妳歪著頭，彷彿在聆聽。這個作法不夠細膩，但妳只想得出這個策略。妳把那軟軟的東西往床的方向踢，希望自己瞄得夠準。

「我什麼都聽不到。」他說。

「一定是鳥或其他什麼動物。對不起。」

他嘆氣，繼續示意要妳進去，關上門。他開燈時，那東西已經看不見了。

妳等待晚間餐後時光結束。有些夜裡，妳會聽到他和瑟西麗雅在樓下聊天。今晚，只有一片寂靜。

妳瞇起眼睛，想看床下的東西，但妳看不見。妳連剛才自己藏在床底下的東西長什麼樣子都看不出來。

妳聽到水管裡水流的聲音，以及馬桶沖水聲。瑟西麗雅一定在刷牙，準備上床。她的臥室門在今天最後一次關上。

妳等待世界靜止下來。門把喀嗒轉動。那個父親走進來，隨手關上門。他對妳做他決定一定要對某個人做的事。

事後，妳訓練有素地躺下，準備度過這個夜晚。他抓住妳的手臂，把妳銬在床架上。扯扯鍊子後，他走了出去。

同樣的，妳也等他上床睡覺。等他的腳步聲穿過走廊，關上他臥室的門。接著，妳繼續等了一下。最後，當妳像以往一樣安全時，妳扭著腳往床下探。

沒有。妳轉頭，瞇起眼睛看。妳需要手電筒。妳需要不被銬在床架上。妳移動身體，將臀部扭向一邊，再往反方向扭。妳在肩膀的旋轉肌施壓。妳的身體疼痛，以不自然的角度又拉又扯。

最後，妳摸到了。

妳把東西推向腳跟。用腳趾來挪動。妳安靜地扭動，不時聽他房裡是否有動靜。屋裡仍然安靜。妳的手指終於抓住那個東西。

妳希望雙眼能更適應陰暗的光線。妳集中目光，祈求遮光簾四周的黯淡月光發揮作用。在妳的指間：塑膠包膜，顏色似乎是淺綠色和藍色，幾何圖形。柔軟，折疊起來，幾乎有彈性。從前妳每個月都能看見同樣的識別標誌。

衛生棉。三片，或四片，用橡皮筋圈在一起。

這疊衛生棉背後有一張紙。謝天謝地，她用紫色簽字筆寫的字又圓又大。妳一個一個拆解。

「希望這些東西派得上用場。如果還需要，告訴我就好。瑟西麗雅。」

她聽到了。她在仔細聽。今天，在晚餐後——在她氣呼呼地離開後，她回去從自己的用品拿了幾片衛生棉出來。她寫了紙條，把東西從門縫下塞進來。她父親一定告訴過她，要她離妳房間遠一點，但她不管。她知道他還沒去採購。她知道妳需要幫助。她決定支援妳，寧可選妳也不選他。

妳將衛生棉貼在胸前。妳不會用，也不能用這些東西。他會發現，會要知道東西從哪裡來。妳會繼續用衛生紙墊著內褲，直到他屈服——如果有那麼一天，從店裡買回最便宜的棉條。

至於現在，妳感覺得到衛生棉隨著妳的胸口起伏。有人在乎。有個人聽到妳需要某件東西，想盡辦法把東西交給妳。妳沉浸在這個感覺當中：五年來，妳碰到的第一次真正好意。

接著，妳呆住了。妳的指頭緊抓著塑膠包裝。攝影機。該死的攝影機。他說，到處都有，在這個房間裡，在前門。妳必須相信他說的話。我在看，我一直在看。

妳沒做錯事，妳告訴自己。但這不重要。一向如此。

妳沒有好的選擇。把衛生棉留在外面是最糟的一個。如此一來，他一定會看到。倘若妳把東西藏起來，那麼，妳會進入「也許」的世界。也許他不會看錄下來的影像。也許他不會發現。也許妳和瑟西麗雅可以躲得過。

妳那疊書就在床邊。妳伸手去拿最後的《牠》，把衛生棉藏夾在兩個章節之間。妳把紙條夾進另一本書，那本翻爛的《布魯克林有棵樹》裡。最好分散證據。衛生棉會激怒他，但那張紙條——他會無法承受。他女兒背著他行事。那會是妳的末日。一切的末日。

妳睡不著。好一下子睡不著。

我只是去幫忙朋友。

他是這麼告訴她的。

朋友。一個生活在社會中，與他人有連結的人。將他人的心貼在自己的心口。

大家會說友誼，但這不是指愛。可是，到了最後，終究還是愛。

然而現在，這麼多年來第一次，妳也知道那是什麼感覺了。妳絲毫不懷疑。有人支持著妳。有人喜歡妳。

22

第三號受害者

他要當爸爸了。很快就會是。

得知後——那是在懷孕初期，他立刻戒酒。

說戒就戒，他說。不能邋遢地走來走去。不能冒多話的危險。倒不是永遠不能喝，但在他期待新生命時，就是不能。

男生還是女生，我問他。

女兒，他說。

我心想：有一天，她也會長到我這個年紀。

如果我辦不到怎麼辦？他說。

我問他，這話什麼意思。

在她出生後，他說，如果我辦不到呢？

我正準備問他指的是「當個爸爸」或是指他馬上要對我做的事。

接著，我得到我的答案，我猜，就在當他動手的當下。他想證明給自己看。

他對我做的事，是他一生最大的謎，而他一直沒能解決這個謎題。

如果他讓我回答，我會要他別擔心。我會告訴他，若我真的要猜，我猜他會一直一直繼續做下去。

23

愛蜜麗

我本來不打算那麼快發訊息給他。我想等個一、兩天，也許三天。晚上餐廳打烊，我回到家躺在床上，解鎖手機搜尋紅尾鵟的資料。找到我想要的資料後，我開始打字。然後停下來，猶豫一下，又開始輸入。

「嗨！是愛蜜麗（你的可可伙伴）。再次感謝你今天來幫忙。對了，你知道紅尾鵟可以抓起重達二十磅的狗嗎？」

我加上一個驚訝的表情符號。我的拇指在刪除鍵上方游移。艾登愛用表情符號嗎？在這方面，我沒辦法猜出他會落在哪個區塊，而我不打算搞砸。刪除。刪除。

我檢查了一次，然後是第二次，接著又一直檢查到這些文字對我失去意義。我把「嗨」改成「嘿」——這比較輕鬆，還刪除掉「（你的可可伙伴）」。煩死了。假如我打擾到他呢？如果他把號碼給我只是為了公事，沒有更深一層的意思？萬一，當他說，「以防妳有任何需要」的真正意思是，假使妳需要付錢找人修理電力問題，那正好是我的工作？

我閉上眼睛。再張開時，我發現自己在憋氣。我一直憋著，直到我按下「送出」。訊息呼一聲，從我的手機送到他的手機。

時間過了十五分鐘。沒有回覆。沒有「已讀」。我只收到訊息已經送達的通知。我甚至不曉得自己是不是後悔送出訊息。我的腦袋快要因為焦慮而燒壞。

我到浴室去卸妝，脫下制服，讓漿過的襯衫和黑長褲掉在磁磚上。蒸氣瀰漫在整個空間。

我不會想他。走到水柱下時，我這麼告訴自己。用雙手把頭髮往後攏，手指滑過胸脯，來到腰際，下到腿間時，我同樣這麼說。我不會想他，但其實我想，一直在想。我心中有渴望，有時候，讓渴望吞噬我的感覺真好。

我揉搓可以讓我忘掉一切的部位。在水柱下，在此刻，我不是害相思病的小女孩。我是個懂自己身體，懂得如何取悅自己身體的女人。我的肋骨往外擴張，然後落下。我一手貼著牆。我看到的事，像飛蛾一樣迅速又難以捉摸：他的襯衫在他伸手拿砂糖時往上提；他脖子和鎖骨相接處，那個讓我想親吻的位置；他雙手撐著桌子，身子就在我旁邊；他雙手抓著我，觸碰我，將我塑造成他的形象。我整個人疊入他體內。我打著顫，輕聲對自己低語他的名字。在我腦中某處，有個微弱的希望，希望水打在磁磚上的聲音可以壓過我的聲音。

我張開眼睛。我又是獨自一人了。我抹上香皂清洗頭髮，看著泡泡流進出水口。離開淋浴間時，我告訴自己，我會慢慢來，不會急著去看手機。我用毛巾包住自己，開始梳頭，一直到再也忍不住才停下來。我他媽的在幹什麼，手機近在咫尺，我幹嘛還站在這裡？想在不存在的觀眾面前耍酷嗎？我快步走出浴室，回到房間。手機螢幕朝下扣在我的床上。點開螢幕，拇指按下首頁時，我的掌心已經在出汗。

「二十磅？這厲害了！還有，千萬別客氣。那是我的榮幸。」

他的簽名，簡單的A字母旁邊有個笑臉符號。

我聽著自己怦怦的心跳上床睡覺。

24

家裡的女人

妳等他質問妳衛生棉的事。等他抓著妳的手臂搖晃妳。等他急著要求答案。他帶妳下樓吃早餐，晚餐。妳等了又等，結果什麼都沒等到。

他不知道嗎？他沒看到嗎？

是他沒裝錄影機，或者，他只是沒看？

難道他在考驗妳？他會不會知道這件事，只等著揭發妳？

但他的注意力不是放在妳身上。在瑟西麗雅沒看，甚至有時就在她的目光下，他不斷掏出手機，拿到桌下察看，不時還會輸入幾個字，以同樣快的速度放下手機。

妳晚餐還沒吃到一半，他五分鐘前已經吃完。烤雞才端上桌，他就喊他的孩子下來用餐。他用大尺寸刀叉精準切開雞肉，問妳——其實只是作勢——想要雞胸或腿肉（妳說，麻煩腿肉。妳需要所有能吃到的卡洛里。妳的胃沒有多餘的空間放精瘦的蛋白質），之後，每當瑟西麗雅低頭吃盤裡的食物，她伸手拿水壺，他的眼睛就飛快地看向手機螢幕。

晚餐後，瑟西麗雅問是否能看部電影。他說，她明天得早起上學。她懇求他，說拜託，這天還是週末，何況她功課都做完了。他嘆口氣。

他知不知道自己多幸福？都這個世紀了，一個十三歲小孩的最大要求，是在星期天晚上看一部電影？妳在她這個年紀時，不是要求出外過夜，就是要去逛哈德遜河對岸的商場，永遠得寸進尺，不要父母管束，只想離開家門。

「好吧。」他說：「但十點前要上床睡覺。」

她轉頭問妳。「要看嗎？」

妳屏住呼吸。給他幾秒鐘插話。瑟西麗雅，他可能會說，我相信瑞秋今晚很忙。他的口袋震動一下。他掏出手機，開始輸入。

「當然好。」妳說。

她幫忙整理桌子。之後，妳不曉得該怎麼做。通常她父親會要她上樓刷牙，要她檢查櫥櫃，裝滿衛生紙抽取盒——任何他想得到，可以讓她在他帶妳上樓回臥室時分心的雜務。但今晚，妳要留下來。今晚是電影之夜。一個終極未知，當中有上百萬個可以搞砸的機會。

妳跟著他們走進起居室。掩飾腿上的抽痛，無視兩天前他踢妳時帶來的痛苦。他坐在扶手椅上。趁瑟西麗雅四處找遙控器時，他指示妳坐沙發。他女兒蜷成一團坐在妳旁邊的靠枕上。她拿著遙控器對準電視，跳過電視台，選擇串流服務。妳認不得這個介面，但識別標誌仍然相同。當他帶走妳時，串流平台正在發展，選項逐漸增多，而且開始製作自己的節目。現在，瑟西麗雅瀏覽看不完的影集和電影——有些老電影，有些妳不知道的，有些標示著「原創」標籤。

「這部好嗎？」

游標停留在平台描述為青少年浪漫喜劇，根據同名暢銷青少年小說改編的電影上。

「好像很棒。」妳說。

她露出羞澀的微笑，往後靠向椅背。妳記得自己在她的年紀，對喜歡的一切都感到有點不好意思。

妳盡全力把注意力放在螢幕上。電影很長。充滿了聲音、色彩和人物、名字。妳的大腦努力想跟上。妳從一個次要情節跳到另一個，一下就忘了編劇五分鐘前講了什麼。妳的心跳加速。妳因為挫折，也許驚慌，而握緊拳頭。

妳的視角遠端有藍光跳動。他的手機。他完全不看電影，埋頭對著小螢幕，大拇指從一端跳到另一端，就像湖面的水蜘蛛。

大螢幕上，主角的戀愛對象說了有趣的話。瑟西麗雅咯咯笑。她屏著氣，轉頭看妳是不是和她一樣享受這一幕的幽默，是不是同樣在笑。這女孩，渴望著認可。妳回想起那些衛生棉，想到她用紫色簽字筆寫下的紙條。希望這些東西派得上用場。如果還需要，告訴我就好。妳本著人性回應。妳笑了。

她又輕笑，把視線轉回螢幕上。她在沙發上的坐姿放鬆，右側身子幾乎是靠在妳身上。

她在這裡。是同盟，是朋友。妳覺得坐在她身邊好孤獨，程度比待在小屋裡更甚。

主角的戀愛對象又說了另一句俏皮話。瑟西麗雅用手肘輕碰妳。妳又笑了。為了妳自己，為了她而笑。

她對妳做了這件事。無意間，她柔軟的世界滲透進妳的。剝除妳最平穩、最堅強的部分——那些幫助妳在小屋裡存活的部分。她奪走這些，以從前的妳來取代。從前那個懂得愛，會對他人敞開心胸的妳。

那個脆弱的妳。會受傷的妳。

25

女人——進入家中，進入小屋之前

妳以自己的方式讀完高中。妳編寫論文，進入大學，選擇紐約大學而放棄哥倫比亞大學。妳在都市裡出生成長，並且還不感到厭倦。妳的朋友紛紛離開。他們穿越這個國家到加州過暑假，到矽谷，到科羅拉多享受大麻。妳留在家鄉。妳在這裡很開心。夠開心的了。

妳開始跑步，即使妳知道，隨著時間，跑步會摧毀妳的身體，讓妳的骨頭裂傷，肌肉僵硬，消耗妳的肌腱。妳逐漸喜歡上跑步，胸腔火辣辣的感覺，雙肺好比體內風暴肆虐的管道。妳跑，因為妳只知道如何以健康的方式毀滅自己。

妳周遭的女人都在寫作。這是個經濟崩潰，打零工，再創造的時代。年輕女性替最好的網站寫作，在酒館打工，好付房租。她們疲憊地來上課，後腰痠痛，渾濁的雙眼充滿睡意。

這段時間，發生了好多事。撰稿人署名，暑假打工，有實習機會。妳有三名同班同學開始在大家都想進的雜誌集團實習，這個集團是電影和電視影集的靈感來源。

有的同學寫作短篇小說，投稿文學雜誌。她們贏得獎項，以及同儕的讚美。妳想跟上，但大家都是好手。每個人都比妳優秀。妳只是個在紐約土生土長，一路讀了很多書的孩子。妳的成績不錯。妳的一切都相當不錯。

大四下學期的某一天，大消息傳來：妳班上一位同學簽下書約。流言四起。數字漫天飛，六位數，說不定有七位數。有些人真心為那位同學高興。其他人則像拉線一樣拉扯這個故事，直到找出可以議論的話題：這本書的主題太沒有說服力，那紙合約既是幸運也是詛咒。成功很好，很快就能引人注目。但此後就是下坡。妳想得到嗎？

妳無法想像。在妳相當不錯的人生中，以妳相當不錯的成績和相當不錯的寫作技巧，妳實在沒辦法開始想像。

有個網站，衍生自一本已經宣布結束的雜誌。在創刊年代，那本雜誌相當具革命性，因為雜誌當女孩們有腦袋地和她們對談。妳喜歡那個網站，每天都讀。網站有個專欄叫做「我的經歷」。內容正如標題：陌生人詳細描述他們的瘋狂經歷。「我的經歷：我搭的飛機沒有駕駛員。」「我的經歷：我從長達兩年的昏迷中醒來。」「我的經歷：我成立了一個神祕教派。」

妳在午休時讀這些文章。然後回去上課，接受創意寫作教授的激勵。她大約與妳母親同年，也許年長一些。本人和藹，但在文章上很無情。她出版了五本書，在雜誌上發表過無數文章。妳對她的景仰近乎愛。

妳的教授告訴妳，妳的寫作相當不錯。但很低調，而且有種怪異的僵硬。教授說，但妳本人並非如此。妳敏銳又風趣。妳是個滑稽的人。滑稽這個說法讓妳厭膩，不過也只是幾秒鐘而已。

我會加強，妳告訴她。我會琢磨我的表達方式。

她搖頭。她說，問題不在表達方式，是妳寫作的主題。妳寫的不是重要的事。妳在隱藏。只要妳繼續隱藏，妳的讀者就不會知道如何瞭解妳。

妳再次閱讀網路上那些女人的文章。「我的經歷：我的閨密和我哥哥私奔。」「我的經歷：我一出生就被掉包。」「我的經歷：我的鄰居竟然是間諜。」

妳思考自己的經歷。在妳想像中，妳只有一個經歷能登上那網站。妳躲避了好幾天，接著，在某個晚上，妳坐著全寫下來。文字泉湧而來，彷彿要求見光的屍骸。「我的經歷：我哥哥將我列入自殺遺書。」

感覺上，這不是該妳說的故事。事情先發生在妳哥哥身上，接著才是妳。是他吞的藥，第一次之後，還有第二次。是他存活下來。是他寫的遺書。

妳不該看到的。他第二次嘗試時妳恰好看到，當時妳父母還在醫院裡填資料。

「我要怎麼在世界上找到我自己的位子，」妳哥哥寫：「如果一切不斷地將我帶回到她身邊？」

他指的是妳。妳那惹上麻煩的哥哥。妳那不知在如何不失去自己的情況下，還能愛的哥哥。他混亂的青少年時期讓妳別無選擇，只能盡妳的能力，成為最好的孩子。妳懂得如何在社會正面看待的情況下生存，但他不懂。對妳而言，他有個天才腦袋，他是淬鍊珍貴岩石的火山。妳覺得自己是讓人生厭的那個孩子。妳從來沒想到，妳哥哥會有不同的看法。

妳的文章在電腦裡存了好幾個星期。妳不知道該拿它怎麼辦。妳想過要寄給教授，但妳沒辦法讓自己按下傳送鍵。妳覺得自己寫得凌亂，自我中心，而且青澀。覺得自己遲早會為這篇文章後悔。

那位簽下書約的同學在臉書上發表一張照片。照片上是她，手上拿著筆，手腕擱在一疊紙上。「美好的大消息。」妳的同學寫。「合約簽下，可以正式宣布了：《小藍屋》即將拍成電影。嗯，也許吧！總有一天！如果一切順利！但翻拍權已經售出，這是了不起的第一步。我覺得好感激。」

發生了那麼多事，妳需要這些事開始發生在妳身上。妳找出電腦裡的文章，打了封短短的電子郵件。附上文章。送出。

文章隔一個星期便刊登。

起初，妳哥哥什麼都沒說。接著，在某個晚上，一個星期日晚上，全家人一起在家享用烤雞和檸香馬鈴薯。妳的父母在起居室，你們兩人在廚房裡洗盤子。

「妳知道嗎，」妳哥哥邊刷盤子邊說：「我看見了。妳的文章。」

這話讓妳吃了一驚。妳專注地用妳母親的廚房毛巾擦拭酒杯。

「沒關係。」妳哥哥告訴妳。妳認真細想他：比妳年長兩歲，高挑，但脆弱。一個嬌弱的孩子，極其敏銳——妳母親曾經對學校老師這麼形容過他。下巴線條強硬，斜向一側的微笑。走路像妳父親。眼睛像妳母親。

他拿起另一個盤子刷洗。「儘管說，」妳認出他語氣中帶著他少年時期的苦澀，「妳多少證明了我的觀點。」

後來，當穿上大衣跳上地鐵的時間到來，妳哥哥向妳道再會。通常，他會擁抱妳。妳哥哥，教會妳如何打鬧，如何跑跳，如何揮拳的人。妳哥哥，在一團亂的遊戲時間，在妳衣服沾到泥巴，頭髮夾著草時，會流露手足之愛的人。那天晚上，妳哥哥輕拍妳的肩膀。

「路上小心。」他說。調適得很好。對妳放手。

妳哥哥在對面月台朝妳揮手，而妳知道。妳知道妳永遠失去了他。

26

家裡的女人

妳發現自己想重享星期天電影夜的經驗。妳想要的不是電影，而是周遭的一切。瑟西麗雅貼著妳坐在沙發上。妳路線的改變，在廚房與臥室間多了一個停點。在晚餐與他在靜夜裡對妳做的事之間，多了一段短暫的平靜。

於是，當瑟西麗雅繞到起居室，向妳使個詢問的眼色時，妳朝她父親的方向察看。他正在看手機。妳對她點個頭。確保有妳沉默的支持後，她開始協商。「不必看完整部電影。」她告訴她父親。「我們可以只看個電視節目，一集就好。二十分鐘。」

妳努力去捕捉她父親的目光。妳瞥向他的手機，先是偷看，接著毫不猶豫。這是暗示。他必須自己明白，這對他可能有好處。他女兒的目光黏在螢幕上，他可以毫無拘束地繼續發簡訊。

他投降。就一集，他說。協議達成。

一天晚上，瑟西麗雅在瀏覽電視台和串流平台時，停在一段討論音樂劇的新聞節目上。妳知道那齣音樂劇講的是開國元勳的故事。「妳也是粉絲嗎？」她露出興奮的微笑問。電視上的兩個人開始討論。妳聽到歷史、全國巡演、傑作幾個字彙。妳猜想，不只對瑟西麗雅，這齣劇對全世界都很重要。「的確。」妳告訴她。「我是說，那當然了。」

妳從前就喜歡戲劇。妳上次看戲，是在他帶走妳的不久之前，當時，妳的人生之謎逐漸解開，但仍有挽救的餘地。妳的室友茱麗有一場外百老匯非主流節目的票。她邀妳一起去看。「妳三天沒離開公寓了。」她說：「這對妳有好處。」妳屈服了。那是正確的決定。

瑟西麗雅仍在談論那齣劇。妳覺得新卡司怎麼樣？她想知道。妳最喜歡哪首曲子？聽到這個問題，她父親抬起頭，要她趕快按下電視節目的播放鍵。

他每晚都坐在他的椅子上，手指下的手機閃著光。只要妳們看完任何正在看的節目，他便要瑟西麗雅準備上床睡覺。這是給妳的提示，要妳說晚安，回妳房間。幾分鐘後他會帶著手銬上來。稍晚他會回來。總是會回來。

事情逐漸來得比平常晚。他的夜訪，手銬銬上床架。也許妳因此才開始注意。通常，事發時妳已經入睡，但如今妳清醒著，這是無可否認的。

每天晚上，大約在妳推測是凌晨時分，走廊上會有細碎的腳步聲。一開始，妳以為是哪個人去上廁所。但模式不吻合。妳每夜、每夜聆聽。有扇門開了又關。有人從一處走到另一處。隨之而來的是安靜。接著，聲音再次出現。腳步聲，門開了又關。

妳心中出現各種推論。她害怕。她作惡夢，夜驚。他去安撫她。但妳從來沒聽到任何聲音。沒有喊爸爸的聲音，沒有人在睡夢中驚喊。只有腳步聲、門聲，和無聲。

妳抗拒多想，但妳還是會。他走進她的房間，夜復一夜。妳的胃裡好像有個像錨一樣的重擔。妳想尖叫，想對牆摔東西，想放火燒了房子。妳快吐出來。

妳不能確定，但一切想來合理。妳無法想像一個未經他破壞就讓他懂得愛的世界。

妳想把她抱在懷中，告訴她一切都會好轉。妳想對她承諾一個安全的地方，一個嶄新的世界。如果必須，妳會為她打造，但妳一定會帶她抵達。

也許妳錯了。也許事情並非如妳所想。妳清醒地躺著，等待證明一切是妳自己搞錯。妳試著把信念放在其他腳本上——也許她怕黑而他知道，不必她求救，就懂得到她房裡。也許他是人父，所有人父都知道女兒在什麼時候需要他們。

然而，妳曉得他是哪種人。妳也記得從前那個世界的一些事。妳知道事情會朝哪個方向發展。無論妳多認真搜尋，回溯多遠，妳仍然找不出任何好理由來解釋，像他這樣的男人，為什麼會夜夜消失在女兒的房間裡。

27

瑟西麗雅

突然間，我爸身邊多了這些朋友。

先是瑞秋。這還好，瑞秋呢，我瞭。她需要住的地方，需要有人對她好。

但這個新來的女人？我可不這麼想。

我連她的名字都不知道，再說我也不想知道。我從前在鎮上看過她。她在我爸喜歡的那間餐廳工作。我猜，他就是那樣認識她的。但這解釋不了他幹嘛在那場愚蠢路跑賽時，整個早上都和她混在一起。

如果他不是硬要我去，我還沒那麼介意。但如果你說我得參加某個活動，也許就該在我們在場時和我說個一、兩句話。我覺得，那算是遊戲規則。

我爸最懂規則了。他一向非常遵守規則。別碰別人的東西，別管別人的事。我從前老是告訴他，我可不想碰你的東西。嘿，不是要冒犯，純粹是我才不在乎你的東西。但後來有一天，我媽告訴我，那是他過去在陸戰隊裡養成的習慣，因為陸戰隊裡大家不懂得尊重別人的界限，他的東西經常被偷，所以他現在才那麼愛劃分界限。知道嗎，這沒關係。在陸戰隊服役，你有權有些怪癖。

但我還是討厭那場路跑。而且我也是為了瑞秋著想。我知道這有點怪，但我真的是。如果我爸要找什麼奇怪的女朋友，嗯，那位子已經有人了。就是瑞秋。

大概就是這樣，我才會給她那些衛生棉。我爸一直堅持要我無論如何都不能靠近瑞秋的臥室，但在那場路跑後，我再也不在乎他的規則了。我就是要做我想做的事。

告訴你，倒不是她向我道過謝。說聲謝謝也是應該。

所以，有瑞秋、有餐廳那女人，還有發來發去的簡訊。

大家都以為十來歲的少女成天發簡訊。他們應該看看我爸過去幾天的表現。不停打字，尤其在他以為我沒在看的時候。

可能是餐廳那女人。說不定還有第三個女人。天曉得，偏要是現在？十五年來，我爸的眼睛裡只有我媽。假如我嘴賤，我會說他是想彌補過去的時光。

但我嘴不賤。而且我也不是真心那麼想。

儘管如此，我還是會說，當初說好的不是這樣。況且我不覺得我媽看到他這種表現會有多高興。這麼想讓我很難過，但這是真的。

我媽過世的不久之前，她對我說了一小段話。她一直等到我爸去找醫師說話時才告訴我。那段時間，他和很多醫師說過話，但任何事都沒有因此改變。他們想盡辦法，也沒能讓她的病情好轉。

我媽趁只有我們兩人時，拍拍床上她身邊的位置。

「上來吧。」

在她臨終前，那麼靠近她實在詭異。她不再是原來的她。她的體重狂掉，停止化療後頭髮雖然長了出來，但比從前少，還有白髮。每次我擁抱她，都只摸到一手骨頭。

她伸手擁著我的肩膀，把我拉向她。「我不害怕。」她說。當時，她抬頭看向天花板，好像怕和我對看。「嗯，有時候我會，但不是替妳害怕。我知道我把妳交給最好的男人。」她困難地吞嚥。「我們在一起的時光讓我好感激。我們三個人。」

這是道別，但我不想說再見。我想要的，是我媽能回家。我知道那是不可能的事，但這並不會阻止我那麼想。

真相是，我不想當個癌末去世女人的女兒。我不想在每天醒來時，想起她已經過世。我學校有個女生，凱西，一年前，她有個弟弟因為血癌過世。她缺了幾星期課，等她回學校時，每個人都拿她當個脆弱的小東西對待。

我不想當脆弱的小東西。

可是啊，無論我準備好了沒，我媽都正在和我道別。她將我摟得更緊了些，繼續說：「到了某個時候，你們會只剩下兩個人。那沒關係。好嗎？我要妳知道我可以接受。他會好好照顧妳。而妳也要好好照顧他。我們有他，真是太幸福了。」

她用空著的手揉眼睛。我覺得我好像也應該要哭，但這短短時間裡發生了太多讓人難過的事，而當短時間裡發生太多難過的事，人會再也哭不出來。

我媽仍然看著天花板。「你們兩個要彼此扶持。我也這樣告訴過他。好嗎？」我點點頭。「外公外婆也會在。」她說：「我知道你爸和他們相處得不一直那麼好，但妳可以信任他們。我希望妳能記得。」她凝視著我，直到我再次點頭。「但是妳和妳爸，你們是一個團隊。你們永遠擁有彼此。」

我不懂什麼是永遠。但其他部分，我媽說得沒錯。三星期後她走了，留下我和我爸。家裡的一切變化不大。我希望這聽起來不至於惡毒。只是，就算我媽還健康的時候，家務多半也是他負責。下廚，打掃。老是煮吃的，帶我們四處走。

所以他繼續下廚，我幫忙打掃。他回去工作，我回學校上課。他說，才年初，恢復日常是好事。

我知道他努力想讓我好過，但我討厭他的鎮定。我們家永遠保持整潔。葬禮後，大家送來我們不需要的菜餚。我爸盡他所能保護我。那就像他讀了某本自救書籍，比方《如何對待哀傷的青少年》之類的書，然後背下所有章節。

我想要他停下來。要他讓一切變得亂糟糟，讓我們垮掉。一切如常似乎太不敬重，好像我們對她的缺席應對得太好。我想要這房子反映我內心的感覺。我想要混亂。

接著，在她過世大約一個月後，他到學校接我——我老是說我可以搭校車或搭便車，但他從來不聽——宣布我們要搬家。我外公外婆要把我們踢出去。他沒這麼說，但意思就是這樣。

我也不是那麼愛和我外公外婆相處。我祖父母在我出生前就過世了，我爸對他們也沒太多好話。外公外婆還算喜歡我，但他們就沒那麼愛我爸了。我不太確定原因何在。我媽從前老愛開玩笑，說他們只是不高興他搶走他們的寶貝女兒。有時候，我爸會說是為了錢，因為我媽有點錢，但他什麼都沒有。我媽總是要他住口。她會拍他的手臂，說些像是好啦，他們喜歡你，只是不知道怎麼表達——不過是這樣而已。

在我媽癌症復發後，有次我不小心聽到她和我爸說話。我本來應該睡了，但我去倒水喝。他們的聲音從廚房傳來。「我不是說我們應該那麼做。」我媽說：「我只是想讓你知道他們提議過。如果你覺得你沒辦法……一個人照顧……他們可以撫養她。」

我爸好生氣。「我真他媽的不相信。」他說。我聽到他拍打廚房的桌子。第二天，他桌位的旁邊有個痕跡。「她是我女兒。他們怎麼著，一年來看她一次還是兩次？然後就以為可以把她從我們身邊帶走？從我身邊帶走？」他在踱步。我後退一兩步，免得他看到我。「我知道他們認為我是一事無成的混蛋，但她是我的孩子。是我養大她的。」

接著是椅子刮過廚房地板的聲音。我猜，是我媽站起來，用手搭著他的手臂，想要他冷靜下來。「我不是故意要讓你難過，」她說：「對不起。我只是想讓你知道。沒事的。我們再也不提了。」

我不知道事情後來怎麼發展。上次我見到我外公外婆，是在葬禮上。他們在儀式結束後來致意。我爸很客氣，打直脊背，僵硬到我以為他的肩膀再也不會動。沒有人多說什麼，只有大家在這種場合會說的話，你們還好嗎和她是那麼好的人，以及我希望她現在平靜了。我們都失去了摯愛，但這不表示我們會突然彼此喜歡。

所以，我外公外婆要我們離開。也許，在葬禮過後那幾星期間，他們明白了我們不可能如他們期待的建立起緊密連結，該是解散的時候了。說不定是我爸要他們別插手，而對他們來說，這代表收回房子。這倒不是他們想住進去。他們在北部滿遠的地方還有別的房子。他們只是想賣掉這個地方。反正結果都一樣。我們必須搬離我過了一輩子的地方。搬離有我對我媽回憶的房子。

我彷彿可以看到她還在。坐在還是個娃娃的我身邊，一起看星期六早上的卡通。在浴室鏡子前面教我綁馬尾。為我朗讀前三冊《哈利．波特》，之後，躺在我身邊聽我為自己讀後四冊。在廚房裡唱《漢彌爾頓》配樂，手拿木匙或攪拌棒當麥克風，看我們兩人是誰可以唱到〈我的機會〉或〈不停歇〉而且不忘詞。

在新家，我母親離開了。她不在，從來不曾來過。

現在又只有我和我爸。

呃，我和我爸，還有瑞秋，還有下一個加入這張清單的天知道哪個人——看來我爸已經提出申請。

我是這麼想的。

我覺得我爸是個複雜的人。他的生活從來就不容易。他從來不提童年，我不得不假設，那是因為他的童年很悲慘。他本來想當醫生卻成了陸戰隊員，因為他覺得對國家有責任，但同時也因為……我不曉得……要當醫生不容易，成功的人多半有錢又有家庭背景，但我爸什麼都沒有。

儘管如此，他仍然為自己打造出不錯的人生。接著又和我媽一起，也為我打造出美好人生。每次我們有爭執，我是說我爸和我，我媽都會跳出來維持和平，告訴我：「你父親，他就是喜歡當個爸爸。」他是這樣沒錯。這我知道。他喜歡當我的爸爸。他開車載我四處跑。幫我買衣服。為我下廚。在乎我腦袋裡裝了什麼東西。他教我很多事。他要我知道他懂的一切。

我只是覺得，不知道為什麼，我就是不夠。就像，我們應該是兩個人，但是我失敗了（哪方面失敗我也不確定），所以他得找來這些伴侶填補空缺。

也許這是個爛透了的想法。抱歉。

我知道，他也失去了她。

所以，現在是我、我爸，和他的女人們，而我們身邊的人越多，我就覺得越孤獨。

也許事情本來就該這樣。也許這就是我從中學到的。到了最後，人唯一能真正指望的，只有自己。

28

愛蜜麗

他成了我生活中的一部分。我不確定這是怎麼發生的，但他確實是，而且覺得很自在。

我那則關於紅尾鵟的簡訊以最美麗的方式迎來雪球效應。我們不停互傳簡訊。到後來，我們一聊就是一整天。上班時，我把手機放在圍裙的前口袋。趁客人點飲料之間的空檔拿出來在吧檯下看。我進洗手間看，坐在艾瑞克車子後座也看。我刷牙時看，上床前看，早晨第一件事就是看手機。他最新一則簡訊會不停在我腦子裡重複打轉。

起初，我們從紅尾鵟進入到其他猛禽，最後聊到哈德遜河谷的其他珍禽異獸。隨後，我們擴大板塊，話題含括了工作、小鎮、食物和天氣。他會傳一些有趣禽鳥的照片給我。我們會交換食譜。他每天早上都會問好，每天晚上道晚安。他想知道餐廳對我好不好，想知道我是不是還挺得住。他聽說我的工作很辛苦，希望我還好。我會告訴他，我夢見陰暗的走廊裡有好幾扇門，全都上了鎖。他上網找資料解夢。「關上的門，」他說：「顯然代表有人或有事阻礙著妳。相對的，敞開的門代表妳人生的新階段，正面的改變。妳確定所有的門都是關上的嗎？」

他會完整打出一個字。不會用「2」取代「二」，不會用「K」取代「OK」，或是用「ㄇ」

取代「嗎」。他會以大寫開啟句子，結尾一定用句號。他會適度使用表情符號，少有的笑臉代表特殊意義。

有些事他隻字不提，我也知道不要多問。他的妻子。他的女兒。我讓自己的問題籠統一點：「你好嗎？今天過得怎麼樣？」門是敞開的。如果他想，他就會談。

一如往常，他在星期二和星期四到酒吧來。我幫他調「古典處子」。只要我有空，我們就會聊天。我們兩人面對面時都不是那麼健談，我們的身體慢慢才能趕上透過簡訊帶來的熟悉感。

他回訊的速度不見得一定很快。有可能一、兩個小時，甚或三小時沒有回應。在這種過渡期間，我會重讀我們之前的往來簡訊，尋找我可能誤解的每一個字。幾乎在我說服自己我可能搞砸一切的同時，他會友善地，態度開放地回訊。

在餐廳裡，我跑進廚房找橄欖，找乾淨的湯匙，找小點心，回到吧檯前我一定會放慢腳步觀察他，這個坐在高腳凳上的俊俏男人。

他的在場鼓舞了我。我抬著頭，挺胸走路。我的聲音拉高，充滿自信，在句尾才壓低音調。我隨身攜帶著我們間這個祕密電流，像戴著幸運符，隨時貼在我的心口。

而且我需要。需要我腳步中的這個額外動力，這個小奇蹟。我非常需要。

小鎮仍然因為那名失蹤婦女而難以平靜。她是這一帶的人。每個人都認識某個她的熟人。大家還沒找到她。雖然沒有人說出口，但我們知道。就是知道。我們知道，當她被尋獲時——如果真有那麼一天——她不會還活著。

人們對待彼此的態度好了一些。不管是街上或店裡，連我們的餐廳裡都一樣。我們的互動中出現了柔軟的一面，但當然了，這在廚房開始出錯後就會結束。但至少大家會嘗試。連尼克也以自己的方式有所改變。當我們不是太忙的時候，這有所幫助。感恩節就快到了，小鎮的人開始變少。本地人利用長週末遠行拜訪家人，進入休假模式。再過不久，一年最混亂的時節就要開始，但目前，一切平靜得讓人不安。像是風雨前的寧靜。

今天的晚餐時間結束得早。在最後一桌客人離開後——家長想讓小朋友在十點前上床睡覺，我鎖門打烊。艾瑞克收拾桌上剩下的盤子。蔻拉已經開始鋪乾淨的桌布，擺上閃亮的銀質刀叉，為明天預做準備。尼克在廚房忙，整理用過的鍋鏟。蘇菲用僅剩的精力刷洗蛋糕烤模。我在餐室裡走動，收拾用過的酒杯。

我的圍裙震動了。我放下葡萄酒杯，檢查手機。

「最後點餐時間過了嗎？如果是，沒關係的。我只是不想錯過『古典處子』。」

這天是星期五。不是星期二，也不是星期四。昨天，他才按往例來過。而現在，他想要更多。

我朝廚房看了一眼。艾瑞克和蘇菲差不多把盤子都洗完了，尼克拿著毛巾幫忙擦乾，蔻拉正在點她的小費。

「是過了。」我回訊。「但我大概可以偷渡你進來。給我……二十到三十分鐘？你可以喝杯打烊後的小酒。」

他回答，「我的榮幸」，後面加個笑臉。

我指間夾著三個杯子走進廚房。

「各位。」尼克和艾瑞克抬起頭。「等一下我負責關門。我還有一堆杯子要擦，但我沒關係。你們照顧好自己就行。」

十五分鐘後，餐廳裡只剩下我一個人。他的貨卡停在外面，我圍裙又是一陣震動。

「淨空了嗎？」

我深吸一口氣才回訊。「淨空了。」我去開門時，看到他等在外面，雙手插在外套口袋裡，頭髮從遮耳帽下面露出來。他的下巴藏在厚厚的毛圍巾下，露出來的部分，正好讓我看到一抹笑容。

「進來吧。」

他又揹著他的旅行袋，袋子隨著他的步伐在臀邊跳動。拉下外套拉鍊時，他抖了一下，在坐到吧檯前的老位子前搓著雙手，丟在他腳邊的旅行袋像隻聽話的狗。我開始調他的飲料。我們都沒說話。這種寧靜很舒適，不需時刻交談的人之間，往往會萌生這樣的時刻。

我攪拌他的調酒，在上面放一顆櫻桃。

「今晚還好嗎？」他問道。

「喔，你也知道的，不至於太忙。但下星期——大混亂就開始了。一直到年底都不會停。」

我把杯子推向他的方向。他啜一口，欣賞地歪著頭。

「謝謝妳放我進來。」

「為了我們最忠實的顧客，我們永遠有辦法。」

我把用來為他調酒的苦精和柳橙放到一邊。他指指他身邊的高腳凳。

「妳為什麼不過來坐一下？」

我看向餐室。緊張、愚蠢地環顧四周。他舔舔嘴唇。「我不是要妳打破酒保的規範。我只是——妳一定已經站了一整晚。」他靠上前來。「而且這裡沒有人會看到妳這次的……違規。」

我笑了出來。他應該沒說錯，我告訴他。我繞過吧檯，撐著讓自己坐上他身邊的高腳凳。少了我們平常的設定——他坐，我站，兩人的世界以吧檯為界——我們感覺比從前更親近，好像被推進我們將近一星期在虛擬、而非實質場景的角色。

他把他的調酒推向我。「如果妳想，可以喝一點。我覺得自己喝太沒禮貌。」

我想著是否該說謝謝但不必。但他的提議有種脆弱的感覺，讓我無法拒絕。我去握杯子時，指頭擦過他的。我往後仰，冰塊敲到我的牙齒。

坐在吧檯邊共享一杯酒——我看過這個場景。在一部電影裡。有個間諜正在喝馬丁尼，一名穿小禮服的女人從他手中拿過酒杯。

「知道嗎，」我說：「我聽說，如果你喝下某人杯裡的飲料，你就可以讀出他的想法。挖掘他所有祕密。」

他輕聲笑。「是嗎？」

我點個頭，放下杯子。她看著我。我強迫自己不可以挪開視線。

「哇，」他說：「那也太厲害。」

我們周邊生出一圈力場。把我們推向彼此，進入彼此。我往後抽身。挺直脊背，清了清喉嚨，把一絲頭髮塞到耳後。

「假期你有什麼特別的計畫？」

這問題一說出口，我就開始後悔。真是平庸到爆。這是什麼爛問題。而且，對一個剛喪失摯愛的人來說，未免太不恰當。

他喝了一口調酒，然後搖搖頭。

「今年沒有。只有我和瑟西兩個人。我們在其他州有些親戚，但情況有點……複雜。」

「哈，相信我，我懂。」

他搖晃杯底的冰塊。「妳呢？」

「工作。光是感恩節那天，我們就提供三餐。」

他表示支持地縮了縮。

「沒關係的。」我告訴他。「我對假期沒有太大期待。」接著，我決定說出來，因為當你還在哀悼喪者時，人們不期待你會談及你失去的人，但我知道他會懂。「即使當我爸媽還在的時候，他們也不真的那麼熱中。他們一向很忙，你懂嗎？」

我沒告訴他的是：我爸媽並沒有忽略我，但我覺得他們花了我生命中的前十年等待，等著頓悟何謂教養，直到有一天，他們不得不接受，原來教養不過如此，這已經是最好的狀況了。我爸的愛來自一段距離外的廚房，他的關懷本能全部保留給坐在他餐廳裡的陌生人。我一直想當酒保，因為我以為這會是我近距離愛人的機會。當然了，當時我並不明白，大多數人都希望他們的酒保不要打擾他們。

我站起來，去收艾登的空酒杯。他一手握住我的手臂阻止我。他輕柔地一根根拉開我握著杯子的指頭，然後和我交握。

「聽起來，我們是同病相憐。」

我唯一能做的，只有點頭。他貼著我手掌的掌心好溫暖，我們的脈搏彼此相靠著跳動。他鬆開手指時，我立刻想念起他皮膚的接觸。他的手來到我的臉旁。接著，他用三根指頭刷開從我馬尾溜出來的一綹髮絲。

他抬起眉毛，似乎在徵求我的同意。我點頭，一邊讓我們的臉靠得更近。我會永遠記得：是我先靠過去的。是我邀請他。在那一瞬間，我想，我可能全搞錯了。他一定會退縮，在吧檯上丟張二十塊鈔票就走人。然而，我得到獎勵，他的手溫柔地扣住我的脖子。當他的拇指滑過我嘴角時，我感覺到微弱的顫抖。

我們四唇相接。一個新的世界在我腳下展開。現在是星期五晚上，我在空無一人的餐廳裡親吻艾登・湯瑪斯。這感覺像是宿命，感覺像生命彌補了沿途的所有輕慢——如今，我知道最後來到這一刻，於是，過往的一切都被遺忘，一切都能原諒，一切都值得。

他還坐在高腳凳上。我的雙手環繞他的脖子，他的指頭扣住我的腰。

他的舌頭找到我的。他輕咬我的上唇，將戰慄沿著我的脊椎往下送，一路傳到我的腳跟。他吻我的樣子，好像我從高中後就未曾再接吻，一切都是嶄新的經驗，兩個人的身體注定要被探索，每一吋肌膚都是待解的謎。唇舌和牙齒相纏交碰，親吻中帶著混亂，有些太飢渴。這讓我覺得有人渴求我，讚美我，愛我。

他從高腳凳上站起來，好讓我們的身體互相貼近。我們在親吻了幾秒鐘後分開。那幾秒鐘長得足以啜飲，足以讓兩人心領神會。他把前額靠著我的，嘆息在我們之間流動，我分辨不出究竟是來自他或是我，只知道除了溫熱、顫抖，還充滿了渴望。

他的雙手往下滑，來到我的後腰。是我縮短距離，是我將他拉向我。更近，更深。我的身體對他說出我永遠說不出口的話：我多麼想要他，這是一段漫長的等待，在這段時間，在他還不知道我的名字，不知道我眼睛的顏色時，我便一直是他的。

我親吻他，嘴唇開始發腫，他的鬍鬚搔刺著我的皮膚。我們的胸腔貼著起伏，雙手解開鈕釦，推開布料，滑進衣服下迫切地尋找肌膚的接觸。

我強迫自己退開。我抓住他的手。「來這裡。」我喃喃地說。我帶他穿過廚房，走進儲藏室。

他沒多問。他跟著我，這才是最重要的，一直都是。

我們的身體撞到架子，尋找能夠站定的位置。我笨拙地帶我們靠向一堵空牆。他幫了忙，用他的身體壓住我，讓我固定在牆上。我一腳踩地，一腳勾住他的腰。

「瞧妳，」他低聲說：「那麼柔軟。」

我笑了。他解開我的圍裙。沒有人對我做過這麼火辣的舉動，從來沒有。他的手在我的襯衫下游移，以最輕的力道壓住我的小腹。我呻吟著，忘了什麼是羞恥。

我的指頭找啊找，仍然找不到想找的東西。他感覺到我的摸索，於是出手相助。最後，我終於聽到了，一扇開往新世界的門打了開來——他的腰帶扣環打開，牛仔褲落到地上。

29

家裡的女人

時間很晚了。家裡沒有晚餐，現在，他成了失蹤人口。也許他再次遺棄妳。也許他決定，把妳晾一陣子也好。這可以提醒妳，這麼多年來，妳必須仰賴他才能活下來；沒有他，妳會死。餓死。

然後門把轉動了。他在。這個永遠不會忘掉妳的男人。

他解開妳的手銬。他先脫掉鞋子，接著是長褲、毛衣和內衣。妳讓理智逃離身軀。妳的腦子播放著多年前搭乘火車的回憶，黯淡的天空下，一排排的樹飛逝而去，漸弱的陽光在樹枝間探頭看。

冷不防地，現實回到原位。妳在房間裡，躺在硬木地板上，被他壓在身下。他的左肩抵著妳的下巴移動，而妳看到：他的皮膚上有四道紅色痕跡。半月形痕跡後面拖著紅尾巴。妳認得這些痕跡。因為妳曾經用力摳自己的手掌，曾經在雙腿蒼白的皮膚上抓出傷痕。疼痛可以為妳帶來暫時的解脫。這樣的痕跡，是有人用指甲摳在柔軟皮膚上才會留下來。

這是妳第一次在他身上看到這樣的抓痕。即使在他的旅程後，即使在妳知道發生什麼事之後。他回來時，身上一向沒有抓痕。

事後，他拉上褲子，妳審視著他。他不急著離開。他看起來很輕鬆。他心情很好。

「嗯，」妳低聲說：「比平常晚，對吧？」

他的嘴角上揚。「怎麼樣？妳得去什麼地方嗎？」

妳強迫自己輕笑。「不是。我只是在想，你知道的，你去了哪裡？」

他歪著頭。「想我嗎？」

他沒等妳回答，自顧自地把內衣穿回去。「去跑腿。」他說，揉揉鼻子。「假如妳一定得知道。」

他說謊——他當然在說謊——但妳看得懂他。沒發生妳知道的事。他的眼睛裡沒有火花，身體沒有竄動的電流。

不論是誰抓傷他的背，妳都必須相信她沒事。妳必須相信她還活著。有那麼一下子，妳放下一顆心。接著，妳的喉頭再次縮緊。如果他有她，他還需要妳嗎？或是說，他是在玩弄食物？

他離開後，這個想法還留在妳的腦海裡。抓男人的背，緊貼著他的肌膚，把自己刻入他的身體，一個人只有在特殊狀況才會這麼做。

妳不喜歡。一點都不喜歡。

妳為了她不喜歡，也為了自己。

外頭有個陌生人。一個處在險境的陌生人。

而且，她也可能成為妳的盡頭。

在小屋外想存活的第三條規則：如果妳必須存在他的世界裡，那麼妳必須是個特別的人。妳必須是妳們當中的唯一。

30

家裡的女人

這是紅痕之夜的隔天早晨。妳眼皮沉重，頭昏腦脹。相對的，他倒是腳步輕快。他的目光傲然。妳敢發誓，他的皮膚甚至會發亮。會不會他終究還是殺了她？

先是早餐時間。你們三個人都很安靜。瑟西麗雅眨動雙眼，玩麥片比吃的時間多。他在桌下玩手機。沒多久，妳就回到房裡。他進來，將妳銬在暖氣上，隨即離開。一切都很正常。一切如常。

他將小貨卡駛離車道。妳的後腰隱隱作痛。妳調整姿勢，盡可能接近躺姿。這時妳才感覺到手銬。好比套在妳手腕上的口香糖。一點用也沒有。妳坐直身子。用左手撥弄手銬。手銬鬆脫，滑下妳的手臂。

就這麼簡單。

妳自由了。

妳自由了嗎？

有什麼東西，漂浮在妳四周的空氣中，抓搔妳的後腦勺。那東西就在這裡，但妳抓不到。妳的雙腿開始發抖。妳應該伸直雙腿。站起來。拔腿就跑。

這該是妳拔腿就跑的時候嗎？

妳一直以為，時間一到，妳一定會知道。

妳害怕嗎？

妳是膽小鬼？

像妳這樣的女人應該很勇敢。從前，妳一向聽人這麼說。不管在新聞上，或雜誌文章上。關於那些找到路回家的失蹤女孩有長長的報導。關於那些受惡男監管但找到出路的女人。她非常勇敢。像是安慰獎：對不起，我們救不了妳，但現在，我們會假裝崇拜妳走過的土地。

妳可以想見。

在妳的腦海中，妳站了起來。這是自由的感覺嗎？妳走到臥室門口。這需要勇氣，但妳是個勇敢的女人，記得嗎？妳很勇敢，別忘了。在那個幻覺中，妳拉開門，伸出頭偷看。他不在家。沒有人在。這妳曉得。妳知道他和他女兒剛出門。妳來到樓梯口，往下走了幾步。接著，妳聽到一聲喀嗒。妳開始跑。妳跑進起居室，到前門口。妳最後一次張望，接著妳動手。妳動手開門。

然後怎麼樣？

妳開門後會發生什麼事？

想像一下。妳站在外面。獨自一個人。妳不知道妳在哪裡，在哪條街，哪個鎮，那一州。完全摸不著頭緒。妳不知道最近的鄰居住在哪裡，或他們在不在家。他們是陌生人。對妳而言，信任陌生人已經不是件容易的事——妳不再那麼做。不再把自己的性命交到他們手上。不再相信他們會救妳。

那就，把鄰居放到一邊。妳可以自己一個人繼續跑。跑到哪裡去？鎮中心？警察局？雜貨店？那些地方也全是陌生人，但至少那不是某個人的家。妳身邊會有群眾。有證人。

這段時間，他會在哪裡？

他的孩子會在哪裡？

錄影機。

妳想起那些錄影機。

但是，他沒看到衛生棉。那時候，什麼事都沒有。

有錄影機嗎？

妳不確定。

那麼，他在「高高在上」的工作呢？

俯視著妳。

隨時準備飛撲而下，抓住妳。

也許妳可以跑。妳尋找某個人的家，某間商店。一扇敞開的門。某個會聽妳說話的人。

與此同時呢？他的手機收到警訊。他察看應用程式上的即時影像。他看到妳，聽到妳。他急忙趕回家。他大發雷霆。妳背叛了他，背叛他的信任。此後，妳沒有任何回頭路。

他會在妳安全之前找到妳。他會開車到樹林裡，做出早在五年前就該做的事。妳眼前一片漆黑。妳無法相信事情會這樣結束。這段時間，沒人知道妳還活著。沒有人瞭解妳本來可以獲救。

如果他沒有察看手機。他回家，發現妳不見了。他知道接下來會怎麼發展。警笛，逮捕，懲罰。他不想在這裡面對一切。他舉起槍，對準自己的頭開槍。

另一個劇本：他要他女兒坐進貨卡。告訴她，他們現在必須離開，沒時間打包了。他一直開，一路向前開，誰都找不到他們。他和瑟西麗雅成了聯邦調查局網路上的陳年懸案。

又或者，他掏出槍，要他女兒上車，開車到某個人煙罕至的地方。也許他在自殺前先殺害她。搬進這房子裡的第一天，當她差點逮到他時，妳在他眼底見到過恐懼。妳在夜裡聽過聲音，走廊上的腳步聲。那女孩，她看著他，彷彿他是某種特定的男人。他會不惜一切地讓那個版本的自己活下來。

妳不想要他死。這讓妳不解，但妳知道妳不想。而妳也不想要他的女兒死。

妳一直以為，時間一到，妳一定會知道。

如果現在不是時候，妳什麼時候才能出去？

妳母親，妳父親，妳哥哥。

茱麗，從來不曾拋下妳的朋友。麥特。

五年來，他們一直在等待。

他們需要妳活著。

妳一直以為，時間一到，妳一定會知道。

如果現在不是時候。

妳在臥室裡，盤腿坐在暖氣旁邊。

這是否代表妳相信機會可能再次降臨？妳相信自己還會有另一個良機？一個更理想、更安全的時機？

這是妳的生命。妳在第一天，在接下來的每一天救了自己。沒有人來救妳。妳一直靠一己之力，妳會自己脫困。

現在還不是時候。

所以，妳現在該怎麼辦？

妳不能相信自己。妳咬著嘴唇，扯動脆弱的肌膚，妳用力、更用力地咬，直到自己咬破嘴唇。妳嚐到金屬的味道，嚐到溫熱的液體。妳體內的憤怒快速擴大，威脅著要吞噬妳。妳想哭嚎，想尖叫。想以妳的意志力喚起一場暴風雨。妳想摒除所有知覺，想翱翔在一切之上。妳不想體驗自己被撕扯成好幾片的感覺。

另一件事。

如果他回家後發現打開的手銬，他會發現自己的疏忽。表面上，他會怪妳，但內心深處，他明白。他會停止相信自己。他會更加警覺。

妳要他鬆散，分心。妳要他保持完美的自信。

真要那麼做……

會是最嚴重的背叛。是信心的表現。

於是，妳不站起來。相反的，妳用手指圈住手銬，壓緊金屬圈的兩端。

手銬喀一聲扣住。

31

第四號受害者

他女兒才剛學會走路。

很快地，她就不會再需要我，他說。

他想要我怎麼做？對他發誓，說那不是真的？

我自己有三個孩子。

除了我的寶貝，我什麼都能騙他。

於是，我告訴了他。

也許她不會，我說。也許有一天，她不會再需要你，一點都不需要。

這讓他很受傷。

顯然，這話不該說。但我只有這個武器。

無論如何，他都會動手。這我很確定。事發時，我看到了他。檢視自己。用我車子的後視鏡看自己。

那就像是，他想確認自己是不是還辨得到。像是他必須眼見為憑。

我不後悔我說的，關於他女兒的那番話。我可能讓自己的生命縮短了一分鐘，但我不後悔參與其中。

誠如我說的，我只有這個武器。

32

愛蜜麗

警方搜尋那名失蹤女人的行動宣告終止。根據本地報紙第四版的報導，這件事還沒結案，但我們都知道這代表什麼意思。調查人員已經沒地方可找，沒線索可循。他們什麼都沒有掌握到。

我們繼續過日子。自私地，愚蠢地。要不還能怎麼辦？假期近了，我們應該要快樂才對。感恩節來得猛。我像電影《飢餓遊戲》裡的孩子們那樣做足準備，只不過我的武器是舒適的鞋子，馬尾多綁一條髮帶，大量的頭髮定型噴霧，以及用橄欖油才擦得掉的霧面口紅。

儘管有這麼多預防措施，六點鐘的值班結束後，我的雙腳仍然哭喊著要休息。朝吧檯後方的鏡子一瞥，我知道自己的雙頰泛紅，前額油亮，完美的髮型只能追憶。不停地搖蘋果酒馬丁尼和相似的濃縮咖啡版讓我手臂痠痛，我的後腰僵硬，每走一步，劇痛便竄過雙腿。

痛還好。痛本來就是餐飲業的一部分。我在我爸的餐廳裡學步。我度過一個收小費、送帳單、添水、被熱盤子燙到手的童年時光。痛，我可以接受。

讓我整個人分崩離析的是其他事——我搞砸的狀況，以及在我允許下發生的不公平行為。艾瑞克搞砸了四人桌的開胃菜，我沒辦法鼓起勇氣要他自己收拾殘局。一杯「側車」被送回我手邊，「太淡了」。接著，還有那場「秀蘭・鄧波爾」災難。尼克下午把配方扔給我——含酒精的蘇打水，黑醋栗糖漿，加點橙皮，有點像給成人喝的「秀蘭・鄧波爾」，懂吧？在端上第一杯前我試喝過。過關。可以放上酒單。

一直到第二輪值班，蔻拉看到三杯「秀蘭・鄧波爾」排在吧檯上才說出來。

「是我的點子。」她說。

「什麼？」

「那份配方。是我想到的。我在午餐時告訴了尼克。」

她完全沒發火，而是介於驚嚇和接受之間。他偷了她的想法。像卡通裡的壞人，像情境喜劇裡的霸凌者。他就這樣偷了她的想法。而我完全沒概念。

「我真的很抱歉。」我告訴她。

「沒關係。」關係大得很，但我是她的老闆，所以她假裝沒事。在我能再次道歉之前，她人已經走開。

大家總認為公事和個人是相對的。任何曾經在乎過自己工作的人——就算一點點也可以——會告訴你，這理論狗屁不通。我們在這裡做的事再個人不過了。如果我犯錯，就會有人受苦。這和公事私事無關。到最後，一切都會化成傷悲。

感恩節好比核爆蕈狀雲一樣吞噬了我們，但時間結束得早。這是家庭聚會的節日，過了十一點，沒有人會想在外面逗留。餐廳安靜下來後，我們還會猶豫幾分鐘，不確定該怎麼在混亂過後存活。我們嘆氣，按摩頸子，擤鼻涕，把水瓶斜擺回原位。而就像颶風肆虐之後，大掃除跟著開始。

「有人想帶這些回家嗎？」

蘇菲舉起一個裝著一袋袋餅乾的紙盒——一半是巧克力松露餅乾，另一半是薰衣草酥餅。一整個晚上，我們把餅乾和帳單一起送出去，現在還剩大約十袋。

沒有人說話。我們不是羞於拿免費食物，但我們今晚在餐廳裡忙壞了，沒有人想把會提醒這晚辛勞的紀念品拿回自己家裡。

蘇菲環視餐廳。

「拜託，各位。我可不會送這些餅乾進廚餘桶，可是我也不打算吃。」

她的目光落在我身上。

「老闆？」

沒有人可能拒絕蘇菲。

「當然好。」

我接下紙盒，向她道謝。大掃除結束後，我要艾瑞克和尤安達先走。

「妳究竟要去哪裡？」尤安達想知道。「都快半夜了。」

我隨口編說我要去藥妝店買個東西。尤安達懷疑地瞪我一眼。我等著她問下去——指出藥妝店十點就打烊了，而且感恩節夜晚更不可能營業——但她累得沒繼續問。我爸媽過世後那段時間的經驗讓她知道，有時候我需要獨處，多問並沒有幫助。

「開車小心點。」

我坐進喜美小車，拿出手機。在儲藏室那夜過後，艾登和我二十四小時沒有傳訊，像是我們都太震驚，沒辦法說話。接著，就在我準備上床睡覺時，他寫了：「想念妳」後面加了笑臉符號。

「真的嗎？」我回訊。「是的。」他說。我回答「我也一樣」和笑臉。接著我們便恢復了固定互傳簡訊的習慣。他也在星期二晚上回餐廳來。我在恍惚中度過等待的時間，儘管我知道時間還沒到，依舊瞪著門口看。看到他終於走進來，我的胃整個掏空。他迎視我的目光，露出微笑，我回以笑臉。在那幾秒中，世界就只有我們兩個人。兩個快樂的笨蛋，分享世界上最美妙的祕密。

我們沒有再去儲藏室更新戰績。我們瞭然地互看，他接過帳單時碰碰我的手腕，在沒人注意時，他輕捏我的腰。就在打烊前，出現了一個奇蹟：他等到整個餐廳的客人都離開，接著要我閉上眼睛伸出手。我照他的話做。他把某個冰冷的東西放在我手上，握緊我的手掌。「來，」他說：「張開眼睛看一下。」

我攤開手心，看到一條小小的銀項鍊。鍊墜是個無限大的符號，背面鑲著一顆粉紅色石英。

「喔，天哪。」我低聲說：「你這東西哪來的？」

他沒說話，要我轉過身。

「希望戴這條項鍊上班不會太誇張。」

我告訴他，項鍊很完美。他收攏我的頭髮，輕輕拉到一旁。他扣上項鍊扣頭時，我靜靜地沒動，當他指節刷過我後頸時不由得戰慄。

今天輪到我了。不是珠寶，眼前我能給他最好的東西，是蘇菲做的餅乾。

我開啟手機，輸入：「嘿，我為你準備了一個驚喜。」

我傳送簡訊，發動喜美。法官家離鎮中心不遠，從餐廳過去，順著大馬路只要十分鐘左右的車程。我不妨直接過去。大約五分鐘後，我放手機的口袋開始震動，我減速，察看手機。

「是什麼？」是他回訊。

我單手輸入：「你很快就知道。我現在宅配過去。」

我正要踩油門加速，電話又震動了。

「什麼時候？」

「再過⋯⋯兩分鐘吧？我差不多到你家街尾了，笑。」

我檢視簡訊，刪除「笑」字後送出。對方輸入訊息的顯示立刻出現。

「好。別動。我過來找妳。瑟西睡了，我不想讓她醒來。這是第一個沒有母親的感恩節，妳懂的。」

我的頭重重往後仰，靠向頭枕。我怎麼會沒想到？我們早上還互傳簡訊，互道早安，祝對方有美好的一天。之後，感恩節這團亂讓我忙到沒時間如我所願地滑手機。我趁上廁所時發出訊息——我現在才想到那真是個愚蠢的簡訊——「感恩節快樂！」當時艾瑞克還猛敲門，嚷嚷什麼灰鵝甘邑酒之類的。

「當然好。」我回訊。「很抱歉，沒事先說好就來。我在街角等。」

他沒有回答。該死。我究竟在想什麼，怎麼會不說一聲就出現。

現在要回頭太晚了。他一定已經出來。我沿街開一段然後左轉，關掉引擎。

幾秒鐘後，他朝著喜美跑過來。我下車等。他沒穿外套，身上只有一件厚實的米色毛衣，沒戴帽子也沒戴手套。

他跑到我身邊時，我輕笑著指著他裸露的脖子和雙手。「你是多快就衝出來？」

在回答前，他先四處看，像在看我們是不是獨處。接著，他把嘴唇靠向我，先輕啄了一下，接著給我一個綿長的吻。「我急著想見妳。」他雙手滑進我的外套，找到我的臀部。他輕柔地將我壓向我的小車。我摟住他的肩膀，整個人像是要融進他的身體。

有那麼一會兒，我忘了感恩節。我忘了餐廳、利潤、「側車」和剽竊的調酒配方——忘了當我想到未來時喉嚨緊縮，當我想像自己五年、十年、二十年後時肺部好比浸著冰水的感覺。

儘管抽開身子像是要殺了我，我還是退開，把那盒餅乾交給他。

「來自蘇菲，送給我們最喜歡的客人。」

他拎起一個袋子，在街燈下看。「餅乾。哇，太好了。謝謝妳。請向蘇菲轉達我的謝意。」

他。

我先說不客氣，隨即說自己很抱歉這麼出現。我該先告訴他的，我沒用腦筋，希望我沒打擾他。

「別擔心。」他把盒子放在車頂。「我該回去了。」他雖然這麼說，但沒有移動。某種情緒讓他留在這裡，是誘惑。比他想像中美好的時光吶喊著要延長。

他又碰我，他捧著我的後腦勺，輕拉我的頭髮，飛快地輕咬我的下嘴唇。我的下腹好像著了火。

我的呼吸深沉，以痠痛雙臂能使出的最大力氣將他拉向我。我想要他，完整的他，更想要他擁有完整的我。他摸索我的毛衣，我的襯衫。忙碌急切的指頭貼著我的皮膚。他的冰冷靠著我的溫暖。我閉上眼睛。

也許他在我們聽到前就先感覺到了。他的唇離開我的，雙手也放開我。我還來不及意識到這些動作，在我開始想念之前，聲音來到我們耳邊。

一聲刺耳的尖叫聲，足以撕裂這個夜晚。

33

家裡的女人

關於感恩節，他教妳怎麼對瑟西麗雅說謊。「告訴她說妳不會去和家人見面。」一天晚上，他這麼指示妳：「說他們去旅行了。告訴她，他們認真工作了一輩子，現在只要碰到假期，都會搭遊輪去旅行。」

瑟西麗雅對妳的感恩節計畫不是太感興趣。她告訴妳，過去這個時節，她會和她母親做什麼事。平常大部分晚上都是她父親下廚，但感恩節，她說，就是母親的事了。當天有特別的食譜，馬鈴薯泥會保留少許馬鈴薯皮，她們還會一起烤太妃糖餅乾去送給鄰居。

她的回憶聽得她父親咬緊牙。他有些不自在，雙肩承受著壓力。他是父親，是單親。

當晚，他下了功夫。嗯，應該算吧。他用橘色蠟燭，鑲了紅圈的金色紙盤布置餐桌，以正式餐巾取代平常用的紙巾，還套上瑟西麗雅很久之前就釘在一起的火雞造型餐巾環。

他沒有烤火雞，而是烤了一隻鵝。有個同事自己抓的，他說，冷凍起來，幾天前賣給他。膽汁湧上妳的喉頭。妳撥弄盤子上不成形的白色鵝肉，強迫自己咀嚼、吞嚥，咀嚼、吞嚥。拿在樹林裡捕殺的獵物為食物，對妳來說沒那麼容易下嚥。

迷迭香紅蘿蔔。小馬鈴薯。罐頭蔓越莓醬汁，這些都是瑟西麗雅的最愛。他在努力。這是他的女孩，他需要她愛他。他需要她服從，盲目，崇拜。他需要她看見他為了取悅她而做的一切。

晚餐後，是電影時間。瑟西麗雅不喜歡經典的假期影片。妳也一樣。沒人有心情看歡樂大家庭。

瑟西麗雅察看推薦目錄，挑中一部聖誕節浪漫喜劇。一名年輕的英國女演員扮演生活失控，工作沒有出路，與姊姊疏遠的女人。拯救她的，是一個顯然是死後成了天使的年輕人。他帶她到倫敦冒險，帶她見識她錯過的稀奇古怪和迷人事物。

「有沒有人告訴過你，」年輕的英國女演員跟著天使走進暗巷，問道：「你有點連環殺手的特質？」年輕的天使告訴她沒有，「至少，從來沒超過一次。」這句台詞逗得瑟西麗雅笑出來。她的父親沒有反應。也許他沒聽見，也許他在傳簡訊。妳不知道。妳的注意力全放在螢幕上。

妳的心思飄回他帶走妳的第一個感恩節。大約就在那個時候，妳領悟到自己可能會長期處在這個狀況。領悟到，妳在小屋裡的時間可能要以年來計算，而不是以月。妳努力不去想像自己的家人——妳父母坐在餐桌邊，維持著形象。妳哥哥從緬因州回來過節嗎？還是說，他跳過了節慶活動？

妳曾經是群體的一部分。妳經常是凝聚家人，妳父親、母親和哥哥的人；在爭吵後讓氣氛輕鬆起來，帶回好成績、好消息，或是家庭聖誕卡的素材。少了妳，他們是不是還會繼續？還是說，在經歷巨大的失去之後，妳的家庭也如多數連結一樣瓦解崩潰？

「該死。」

他的視線離開手機，瞇起雙眼。

「我得出去幾秒鐘。」他的聲音壓過播放中的電影。「待在家裡。」表面上，他這話是對瑟西麗雅說，但妳知道他指的是妳。他的手機震動了。他低頭看，接著又抬起頭。「我馬上回來。我去拿個東西。」

他飛快地輸入文字，然後把手機放在椅子扶手上，把腳塞進靴子裡。瑟西麗雅讓影片暫停。「出了什麼事？」

他抬頭看，一隻腳塞進靴子裡，另一隻靴子提在手上。「沒事。只是有個朋友想拿東西給我。」

他的表情，和那晚他帶妳進家門、他女兒的聲音在走廊另一端響起時一樣。妳太少看到他這個樣子。措手不及，手忙腳亂，不讓他兩個人生互相碰撞。

「我馬上回來。」他抓起家裡鑰匙。「我人在不遠的地方。」慢慢地，蓄意地，他為妳加上一句：「就在轉角而已。」他指向房子西邊的不知何處。「我只離開幾分鐘。」

瑟西麗雅簡短揮個手，急著想重新播放電影。妳朝她父親輕輕點個頭。

他以比平常走路快的速度衝向門口，再一次回頭看妳之後才走出去。門鎖從外頭鎖上，這是個沒有用的預防措施，可以讓外人無法入侵，但是不能——妳很清楚——阻擋任何人離開這棟房子。

妳的思緒翻攪。各種想法像蚊子，太快地飛來飛去。妳想抓住，想一個個仔細分析。

他出門了。不會太久，他說。但他的確已經離開。家裡只剩下妳們兩個人。妳和瑟西麗雅。妳在沙發上坐立難安，妳的胃被壓得下沉，這時，妳才看到。

他的手機。

他急著衝出去，把手機忘在扶手上。

妳四處看。小貨卡的鑰匙掛在門邊。但他呢？

他人在哪裡？

如果妳走出去——如果妳逃跑——他看得見妳嗎？

瑟西麗雅蜷坐在妳旁邊。妳努力保持專注。妳的大腦彷彿涉過麥片粥，游過糖蜜。妳能丟下她嗎？

妳的胸腔中像是有個緊握的拳頭。

妳是為了她留下來。在他沒有正確銬上妳的那天。妳告訴自己，妳留下來是因為有錄影機。因為妳沒有把握，因為妳害怕。但妳大可說服自己，可以找出勇氣。

是為了這個女孩。妳留下來是為了這女孩。妳現在知道了。

無論妳用什麼方法擺脫這個困境，她都必須參與其中。妳想要她安全。妳想時時看著她。

她父親離開前指著西邊。第一天晚上，當他帶妳來到這房子時，你們從反方向過來。妳想。妳必須信任對道路，對胎痕，對從哪個方向來的記憶。妳可以開向東邊，循著原路回去。他當初要妳閉上眼睛，但妳感覺得到身下的道路，貨卡駛過平穩的路面，這代表柏油路。

妳一直在等他搞砸。妳一直很小心。妳等待又等待，為的就是要確定。

現在就對了。

如果妳現在不跑——他人不在，手機和車鑰匙就在妳手邊，何況計畫有了雛形——那要等到什麼時候？

妳開始耳鳴。妳花了多久時間才想通——兩分鐘，還是三分鐘？

必須是現在。

*妳可以在聖誕節之前回家。*就這樣了。這是讓妳痛下決心的原因。妳抓起遙控器，按下暫停。瑟西麗雅抬起眉毛看著妳，像在說，*有什麼問題嗎？*

妳不知道怎麼告訴她。怎麼告訴她說妳們兩人都必須走。有些事情妳知道但她不知道，她必須信任妳。

同樣的，妳必須信任自己。

「我要出去，」妳告訴她：「開車去兜風。」

她皺起眉頭。「在這個時間？」

「對。」妳吞下口水。妳試著以清晰、穩定的語氣說話，像個隨時會出門兜風，把車子停在轉角的人。「我突然想起來……我必須離開。」這話聽在妳耳裡好真實，*我必須離開必須離開。*

「不會太久的。」

她聳聳肩。她習慣了，妳發現，大人夜裡會溜出門，為了不知名的原因消失無蹤，然後當作世上最正常的事一樣回來。

接著，妳告訴她。

「妳必須和我走。」

她又皺眉。看起來，和妳和他說話、問他問題惹惱他時一樣。她是瑟西麗雅。她是父親的女兒。

「和我走就對了。」妳說。

她轉頭再次面對電視。「我不能去，真的。我得告訴我爸。而且，呃，我在看電影。」

她好甜蜜，好有禮貌。她拐彎抹角地說，怕傷了妳的感情。她找了藉口，而不是直接說出最明顯的事實：現在太晚，我不能隨便跟陌生人走。

「沒事的。」妳說：「妳爸爸不會介意。」

她還是皺眉頭。妳在說謊，而她知道。

妳堅持，「沒事的。」妳沒有足以說服她的論據，也沒時間去想。他隨時可能會回來。

妳必須離開。

「走了。」

妳站起來，但她不肯動。她十三歲。不是十歲，也不是六歲。她不會只因為妳這麼說，就跟著妳走。

妳輕推她。「我們走了。」

她稍微退縮。妳惹惱她，嚇到她了。她想要妳別煩她。

現在不是妳退縮的時候。妳將來會解釋。而現在，她只需要知道妳和她站在同一陣線，如果她跟妳走，人生會更美好。

「沒什麼好擔心的。不過是開車兜風而已。好嗎？我們只是去兜個風。」

妳想讓她放心，但妳的聲音讓妳自己毛骨聳然。妳逐漸失去耐心了。

妳要不要自己逃跑？

如果她不讓妳救她，妳要不要頭也不回地自己跑？

最後一次嘗試。

妳坐回她身邊。妳看進那雙有一半來自他的眼眸。

「聽我說。」妳放低音調，妳的呼吸濕熱，在看不見的玻璃窗上凝結成霧。「不會有事，只是離開一下。沒關係的，妳知道嗎，想度過沒有他的時間也沒關係。」

她縮成一團，用雙臂抱住小腿。「妳不知道妳在說什麼。」

妳不想把妳對他晚上在做什麼的理論告訴她。妳知道，妳可能猜錯。妳知道，妳什麼都不曉得。

妳盡可能放柔語氣。「在妳這個年紀時，」妳說：「我也喜歡和我爸媽待在一起。」妳的喉嚨刺痛。她在這裡，像附著在岩石上的藤壺，將妳固定在這裡。妳必須將自己拉開，離開這棟房子。將自己從他身邊拉開。像剝牡蠣那樣剝開她的殼，啪一聲殼就打開，肉柱會鬆開。

「我也愛我爸媽。」妳告訴她。「現在還是愛他們。但能當自己的主宰是好事，離開他沒關係。一陣子就好。」

她抬頭看妳。她雙頰漲紅，眼眸的顏色因為憤怒而變深。爸爸的小女孩。

「妳不懂。妳什麼都不懂。」她費盡力氣才有辦法兇妳。她焦慮地扭絞指頭，關節泛白，皮膚變成深紅色。「妳根本沒概念，不懂那是什麼感覺。」

她抬頭瞪著天花板，妳的心碎成千千萬萬片。她忍著眼淚。「沒有人知道。」她說。她的聲音抖得像從天落下的飛機。「沒有人懂。」

「聽著。」妳不得不說。妳必須嘗試。「我懂，好嗎？我知道他對妳做什麼事。」

她茫然地看著妳。「什麼？」

妳沒別的方法哄騙她。這個聰明的女孩非常忠心。她一心想愛，想被愛。而現在妳將她逼進了角落。妳在逼她選擇，而她因此恨妳。妳不怪她。

妳渾身細胞都將妳拉向外頭的世界，每個細胞都將妳拉回她身邊。

妳辦不到。妳雖然想，但妳沒辦法丟下她，自己離開。

妳必須替她做出選擇。

「好吧。」妳站起來，勾著她的臂膀開始拉。「我們走。」

妳想讓自己的聲音聽起來夠權威。妳試著不要勾得太緊，不至於拉到她的肩膀。妳不想傷害她。現在不想，永遠都不想。

妳幾乎要成功。她被迫離開沙發站起來，但她在抵抗，往相反的方向拉扯。

「妳在幹什麼？」

她語調中的憤怒勝過慌亂。妳左手抓住她另一隻手臂，施加雙倍的力氣。

妳比自己以為的更強壯。也許這和妳最近的食物有關。也許妳的肌肉長回來了。也許妳受夠了自己的不堪一擊。更可能的，是妳的腎上腺素迸發，外頭夜晚的空氣拉著妳，妳馬上要開車壓上的柏油路呼喚著妳。

妳使盡力氣，不止一次地拉扯她的雙臂。但事情出了錯，一個估計錯誤——她的腳踝勾到咖啡桌，發出喀的聲響。她看著妳的目光中充滿受到背叛的情緒，妳不得不閃躲她的雙眼。妳傷害了女孩。這是妳這輩子、往後幾輩子，最不想看到的事。

在妳道歉之前，一個受傷，原始的聲音穿透了整棟房子。妳這五年來所有的憤怒和痛苦似乎是電流，從妳的皮膚傳到她的。她尖叫，尖叫又繼續尖叫。她大張著嘴，緊閉著眼，以妳從來沒見識過的憤怒叫得更大聲，拖得更長。妳想要她停下來，妳仍然在她身邊，在此刻離她如此之近。當妳覺得她一口氣馬上要用完，宛如開竅般地，另一口氣湧入，她重新開始尖叫。她的吶喊讓妳害怕，但在某個方面也悄悄地，短暫地解放了妳。她的尖叫，足以為妳們兩人而發。

34

愛蜜麗

我們站在一起。好一下子，我只注意到他的雙手離開了我的頭髮，他的胸不再貼著我和他分開後仍然起伏不定的胸口。他急促地呼吸，冰冷的頭髮間冒出溫熱的汗珠。

現實像洗澡的冷水一樣打在我身上。尖叫聲。出自血腥恐怖片，簾幕拉起，陰影浮現，屠刀閃閃發光。

我們站在空無一人的馬路上。無論引發尖叫的是什麼事，離我們都不超過五百呎。我整個人僵住。

「那是什麼？」

我的聲音在發抖。他轉身面對叫聲的方向，我這時候才搞清楚，聲音來自他家。他先是臉部肌肉抽緊，但接著，似乎經過思考後，五官又放鬆下來。

「那是我女兒。」

我皺起眉頭。這怎麼會是好消息？

「她會作惡夢，夜驚。妳發訊給我時她已經睡了，記得嗎？」

那當然。我靠在車邊，寬心下來後，雙腳開始顫抖。他十三歲的女兒做惡夢醒來。

我放下一顆心，忍住輕笑，一顆心輕快地像是胸腔裡的氣球。

「我去看她。」他說。

「好。」我說話的語氣嚴肅起來。「快去。」

我打開車鎖，坐進駕駛座。他等我關上車門，才很快朝我揮個手，慢跑回他家。我透過後視鏡看他，他的腳步越來越快，到最後像是衝刺。父親出任務。

快速倒車時，我聽到砰的一聲。我猛踩煞車，心臟快跳到喉頭。我是不是撞倒什麼東西？我什麼都沒看到，會不會是松鼠？

還是說，是個人？

我是不是撞倒了人？這一帶的馬路好暗。連法官也經常抱怨，要求市議會花錢設置路燈。

我停車，差點要吐地去察看前輪。

我再次放下我的心。是餅乾，那盒他在匆忙間放在我車頂的餅乾。

我繼續開車。即使我知道尖叫不是因為出了什麼事，但我仍然沒心情一個人把車停在暗處。

我直接開車回家。

35

家裡的女人

瑟西麗雅大聲尖叫，妳立刻放手。妳鬆開指頭。妳放她一個人。妳懇求她別繼續叫，妳安撫地說噓，噓，但太遲了。直到他進門，一團模糊憤怒的身影直衝妳們兩人而來，她的叫聲才停下來。

這是五年來妳犯下的最大錯誤。妳立刻領悟，清楚地知道。

他看到：他的孩子在尖叫，他的寶貝孩子，他唯一的女兒突然放聲尖叫，而妳，蹲在她身邊，徒勞地舉著懇求的雙臂。

前門在他背後砰一聲關上。一，二，三步已經足夠。他走到妳和他的孩子中間，分別抓住妳們一隻手腕。

瑟西麗雅想解釋，整串話咕嚕嚕冒出來。沒事，她說，沒事啦，我以為我看到什麼東西，一嚇到就開始叫，但結果什麼都沒有，我沒受傷，沒有人受傷，爸，瑞秋只是想，她只是想幫忙。

她憑直覺知道該怎麼做。她說謊，是希望能救妳。

他吐出長長的一口氣，放開瑟西麗雅和妳的手。在他順下呼吸時，胸口上上下下地起伏。

他露出微笑。這純粹是表演。妳仍然能感覺到他內心跳動的怒氣。他的鼻孔賁張，雙眼沒有焦點。

「妳還好嗎？」他問話的語氣鎮定。父親的聲音。

她點頭。

他轉頭看妳，想是在等妳回答同樣的問題。作戲。全為了她。

妳也點頭。

他的注意力轉回女兒身上。

「妳回房間去一下好不好？」

她說好，蹦蹦跳跳地，頭也不回地離開。她盡力了。

樓上，瑟西麗雅的房門關上。

「對不起。」妳低聲說：「就像她剛剛講的，她以為她看到什麼東西，嚇到了，然後——」

「閉嘴。」

「對不起。」妳一再告訴他：「對不起。」

他不聽妳說。

「妳他媽的幹了什麼事？」

他的雙手來到妳身上。抓著妳，搖晃妳。在他以前，妳不知道——從來沒有概念——一個力氣勝過妳的人有什麼毀滅能力。妳未曾在他人的拳頭下變得微不足道。妳的肩膀不曾被搖晃得如此激烈，妳的脖子可以同時感覺到拉扯。

「是誤會，」妳說：「我只是想——」

「我說閉嘴。」

他無聲地，用力地將妳推到牆邊。

如果可以，妳會像瑟西麗雅那樣跑回妳的房間。妳會從他的人生中消失，讓他暫時忘了妳。但妳不能，因為房間屬於他，世界屬於他，他希望妳消失，但他也希望妳在這裡，在這個他能看見妳的地方。

他的手臂重重抵著妳的喉嚨。推了再推，直到妳的眼前冒出跳動的黑點。

他從前也這麼動過手，但他總是在最後一刻放手。但這次他沒有。

妳無法呼吸。妳像是從來不知道如何呼吸。妳試了又試，但妳的氣管壁塌陷，什麼都通不過。妳的身體開始發出警告。咯咯聲。企圖哀鳴。最後一刻的聲音。瀕死的聲音。

十秒。妳曾經在播客上聽到過。到失去意識只要十秒。到妳的身體永遠放棄妳，而妳失去所有能拯救它的機會，只要十秒。

妳沒有要求妳的手臂或雙腿動作。妳的手腳本能反應。直到他的手鬆開——即使短暫，妳才發現。

在妳終於感覺到空氣送進氣管之前，妳先聽到自己的喘氣聲。妳咳嗽。妳嗆住。妳吸進另一口氣。

妳太過專心於挽回自己的性命，因此，有那麼一秒鐘左右，妳忘了他在這裡。他提醒妳。

妳推開他，現在才推。妳稍微地反抗。而他不喜歡。一點都不喜歡。

他再次抓住妳。一手繞在妳的腰上，另一手掩住妳的口鼻。壓下妳咳嗽的聲音。又一次地剝奪妳的空氣。

「給我閉嘴。」他在妳耳邊低語。他在妳背後，全身重量壓在妳的背上。「媽的，給我。閉。嘴。」

這個男人一心想要的，從頭到尾想要的，是要妳不再說話。不再動彈。他只想要妳停下來。

在小屋外想存活的第四條規則：

妳不知道。

無論規則是什麼，妳剛才都犯規了。

妳費盡力氣，把頭朝左轉了幾吋。瞬間，你們四目相接。這個男人。他早該殺了妳。他現在看出來了，而妳也一樣。如此明顯，如此無可否認。妳只會惹麻煩。

他用左手臂勒住妳的脖子。妳的後腦勺有另一個壓力——妳猜來自他的右手。鎖頸式。他鎖住妳的頸子。

妳動彈不得，幾乎無法思考。

妳不知道自己有沒有呼吸。這個認知不屬於妳。屬於妳的，是妳模糊的視線，逐漸癱軟的四肢，在耳邊跳動的脈搏——妳的血液，妳的每次心跳都像是在吉他上刷弦。

這個聲音填滿了妳。

越來越慢。

一跳接著一跳，間隔越拉越遠。

妳的身體做出最後一次嘗試，妳的脊背撞向他的胸口。

接著，什麼也沒有了。

一切歸於黑暗。

36

瑟西麗雅

我小時候，我爸教我閱讀。每天晚上他都會考我，i和e連在一起該怎麼發音？兩個o呢？兩個e？後來，他開始教我字彙。有關食物、大自然和植物的字彙。建築、醫療，以及電力的字彙。有一次，我們開車經過路邊一群火雞——當時我大概六、七歲吧——他告訴我，一群火雞的集體量詞要用gang。

結果我開始執迷。有段時期，我只想知道不同的動物群該怎麼稱呼。例如蜜蜂用swarm、眼鏡蛇是quiver。他在網路上抓出一張清單，每天教我一種。一群蝙蝠是colony、camp或cloud。熊用sloth，駱駝用caravan，美洲豹用shadow。我們為此編了一個遊戲，每次他開車載我出去，他說獵鷹我就說cast。鱷魚呢？bask。犀牛？crash。狐猴要用conspiracy，烏鴉用murder。這是我最喜歡的一種❶。烏鴉好粗魯，當然非得murder不可。

我們會吵架，我爸和我。

我們當然會吵架。他是我爸。但我知道他愛我。

有些女兒永遠不會知道被這種方式愛著是什麼感覺。我在學校聽人說過。在他們的人生故事中，他們的老爸永遠存在於背景，工作到很晚才回家，在比賽和假期時像客人一樣現身，而不是真正的家長。

我呢，我會永遠知道。有時候，我覺得那會是我這輩子唯一能確定的事。無論如何，不管我活到老或早死，生病或健康，快樂或悽慘，結不結婚都一樣。如果有人問——比方我變得很有名，突然間，大家都想知道我在他們知道我名字前是什麼樣子——有件事，我能說得絕對有把握。

我會告訴全世界：我爸爸愛我。

❶ murder當動詞時，亦作「謀殺」解。

37

險境中的女人

他把妳帶到樹林裡。

事情的經過是這樣：他任妳像布娃娃般癱軟的身體滑到起居室地上。受傷，但仍在呼吸。妳的情況：妳一直沒有停止呼吸。

他一手伸到妳背後，另一手繞過妳的膝窩。也許他以這個方式將妳抱到貨卡上。又或者他讓妳俯趴在他的肩上，像扛著一袋馬鈴薯。妳不是什麼脆弱的小東西。妳知道自己是什麼：清單上要處理的雜務。該解決的麻煩。

也有可能他推推妳，妳張開眼睛，不是真的清醒過來，但足以讓他扶起妳。你們兩人一起，蹣跚走到貨卡邊，妳手搭著他的肩膀，他抓著妳的手腕，另一手繞過妳的腰。也許，你們看起來像是晚上出門喝酒的友伴——妳喝得爛醉，他帶妳到安全的地方。

有一扇門打開。冷空氣吹拂妳的臉。妳聽到風吹在樹枝上的颼颼聲，但妳什麼都看不到。連片葉子都看不見。有人關掉妳腦子裡的燈，妳的大腦宛如破碎的燈泡。妳無聲地啜泣。如果妳要死，妳必須看樹木最後一眼。妳需要樹根穩住妳，需要輕輕掃動的樹葉哄妳入睡。

他讓妳坐在副駕駛座上。妳的頭滾過去靠著車窗，抵著妳皮膚的玻璃彷彿冰柱。他拉妳坐直，把安全帶繫在妳胸口。這有什麼用？妳想問。如果貨卡滑出路面，妳被拋出窗外，會有誰在乎？妳會送命，而他連指頭都不會抬一下。

但他不是會把事情交給命運的人。他砰地關上妳這側車門，走到另一邊。

如果妳的生命到此結束，那麼，他會是最後一個看到妳活著的人。最後一個看到妳眨眼，吞嚥的人。最後一個看到妳胸口像節拍器那樣起伏的人。

如果妳選擇開口說話，他會是最後一個聽到妳聲音的人。

妳心中有什麼必須吐露的事？任何需要某個人在太遲之前聆聽的話？

他發動貨卡。

我有母親，如果可以，妳會告訴他。我有父親。一如你的女兒，我有父親。我還有一個哥哥。我出生在風雨肆虐的夏夜。我母親受夠了懷孕。我終於呱呱墜地後，她鬆了一口氣。當然她也高興，但主要還是因為放下重擔。我的出生為極不愉快的階段畫下句點。

你從來沒看過，但我熱愛我的生命。我的人生並不完美。我過得很舒適，但不永遠容易。我的初戀男友傷害了我，而我還以傷害，我在他的語音信箱裡留言，一個憤怒的驚嘆號將年輕的愛情帶到終點。我哥哥曾經兩度吞藥傷害自己，後來我也傷害了他。

我曾經尋找自己在這個世上的位置。有時候，我覺得自己好像找到了，但接著我會擔心有人會奪走我的位置。一個陌生人傷害過我——不是你，從前有另一個人。你不是唯一一個。這你不知道。你從來沒問，我也沒說。但在你找到我之前，我已經知道那種感覺。我知道，當某個你不認識、某個你從未謀面的人決定你的一部分會永遠屬於他，你會有什麼感覺。

我見到你那天，是你的錯。你以為你會嚇到我。你以為你會是發生在我身上的第一件壞事。但我知道事情怎麼運作。我出生在殺害凱蒂．吉諾維斯的城市[2]；一些人聽到她的尖叫，但他們害怕報警，或搞不清楚狀況，或認為報警沒有任何好處。凱蒂．吉諾維斯教會我：當世界不關心你，你就沒辦法關心別人。

一九八六年八月的某天早晨，就在我小時候學步的公園裡，有人發現一名十八歲女孩的屍體，那是在她和認識的男孩一起離開酒吧的幾小時之後。同一個公園，過條街就是一九八〇年一位歌手遭人槍殺的地點，兇手的口袋裡放著一本我少女時期最喜歡的書。

所以，不，當你找到我時，我一點也不驚訝。你當然會找到我。你注定出現在某人的人生中，而那個人正好是我。

貨卡停下來。他熄掉引擎。

我出生在一九九一年。有一天，我在維基百科上查詢這一年發生過的事。像看星象一樣。我想知道自己誕生那年的世界架構。

也許你記得。在國家橄欖球聯盟總決賽中，紐約巨人隊奪得超級盃冠軍。時任國防部長的迪克．錢尼取消了五百七十億的軍機購機合約；戰鬥機，隱形轟炸機，用來殲滅敵方的機器。你看得出我接著要說什麼嗎？

那年，那個女人——你一定知道是誰，後來莎莉．賽隆在電影裡扮演這個角色——坦承殺害七個男人。他們毆打她，她說。他們想強暴她。她別無選擇。

那是動盪不安的一年。以「沙漠風暴行動」為背景。陪審團對拳王麥克．泰森提出起訴。警方逮捕了連環殺手傑佛瑞．丹墨。在歐洲，則是蘇聯解體。

世界悲慘，混亂。但我當時愛這個世界，現在也愛。你再怎麼樣也不可能從我身上奪走這一點。我可以停止愛別人，不再愛自己。當愛家人變得太沉重，我中止我對他們的愛。但我一直愛著這個由我們一起組成，巨大、荒謬又美麗的共同體。

我不知道你為什麼覺得世界針對著你個人，像是冒犯了你和你的信仰——就統計上來說，這對地球上的人類而言是不可能的。

妳聽到嘆息，以及他解開安全帶的聲音。外頭有腳步聲：他繞過卡車。副駕座車門拉開。他放妳到車外。妳看不到，但是妳記得樹林的感覺——在他帶走妳之前，樹林是妳最喜歡的地方，有最高的樹，最柔軟的草地。

但這片土地不柔軟。妳砰一聲摔在地上。妳的頭撞到什麼東西——樹根、殘株，說不定是石塊。妳只知道妳的頭彷彿在燃燒，頭皮劃傷，妳只知道疼痛難以忍受。

讓妳這麼痛，似乎沒有必要。

❷一九六四年發生在紐約皇后區的兇殺案，據事後報導，當時有三十餘人聽到凱蒂呼救，但沒有人報警或伸出援手。

但規則不是妳訂的。從來不是。

這裡是妳告終的地方，妳，地上這顫抖的軀體。一切很快就會結束。他會做該做的事，讓妳離開。終於。

在這一刻以前，妳從不曾瞭解活著需要多少精力。當各種因素持續對妳不利之下，依靠妳跳動的心臟和呼吸的雙肺，妳是多麼疲憊。

該是離開的時候了。

妳聽到手槍的保險打開。妳身邊的草波動著。他的手托著妳的後腦。他在妳身邊，妳感覺得到他的溫度，有圈冰冷的金屬抵著妳的太陽穴。

是這樣的嗎？妳一直以為那把槍只是作勢。妳猜想，他會用雙手往下壓，然後等著，看著，聽妳喘氣，聽呼吸聲離開一具身體，再也不會回來。

也許妳惹得他太生氣，讓他失去那麼做的耐心。也許，他也一樣，希望這件事盡快結束。

他的姿勢改變。他的呼吸來到妳耳邊，溫熱，疲憊。他低聲說些妳聽不到的話。妳等著他下手。妳想像砰的一聲，妳閉著眼睛也能感受到火花，劇痛將妳的頭骨撕成兩半。妳等了又等，那一刻沒有到來。

東西落地的聲音。他兩手都在妳身上。

一個念頭穿過妳的腦海。

他剛剛是不是丟下槍？

他的指頭摸索妳的後腦勺，妳頭骨剛才撞破的位置。妳的頭感受到那波劇痛。疼痛穿過妳的身體，讓妳冷顫，作嘔，呻吟出聲，妳的腳趾、雙手、手臂都沒有感覺，接著妳失去所有感覺。

妳消失在黑暗中。

38

女人，很久以前

妳哥哥開始躲避妳之後，妳去修心理學的課程。妳的教授曾經治療退伍軍人的創傷後壓力症候群。一天，他解釋，創傷發生在人看到自己死去之後。人見證自己的死亡，那個經驗如此真實，讓人再也不是原來的自己。

直到妳親身經歷過，妳才明白。

一個星期六晚上，茱麗說服妳出門。她交了新女友。在舞池上，她當著妳的面親吻她。妳的朋友——妳的摯友，在妳想像中能夠同住的唯一人選——人生第一次戀愛。妳歡迎這件事，一如歡迎珍貴的禮物。

妳的指頭麻木。妳沒有立刻理解發生了什麼事。事情總是這樣，妳不知不覺地失神，等妳回神時已經太晚。奇特的沉著籠罩著妳。妳漂浮在舞池上方，和群眾間隔了一層無形的紗。每盞燈都環繞著波動的藍色光暈。妳平靜地度過幾分鐘，但接著，妳有種奇怪的感覺。

妳滑步離開舞池，把飲料放在最近的桌上。妳的飲料——妳一直沒有讓它離開妳的目光。但妳也沒有一直握著杯子。杯子沒有蓋子。妳在跳舞。妳讓門開了一條縫，陌生人可能穿過這最窄的縫隙，溜進來傷害妳。

妳走到外面。妳需要一陣冷風，一波來自北極的氣流讓妳瞬間清醒過來。東北風輕咬妳的臉頰，提醒了妳還活著。但夜裡的空氣溫暖黏膩，妳的腦袋裡裝滿糖漿。

妳招來計程車。對於自己還能這麼做，妳在驚訝間鬆了一口氣。

坐進計程車裡，妳的意識時而清醒，時而模糊。妳沒受到傷害，但一切都不對。「先生，」妳告訴司機：「麻煩你，先生。」他從後視鏡看妳。妳不記得他的臉。妳永遠不會記得。

妳告訴他，麻煩你，先生，你可以打電話給我朋友嗎——我覺得有人在我的飲料裡下藥。妳無法相信自己說的話。計程車司機把車停到路邊——妳是這麼想的——把他的手機遞給妳。

妳趁茱麗的號碼永遠在妳的腦中消失前，以最快速度輸入茱麗的號碼。快，妳的身體告訴妳，*妳必須在我關機前輸入這串號碼*。妳想，*關機*，而妳的身體說，對，*關*——接著，一切歸於黑暗。

妳醒來時，和醫療劇中一樣，妳躺在急診室病床上。茱麗關切的臉孔浮在妳上方。「妳聽得到我說話嗎？」她問道。原來，妳已經以某種程度清醒了一段時間，只是妳不記得。原來該是記憶的空間，現在是一個黑洞。而且一直沒有補滿。在那部詳述妳一生的電影中，螢幕有幾分鐘空白。妳覺得自己彷彿遭到搶劫，有人從妳這裡奪走某件珍貴的東西。

戴著手套的手拉動妳的肩膀。妳不得不坐起來。妳必須拉高襯衫，讓他們貼上電極貼片；伸出手臂，讓他們抽血。「我不想抽血檢查，」妳告訴他們：「即使在我情況好的日子，看到人抽我的血，我也會昏倒。」他們很堅持，而且妳講得越多，他們就越是不聽。妳躺在擔架上，昏迷不醒地被送進醫院，呼吸還帶著酒氣。妳說什麼都不重要。「我不同意。」妳說。「我不同意做這些檢查。」有個穿醫師袍的男人對妳翻白眼。

妳告訴茱麗說妳快吐了。一個塑膠袋隨即出現。袋子已經半滿，妳稍早一定吐過。妳吐出膽汁。妳胃是空的，但腹部肌肉不斷抽緊。妳發出可怕的喉音，不是真正的聲音。妳吐得那麼用力，隔天肚子一定會痠痛。

妳在幾次嘔吐的空檔說明事發經過。妳用幾種不同的方式陳述。我被下藥。我的飲料被攙了東西。有人在我的飲料裡加東西。幾小時過去，當妳準備出院時，院方把診斷書遞給妳。上面寫著，而且日後會一直這麼寫，「酒精中毒」。

沒有人相信妳。

茱麗叫來Uber。回公寓後，她說妳沖個澡會舒服一點。「把急診洗掉。」她說。妳洗了澡，但累到沒力氣應付洗頭的工程。

「明天，」妳告訴茱麗：「我明天洗。」

妳的頭碰到枕頭。這時候，不和諧的感覺出現——一切都正常，一切都異常。還能活著，是妳運氣好。能睡在自己的床上，妳的運氣真的太好。

第二天，妳過得迷迷糊糊。妳頭痛著醒來，然後嚼貝果，去散步。妳和世界有巨大的分歧。世界就在這裡，但妳碰觸不到。妳不確定日後該怎麼活在這個世界上。

妳這時還不知道，但妳已經支離破碎，再也不會有完整的感覺。

妳這時還不知道，但這不是妳人生中的最大悲劇。

這是妳沒有預料到的：那天在樹林附近，他需要妳對有人想傷害妳這個念頭感到意外和震驚。

那晚在酒吧的遭遇改變了妳。到他找到妳時，妳唯一剩下的，是知道如何求生存。

39

家裡的女人

妳背後是冰冷、堅硬的表面。妳頭上有微弱的金屬碰撞聲。妳的後腦勺像是火在燒。妳的眼皮沉重，妳的身體是一個大傷口。

妳眼前一片模糊。深色牆壁和顏色更深的形體——是家具嗎？箱子。

一堆堆箱子。看來像是椅子的物體。以及，妳想應該是工作台，木板台子上面放了工具。

妳的上方有聲音——人聲，接著又是另一個人的聲音。

妳在屋子裡。在這屋子的深處。

地下室。一定是的。

妳稍微挪動身子，忍不住瑟縮。到處都痛。

但妳活著。

40

家裡的女人

妳不知道過了多少天，不知道他怎麼告訴他女兒。這不是妳該知道的事。讓自己度過這一切，聲援他的謊言，跟著作戲，妳已經筋疲力盡。

現在，是你們兩人最坦誠相處的時候。

他進來，但一言不發。他帶水，有時候帶湯給妳。他餵妳喝，把水杯和一匙匙雞湯湊到妳嘴邊。他彎著手肘撐住妳。如果妳嗆到，他會拍妳的背，就在妳肩胛骨之間的位置。

有時候，妳覺得這就是他想要的。擁有某個人，完全，而且絕對地擁有。他想要某個人需要他，只需要他。

這一定是他沒有下手的原因。當時，在樹林裡。他在妳身上看見比死亡更有趣的事。痛苦，以及妳感受、展現痛苦的無限能力。只要他是把妳拼湊回來的人，他就會接受妳再次成為完整個體的可能性。

在小屋外想存活的第五條規則：至少，他必須和妳需要他一樣需要妳。

一天早上，在瑟西麗雅上學後，他帶妳到浴室，讓妳俯身靠在浴缸邊。水灑在妳頭上，沖進妳的耳朵和嘴巴。妳嚐到血腥味。他幫妳洗頭髮，輕柔撫摸妳的頭皮。儘管如此，傷口還是痛得像火燒。妳為之瑟縮，而他說，別動，不要動——如果妳不動，就能洗快一點。

之後妳吐了。他抓住妳的肩膀，帶妳到馬桶邊。他一手將妳的頭髮往後攏，好像妳宿醉，而他是妳的朋友；彷彿妳病了而他是妳母親。妳胃部肌肉收縮得好緊，讓妳無法呼吸。儘管胃裡沒有東西，妳仍然不停乾嘔，刺耳又痛苦的乾嘔聲在馬桶裡製造出回音。妳抓住他的手。這是反射作用。感覺到他輕輕反握，妳才發現自己做了什麼事。

你們一起度過難關。

他帶妳回臥室，讓妳躺在床上。不再是硬木地板。妳任自己隨著床墊往下沉，臉頰貼著柔軟的床單。如果有必要，被子可以吞噬妳。房間會坍塌在妳身上。妳會放任這一切發生。

妳不會再反抗。

他的手掌貼向妳的前額。妳發燒了。妳頭昏眼花。每次妳想坐起來，地板就裂開來。妳告訴他妳得看醫生，看什麼人都好。他要妳別擔心。一切會好轉，他說，只要妳鎮定下來。

妳的大腦好像有火在燒。妳受傷了，他在這裡，妳覺得冷，好冷，就算他幫妳添了毯子也沒有用。哀傷由妳的體內向外凍結。妳開始啜泣。妳為自己，為瑟西麗雅，為她死去的母親，為此後他獵捕的女人哭泣。接踵而來的哀傷壓向妳，最後，他開口問究竟怎麼了。

「你的妻子。」妳邊哭邊說：「你可憐的妻子。」妳只說得出這幾個字。他停下來，嚴厲看著妳。

「我太太怎麼了？」

妳試著解釋，試著將他拉進妳如潮汐般起伏的痛苦中。「她那麼年輕。」妳告訴他。「她們兩個都那麼年輕。你的妻子和女兒。我好替你的孩子難過。」妳是真心的。她的喪母，和妳母親不在妳身邊，兩者帶給妳的感覺一樣強烈。妳甚至連妳母親是否還在都不確定。如果她還活著，她是否也同樣希望妳還在人世？

「癌症。」他說：「不好處理的病。」

癌症，妳想說。真的嗎？

發燒讓妳恍惚，但妳仍然瞇起眼睛看向他。妳本來以為，說不定是他動的手。也許是他殺了她。但他說的是實話。你們兩人從來沒這麼親近，沒這麼直接地面對彼此。

他拉平蓋在妳腿上的毯子。「有時候，只是運氣不好。」他說：「她一度抗癌成功，但五年前復發。」

妳不再害怕。妳累了，不想滿心狡詐地度過另一天。

於是妳告訴他。那晚更晚些，當他回來時，妳這麼告訴他。

「你那天沒做對。你沒有檢查手銬。」

他坐在床上，就在妳身邊。雙手把玩著裝止痛藥的藥罐。

「手銬是開著的。」妳繼續說：「完全沒銬上。你知道嗎，我大可離開，但是我沒有。」

他放下止痛藥。他嘆氣——他的氣息吹在妳臉上、脖子上和胸口。他靠向妳，在妳耳邊低語。

「我知道。」

在那短暫的一秒鐘，妳看到一道光。一個可悲的想法刺穿妳，從一側進，從另一側出。這個念頭驚醒妳，破壞了妳整個幾何架構，妳的直線、彎弧和角度瞬間崩落破碎。

他沒有搞砸。

她一度抗癌成功，但五年前復發。

夜裡，這個訊息在妳腦海中行進。

這訊息花了點時間才找到妳，但一旦抵達，便像傳染病一樣散佈到妳全身。

五年。

妳開始思考。

那是他找到妳的時間。

他本來要殺妳，但他沒有。

他遭遇到一些事。他阻止不了的事。

死亡降臨在他身上，在他建立的家庭上。而他無計可施。

這一定讓他像艘解了纜繩的船。

他需要控制。對他來說，就是這麼一回事。決定一個女人在哪裡開始，在哪裡結束。決定一切，然後，僥倖逃脫。

他控制了妳。妳當時在貨卡裡。

他本來要殺妳的，但他沒動手。

41

沒有身分的女人

妳在找他。那個對妳下藥的人。妳假設對方是男性。至於機率如何？妳會查清楚。妳拿起筆電，搜尋「飲料下藥統計」，「飲料下藥罪犯」，「在他人飲料中加料的人」。妳沒找到想找的資訊。像妳這樣的人，不會說出自己的經歷。

街上的每個人都是嫌疑犯。咖啡店裡排妳前面的人。瑜伽教練，巴士司機，妳的教授。沒有人可以排除嫌疑。

妳開始失眠。每天傍晚七點左右，有個陰影會籠罩妳。上床前，妳會檢查門窗是否鎖好。檢查，然後再次檢查。妳打開衣櫥看，去浴室看，床下也看。妳找了又找，想找出像影子般跟著妳的威脅。

妳聽別人敘述，讀別人的故事。Podcast的各種節目和Threads為妳揭開神祕的面紗。妳得知，有學生和朋友出門但再也沒回家。有妻子失蹤，絕對是丈夫下的手，但警方就是無法逮捕他。有女孩春假時外出。有女人出車禍，但人在警方抵達現場前已經消失。

也許妳吸收了太多故事，最後，反而是這些故事吞噬了妳。

妳失去專注的能力。教授的授課內容褪入背景。妳白天上課打瞌睡，晚上盯著天花板看。妳的分數直線下降。妳不再喝酒，說停就停。妳不和朋友見面。妳停止傳訊給麥特——他都幾乎稱得上是妳男友了。妳就這麼停下來。

不多久，只剩下妳、茱麗和那些縈繞的鬼魂。茱麗一直沒有放棄妳。「我擔心妳。」她說。當時妳因為在媒體法課堂上打盹，被踢出那堂課。

「我很好。」妳告訴她。

「妳才不好，」她說：「但這沒關係。」

「我覺得我只是需要休息。」妳說。

茱麗告訴妳，那也沒關係。於是妳開始休息。妳和學習規劃顧問打過招呼後，上網搜尋樹木、空氣，以及寧靜。搜尋城市的相對面。

木屋很小，牧場式建築，只有一間房。關鍵是，木屋的主人是個在所有窗戶都裝了百葉窗的歐洲女人。她相信鎖，相信萬全的安全系統。在這裡，妳會很安全。

破舊的木屋離曼哈頓兩小時。妳耗盡妳僅存的，為數不多的存款——四年暑期打工的薪資，妳為一些連妳名字都懶得記的編輯倒咖啡，採購雜貨——租了一輛車。一個星期天傍晚，妳的行李箱裝滿緊身褲、軟毛衣和幾本古怪有趣的書。妳開車北上。妳把衣服放在那位歐洲女士的抽屜裡。終於，妳可以呼吸了。

離開城市，就像按摩妳的大腦。那個星期，妳早早上床，鳥兒一開始唱歌就起床。妳複習學校的作業，但最主要的，妳喝茶，讀妳有趣的書，還經常午睡。妳找到一本關於大自然的書，開始研究鳥叫聲。妳開始相信新世界的存在。

有個地方妳很喜歡。在樹林裡。離大馬路不遠。妳在早晨，在太陽升起但溫度還沒開始回暖前，到林子裡散步。

妳喜歡的地方算是空地吧。一片樹林圍起的草坪。剛好圍成個圈。妳那個地方綠意盎然，夾雜著棕色，然後又是綠色，接著是藍色。這地方永遠安靜，只有最柔和的聲音。好比吹過樹葉，在草地上打轉的風聲。好比啄木鳥，松鼠。還有妳盡了所有努力，仍無法辨認的鳥。

妳喜歡坐著，閉上眼睛。去感受濕氣滲透妳的緊身褲，讓大地支撐著妳。妳對世界充耳不聞，以便體驗存在於世界當中的自我。

一天早上，妳從空地走路回家。正確來說，妳不在樹林裡，但妳也不在熱鬧的小鎮中心。那是一條鄉間小路。車流量不大，所以沒有人行道。在那裡，沒有人會看見妳。如果妳尖叫——妳確實叫喊了幾分鐘——也不會有人聽到。

那天，路上有一輛車。車子開了警笛。古典制約反應蒙蔽了妳——聽到警笛，妳認為開車的，是可以作主的人。

妳回頭看。那不是警車，是一輛白色貨卡。警察會這樣，妳想。他們經常開沒有標識的車子。

擋風玻璃後面男人打手勢，要妳停在路邊。妳停下腳步。從小被灌輸的安全規則浮現：妳和貨卡保持距離。

男人下車。妳審視他，妳在心裡評估他。他是敵是友，是同盟還是會出手攻擊妳的人？要和他握手，還是跑為上策？

男人看來整齊。他面帶微笑，眼角拉出皺紋。牙齒潔白，外套，牛仔褲，頭髮剛剪過，雙手乾淨。

在這一刻，妳已經信任他了。在這一刻，妳不害怕。

男人朝妳跨了幾步。他身上的味道也很好聞。妳從來沒想到邪惡會有好味道。有哪種惡魔會用古龍水？

後來，妳想到肉食性植物。它們如何演化出鮮豔的色彩，好吸引昆蟲；如何以誘人的汁液誘捕，然後吞食昆蟲。

「別動。」他告訴妳：「如果妳跑，我會傷害妳。妳聽懂了嗎？」

妳點頭表示聽懂。

「錢包？手機？」

妳交出妳的財物。妳曾想過，萬一碰到劫匪拿槍對著妳時該如何反應，妳答應過自己，妳會放棄一切換來活命。

「槍？胡椒噴霧？刀？」

妳搖頭表示沒有。

「我要檢查，如果我發現妳騙我，我不會高興的。」

他由上往下搜妳身子。妳直挺挺站著。這是第一項測試，妳過關了。妳沒對他說謊。

「珠寶？」

「只有我身上配戴的。」

他等著妳摘下項鍊，拿到後便收進口袋。在另一個時間軸，事件到此結束。這個時候，他應該回車上，而妳慢慢走開，然後跑回小屋，回到城市。這是妳找到人，說出自己遭遇的時候。

但在妳的時間軸上，這個拿槍的男人把妳的手機丟到地上，用腳踩爛。他朝貨卡的方向揮揮槍。

「上車。」他說。

這個時間點像是，妳的人生即將成為悲劇。像是，妳曾經預想過。在這一刻，妳的人生不再是自己的，而是變成犯罪故事。

妳的雙腿彷彿灌了鉛，胸腔完全定住，妳的大腦查找列出各種可能性的清單——要跑、叫喊，還是服從。妳還是妳。改變的是妳周遭的世界。除了妳以外，一切都變了。

跑，叫喊，服從。跑，不可能。妳可以跑得比他快，但妳不能從帶槍的男人身邊跑開。如果他有機會逮到妳就不行。叫喊呢？只有在妳確定有人聽得到才能喊。妳在一條安靜的路上，四下無人。妳不能叫喊。

服從。現下，妳不知道這個男人要什麼。如果妳服從，他可能會放妳走。

妳坐進貨卡。

他走回駕駛座。鎮定，平穩。這個男人習慣世界服從他，他彷彿自帶柔焦效果。

他把槍塞回妳猜應該是掛在他腰間的槍套裡。妳沒有直視他；眼神接觸好像可能致命。妳透過擋風玻璃，直視前方。妳正想專心記下周遭環境時，妳腦海深處有個想法在翻攪。才幾秒鐘前，當妳靠上前坐進卡車時，妳看到某些東西。妳的目光落在後座，妳看到：一把鏟子，繩索，手銬。一捆垃圾袋。

男人按下按鈕。兩側車門上了鎖。

妳僅存的希望全被掐滅。

他沒有作聲，眼睛看著馬路。非常專注。他是個遵循習慣的人。是曾經做過這種事的人。

說話。這是妳唯一能做的事。妳不能跑，不能叫。但妳可以說話。妳覺得妳可以。

妳嚥嚥口水。搜索字句，不具刺激性，但涉及私事。一道從妳到他的橋梁。整層樹葉下的逃脫路徑。

「你是這附近的人嗎？」

這是妳能想出最好的問題，但什麼也沒從他嘴裡問出來。

妳挪開盯著馬路的視線，看向他。年輕，妳想。不難看。一個妳可能在雜貨店裡，或在咖啡店排隊時看過的人。

「知道嗎，」妳說：「你不必這麼做。」

他仍然不理會妳。

「看看你。」妳堅持地說。接著，怯懦地，妳的聲音越來越小。「看看我。」

他沒有看。

妳想起那些故事。Podcasts。新聞報導。小報頭條，錯綜複雜的長篇故事，所有最匪夷所思的字句全用粗體字標明。有些故事會附帶一些提示。讓自己和俘虜妳的人有人性化的交流。把鑰匙夾在指間當作武器。戳他的眼睛。攻擊他的鼻子。踢他的私處。叫喊。不要叫喊。讓他吃驚。不要讓他吃驚。

故事裡完全沒提到的是：到最後，如果對方要殺妳，他就是會。說服他不要動手的人不會是妳。

妳看向窗外。心想：差一點。我壞事臨頭，我以為我會死，但是沒有，我只是差點送命。事情不該如此。

妳不想死，但對妳來說，死亡十分合理。

妳有股衝動。也許，妳不再害怕。也許妳從未如此恐懼，而這釋放了妳體內不顧後果的那個部分。妳繼續說話。妳開始胡說八道，彷彿妳什麼都不在乎。唯有說話還屬於妳，妳打算發揮到極限。

「北部的天氣真好。」妳說：「我前幾天看了一部電影，我以為片子就要結束，但，嗯，偏偏沒有。你討不討厭碰到這種事？」

他看著妳，揚起一側眉毛，動作很小。

「其實我不太看電影。」妳繼續說：「就是為了這個原因。我不喜歡花兩、三小時，然後以失望收尾。或哀傷。」

他用指頭彈掉方向盤上看不見的灰塵。修長的指頭，有力的雙手。壞消息繼續出現。

「閉嘴。」他說。

否則怎麼樣？你會殺了我？

妳繼續瞪視窗外。他開的這段路妳不認得，妳放眼望去，看到的不是樹就是泥漿。

接著，一頭鹿。他遠遠就看到，於是減速等鹿通過。負責任的駕駛人。現在不是撞車或故障的時機。否則他會怎麼做，打電話給保險公司？他要怎麼解釋坐在副駕座上發抖的女孩，以及放在後座的東西？

妳看著那頭鹿離開。牠不是來救妳的。但在牠身後，妳看到：一群黑鳥，至少十隻，正在啄樹幹。

「這是所謂的謀殺（murder）。」妳說。

貨卡從那群鳥前面經過。牠們銳利的目光看著妳，彷彿妳的出現，迫使牠們必須相信某件事。

他的腳離開油門踏板。貨卡停下來。他轉頭看著妳。真的直視妳，這是第一次。

藍眼睛，妳心想。你怎麼敢有一雙藍眼睛？你怎麼敢毀掉大家對藍眼睛的想法？

「妳說什麼？」他問道。

妳歪頭，指點那群黑鳥的方向。

「Murder是烏鴉的集體量詞，不是flock也不是fleet之類的。」

他的喉結上下跳動。妳剛剛說的話，對他一定有某種意義。妳不知道那是好是壞。妳不知道妳的話是否有價值。

妳當時還不知道，但這個男人有家庭。一個女兒，和最近才癌症復發的妻子。

妳當時還不知道，但這個男人什麼都不信。在初次殺人後，他首次連自己也難以信任。

他轉頭面對馬路，雙手緊握方向盤，黑色的合成皮上，他的指節發白。

貨卡外頭，一隻烏鴉飛了過去。

車子再次啟動。他催了油門，向右轉。接著他停車，方向盤往反方向打，穿過馬路後，又踩下油門。妳坐在副駕座上，身子跟著他的操作擺動。

迴轉。

該死的迴轉。

妳完全沒概念，不知他用意何在。

他放開一隻手，在置物箱裡摸索，找出一條花頭巾。

「戴上。」他說。

妳沒動。

「罩住妳的眼睛。」他不耐煩了，像在說別逼我改變心意。

妳用頭巾蒙住眼睛。

他繼續開車，開了又開。可能是四十分鐘、六十分鐘，或兩百分鐘。妳聽到他的呼吸聲，緩慢，偶爾會嘆氣。妳聽到他用指頭拍打方向盤，腳下油門轟隆作響。

車子幾度顛簸，接著駛過沒有盡頭的直線道路。貨卡減速。妳聽到煞車聲，排檔桿嘎吱切換檔位。引擎熄火。

他扯動妳後腦的結。頭巾滑下來。妳想四處看，但他緊握妳的下巴，於是妳目光的焦點只能落在他身上。

「我們動作要快。」他告訴妳。他又拿著槍在妳面前揮。「我們要下車，一起走。」接著，規則來了。「如果妳想幹什麼——有任何嘗試，我們就回車上。」他等著，像在問妳有沒有聽到？

妳點頭。他下車，抓起後座幾樣東西——據妳看，是手銬和繩索，然後繞過車子來帶妳。

「不要回頭看。」他說：「眼睛看地上就好。」他抓住妳的左手臂，用力到抓出瘀青。

他帶妳離開他的車，沿著彎曲的長步道往前走。妳偷偷地看。妳已經在學習怎麼盡妳可能地攫取。妳瞥到一棟房子，和這片土地上風格相同的附屬建築。沒有鄰居。他的花園，漂亮，整理得宜。妳想留下這一切，但這個有決心的男人拉著妳走上一座小丘。他一心要將妳帶進小屋。

進屋後，門在你們身後關上。妳當時還不知道，但事情就發生在這一刻。這是妳的世界凍結，成了新型態的一刻。

在這個時候，小屋仍在施工。工具散落在地上，角落放著一袋肥料。折疊桌椅，一疊雜誌——是色情雜誌還是槍械雜誌，妳沒辦法確定。也許兩者都有。

這裡是他的空間。妳以後會知道，他已經開始為像妳這樣人選的渺小，遙遠，純理論的可能性開始準備。他做了隔音設備。地板鋪了橡膠墊，牆壁每道摸得到的縫隙都填上填料。但還沒完工。他本來沒打算留下妳。妳是臨時起意的選擇，一時衝動的決定。

他隔天會回來完成工程。他會在牆上釘上鐵鍊。會清開他的東西，騰出空間。他會讓小屋成為妳的。至於目前，他要妳把雙手背到背後，讓他上銬。用繩索綁住妳的腳踝，再繞到門把上打結。

「我必須回主屋一下。」他說：「家裡只有我一個人。如果妳叫喊，我是唯一聽得見的人，而我不會高興的。相信我。」

妳相信他。

他出去，關上門後，妳開始嘗試。妳扭動手腕、腳踝，想拿工具。但他懂得使用手銬。他懂得怎麼打繩結。他懂得該把他的工具放在遠處，讓綁在他花園小屋裡的女人拿不到。

妳必須相信大家會找妳。妳的照片會在社群網站上流傳。妳的父母和茱麗——想到他們，妳的喉嚨便緊了起來——會張貼海報。他們會接受訪問，祈求妳能安全回家。

妳必須相信這是短暫的，有一天，世界會找到妳。

但有些事只有妳知道，他不曉得。這些事對他有利。任何認識妳的人都會說，妳最近不太對勁。會說，在妳失蹤前，妳變得十分退縮。妳在課堂上打瞌睡。妳的成績不理想。妳收拾行李，離開妳鍾愛的城市和認識的人。

一個新故事浮現。日子，星期，歲月會過去。一開始，大家只會對自己說，但接著，他們會越來越自在地彼此交流：也許妳是故意搞失蹤。也許妳開車到某個地方，讓自己溜出原來的人生。妳跳下深淵，跌入河裡。也許妳在他處重新開始。也許，妳終於不再受心中的惡魔所苦。

沒有人會期待他們認識的死者復活。

到了最後，大家不會再談起妳。他們不會再拿著妳的照片請別人辨認。人們會讓妳淡出。他們不會再說妳的故事，直到有一天，唯一還記得的人只剩下妳自己。

42

家裡的女人

高燒退去。妳不吐了。他持續帶來食物，但沒有照顧妳。他對妳的興趣逐漸減少。世界重新聚焦。妳後腦勺的凹痕恢復，傷口開始癒合。妳醒來時，枕頭上不再有凝結的血塊。

一天晚上，他空手進來。該下樓了，他告訴妳，晚餐準備好了。

妳撐起身子。地板是一片水。地板是波濤洶湧的海面。妳搭著船，搖搖晃晃。他說，走了。妳一手扶著牆壁，穩住腳步。**我不知道我準備好了沒有**。妳想告訴他，我瘦了，而且還是很累。但他知道他要什麼。就算行船搖擺，妳還是必須把自己帶下樓。

她在樓下。

瑟西麗雅。

她試著微笑。她絕對很想知道妳們兩人現在處於什麼狀況。也許她感覺到自己給妳惹了麻煩。她一定和妳一樣清楚記得妳們上次共處時，在她父親衝進起居室之前的那一刻。

他是怎麼告訴她的？妳思索著，這個敘述一定很混亂。他聽到她尖叫。他以為她受到驚嚇，或受傷。他想以最快速度回到她身邊。他插身在妳們兩人間。他抓住她，也抓住妳。她沒看到接下來的發展。但她看出了什麼，必須找個方法讓事件合理化。

他藏起憤怒，不讓她發現。他試著那麼做。即使她感覺到，妳也看得出她習慣了——他的脾氣，無法預知的爆發。接著，來得快的怒氣去得也快。等到氣發完，他會回到原來的他。回到她認識的父親。她信任的爸爸。

當時，她也生妳的氣。在他衝進來之前。但現在她試圖彌補，她的微笑像是從桌對面伸過來的手。她太寂寞，不可能氣妳太久。

但妳沒有還以微笑。妳辦不到。

妳本來可以離開的。

敷衍她時，有個想法緊抓著妳不放。妳本來可以離開的。妳大可跑掉，大可拯救妳自己。妳的身體日漸強壯。結果，現在呢？

妳說服自己，妳不可能不帶著她就離開，但她不願意讓自己被妳拯救。她毀了整件事。她出手毀了妳的一切努力。

於是，如今妳恨她。

這波敵意來得突然，但確實存在。像野火一樣，恨意在妳內心燃燒。妳感覺到負面情緒一再高漲，你擔心他會發現。他坐在妳身邊。他怎麼可能沒感受到這股新的力量，這種從妳每吋肌膚散發出來的熱度？

最恐怖的想法閃過妳的腦海。厭惡這個女孩太不正常了。在妳從前的人生中，妳一向假定女人和女孩沒有過失。妳很堅持。即使碰到客觀上應受譴責的女性，妳也沒辦法讓自己加入指責的一方。妳不可能說她真犯賤，是個他媽的妓女，淫婦。這些字眼帶著不潔的意味。妳不想讓這些話出現在妳口中。

但現在妳看著她，他的女兒。如果不是因為她，妳早已離開這個地方。妳會離開，會發動車子。他會聽到引擎聲，但來不及。妳會一直開，一直往前，直到妳找到便利商店，找到加油站，有監視錄影機和證人的地方。

餐桌上，瑟西麗雅伸手拿鹽。鹽罐在妳手邊，在妳左邊幾吋遠的地方，但是妳沒有動。她不敢開口向妳要。這當中存在驚人的惡毒心眼，還有：充滿看似不知情的動作是如此微不足道，如果她說些什麼，她會讓自己顯得愚蠢。妄想。自我中心。但妳知，她知。這種感覺真好，貶低她真好，讓她知道她多麼讓妳失望、現在她對妳毫不重要，真好。

她站起來拿鹽罐，眼睛看著餐桌。

妳瞪著她的湯。妳知道自己和她父親有相同的能量。那部分的妳，在傷害他人時，偶爾會感覺到快樂。

妳從沒說自己是完美的人。

她攪湯攪了好一會兒，最後終於放下湯匙，轉頭問她父親她是否可以回自己房間。她不餓，她說，她有點不舒服。他點頭同意。妳看著她一步一步，踩著沉重的腳步上樓。今晚沒有電影。

沒有沙發。沒有失去的愛。

這棟房子好比捕狼的陷阱，向妳圍攏過來。在這段敘述中，就這個觀點而言，妳就是狼。

夜裡，妳無法成眠。妳的怒氣轉向自己。是妳決定妳不能不帶她就走人的。是妳自己心煩意亂。妳背叛了他們，那些妳拋下的人。妳母親。妳父親。妳哥哥。茱麗。麥特。妳是他們人生中的問號，而妳本來有機會結束這一切：疑問，未知，桌邊的空位，聖誕樹下多出來的空間。

妳想像他們已經找到往前走的方法。沒有人會永遠擱置自己的人生。但他們心中仍會有個疙瘩。許許多多的想法一定會突如其來地出現在他們心裡：在某個酷熱的星期一早晨，在辦公室前面等著過馬路時；在星期六夜晚，手指抓著滿是奶油香的爆米花時。他們想忙於自己的人生，想享受他們在地球上的時光，但那個問題永遠會啃噬他們心靈的一角：她究竟遭遇了什麼事？

他們一定以為妳死了。無可避免地，他們一定會認為死亡是妳自己的決定。妳每次想到這些，無聲的吶喊便會撕裂妳。他們，相對來說，和妳親近得不得了——和妳在同一個星球，同一個國家，生存在同一個平面。儘管如此，妳仍然消失了蹤影。妳是尤里西斯[3]。妳有事處理，踏上旅程，如今妳回不了家。

[3] 亦作「奧德修斯」，於特洛伊戰爭後，經歷十年漫長旅程，始重返家園與親人團聚。

如果妳那天離開，現在，妳可能正在對他們傾吐真相。他們不會瞭解——不是全部，不是立刻。妳知道這種事怎麼發生的。妳讀過報導，讀過書，看過電影。妳知道，回到世界不是件容易的事。大家會問錯誤的問題。大家無法想像，完全不瞭解。但他們會問。

如果不是這個女孩，此時此刻，妳可能正在做上述的事。如果不是為了妳，為了這個孩子，以及妳的良心。妳那顆柔軟，愚蠢的心，在這一切——這整整五年時間——之後，看到一個女孩，然後告訴妳，我們不能不帶她就離開。

第二天傍晚，他又來帶妳下樓。餐桌邊，有幾個字自己找上妳。他從來沒告訴過妳的字。他走到自己的位置坐下，接著又站起來，掏出放在牛仔褲後口袋的信封，放在桌上才坐下。妳的目光立刻快速掃過。他需要一秒鐘，才意識到自己的錯誤——也許他不認為妳敢，或者他忘了，說不定他覺得妳身上帶傷，反應還太慢。他收回信封，放在胸前的口袋。

妳沒看到地址，沒看到小鎮的鎮名。但妳看到別的。

那幾個字灌入妳的腦中，像是消防栓放出來的水。閃亮，嶄新的資訊。一個足以探索的世界。那父親的名字。

艾登．湯瑪斯。

後來，在黑暗當中，無聲地，妳吐出這幾個字。艾——登，湯——瑪——斯。妳掄著指頭，在地板上一次敲下一個字。這是開端也是結尾。是生，也是死。這幾個字是神話的最後，是真實事件的開頭。

在妳從前的人生當中，當妳聽podcast、搜尋線上討論會時，當妳是好友間的怪胎時，妳學到了細節、理論，和暱稱。妳知道誰是金州殺手、大學航空炸彈客、山姆之子、沉睡殺人魔、綠河殺手、屠夫貝克。故事永遠相同：直到被捕，到有了名字工作和傳記，直到警方將寫有日期和地點的板子遞給他們，並拍下入案照之前，他們全是沒有名字，沒有臉孔的男人。

名字，是第一個將他們與現實相連結的資訊。

妳緊緊抓著他的姓名，這五個字就像救生圈。艾登・湯瑪斯。

小屋裡的男人以妳起始，以妳為終。但有艾登・湯瑪斯的生命中有許多年的時間沒有妳的存在。他在他的信用卡上，在稅單、社會福利保險卡上。在他的結婚證書，在他女兒的出生證明上。他努力地打進這個世界，而這與妳完全沒有關係。

將來有一天，沒有妳，艾登・湯瑪斯照樣會存在。

43

愛蜜麗

聽到尖叫聲的隔天，我發訊給他。「希望一切安好」——我遲疑一下，接著加上笑臉符號。我們都是這樣的，我告訴自己。我們接吻，把手放在對方身上，交換祕密禮物，在訊息結尾放上笑臉符號。

我把手機塞回圍裙口袋，就貼在大腿邊。在餐廳的供餐時間，我一直在等手機震動。什麼都沒有。我開始討價還價：我做好一杯飲料，他會回訊。再兩杯飲料。再五杯。如果我去洗手間，一切會重新計算，他會回訊。如果我五分鐘不看手機。也許十分鐘。如果我關機然後重開。

他沒有回訊。

他一向會回我訊息。

男人就是會這樣，我告訴自己：是人都會。他在忙，在工作。說不定電纜線失修，附近哪個小鎮有好幾百人沒電可用，而我只擔心簡訊。說不定他女兒需要他，說不定她病了。或者是他生病。最重要的是：大家不見得永遠會回訊，但這不表示有哪個環節出錯。人生有時候就是這樣。

但他不會這樣。他呢，從前一向特別——現在還是。

快一個星期了。我沒在餐廳或鎮上看到他。

我知道之前發生過什麼事。他的雙手碰觸我的肌膚，他的氣息在我嘴裡。這條銀項鍊，冰冷地貼著我的脖子。這是他給我的禮物。這是真的。我有證據。

現在是餐廳的晚餐時間，今天是星期四。我特別留意，想看他會不會來。他隨時可能出現。他會隔著餐室對我微笑，我的擔心會全部消失。他會提出完美又有效的解釋。我甚至連問都不必問。他會說，妳不會相信我碰到什麼事的。我的車子故障。我的手機被偷，壞了，掉到馬桶裡。妳該不會發過訊息給我吧？

門開了又關。是拜恩法官。是庫伯太太。是我從前學校老師。是除了他之外的任何人，而這晚我忙爆，我告訴自己，至少這讓我沒那麼注意手機，這麼一來，手機一定會震動。

仍然沒有。

艾瑞克開車載我們回家。他調整車內後視鏡，瞥向坐在後座的我。「妳怎麼了，甜心？」他問：「妳今晚好安靜。」

「我只是累了。」我抿起嘴勉強微笑，模仿靠著手背睡覺的樣子。他點個頭，視線又回到馬路上。

我把前額靠在車窗上。窗玻璃冰得讓我感覺到痛，我更加用力地靠上去，直到我的皮膚發麻。後續的疼痛和空虛讓我十分歡迎。

我們離艾登家只隔幾條街。我多麼希望自己可以叫艾瑞克開車過去，放我下來。我可以敲門或按門鈴。他會拉開百葉窗看外面。他的臉色會整個亮起來。「我太高興看到妳了。」他會這麼說。接著，他會用雙手環抱住我，我呼吸著他的氣味，全身充滿歡愉。

回到家，我告訴艾瑞克和尤安達說我要上床睡覺。現在是假期，我說。假期前後我總是特別累。與其說假期，不如說是混亂期，對吧？

蓋上被子，我拿出手機。還是什麼都沒有。我把手機重重蓋在床墊上。嘆氣。接著，我重新拿起手機，讀他最近的來訊。「好。別動。我過來找妳。瑟西睡了，我不想讓她醒來。這是第一個沒有母親的感恩節，妳懂的。」

這通訊息甚至稱不上甜蜜。沒有笑臉，沒有晚安，早安，沒有我今天會一直想妳。沒有希望妳值班順利，祝妳有個好夢，希望妳一切都好。

我捲動我們對談的頁面，一路滑到最初的訊息，到「嗨！是愛蜜麗。再次感謝你今天來幫忙。」一直到關於紅尾鵟，關於惡夢——陰暗走廊上那些關起的門——的訊息交換。

那是真的。我們的故事在我手上。他喜歡我，即使在他人生最混亂時，仍然為我騰出空間。我大可發訊給他。我不必等他聯絡我。這我知道。我試過，但我每次想寫出完美訊息的企圖，最後都以我按下刪除鍵告終。你好嗎——刪除。我只想確定一切——刪除。不想打擾你，但我希望——刪除，刪除，刪除。

我伸手撫摸銀項鍊，握住鍊墜，一直到金屬來到我皮膚的溫度。

我親眼看到，親身經歷。他送我這些東西，沒有人強迫他那麼做，純粹他自己想要。他那麼做，是因為他喜歡我。

星期五晚上，我強迫自己和大家一起到「毛蜘蛛」去。這是為了團隊，我告訴自己。說得好像他們會在乎。

我仍然沒有他的消息。

如果他這麼做是故意的——假如他想搞瘋我，這會是他的方式。

我今晚只喝了一杯。我知道艾瑞克會想在外頭待晚一點，我也知道自己沒那種心情，所以我自己開車。

走回喜美小車時，我好像出現幻覺。

但是我敢發誓，我真的看到了。他的白色貨卡就停在巷子後面，透過「毛蜘蛛」的灌木叢隱約反光。

我回頭看酒吧的大門。

他不在這裡。

我再看一次。沒有。

我發動車子，調整車外後視鏡，準備離開停車位，然後——

不見了。

他那輛白色貨卡不見了。

我繃緊雙肩。我透過車窗張望，坐在椅子上扭身轉頭，看向灌木叢的縫隙。什麼都沒有。

搞什麼……

好像他在等什麼，看到後便離開似的。我對自己笑，嘲笑自己，因為這個想法好荒謬，然而這情況看來就像如此。

像是他等著要看我，然後呢，一看到我就開車離開。

44

家裡的女人

妳逐漸習慣藏在胸口，會吸光所有氧氣的那個火爐。它會消耗妳。如果妳不控制，它會吞噬你們——妳，他，他的孩子。妳會犯錯。如果一定要說他教會妳什麼事，那就是，一旦讓火爐接管，人一定會犯錯。

在小屋外想存活的第六條規則：妳不能徹底燒毀自己。

吃晚餐時，妳聽到一個聲音。他最先注意到。他是個對環境很敏感的人，總是眼觀四面，耳聽八方。妳第二個聽到，接著是瑟西麗雅。你們三個人坐在桌邊，歪著頭，皺眉看向後門。刮擦聲，有什麼東西——或什麼人——在嗚咽。

瑟西麗雅指著聲音來處。「聲音從外面傳進來的。」

「應該是什麼小動物。」他說。

她搖搖頭，站起來。她用兩根指頭拉開百葉窗。

「瑟西麗雅，不要——」

他還來不及要她坐下，她已經走到門口，扭開門把。在那短暫的一刻，只有妳、他，和那扇打開的門，冷風穿梭在你們之間。他飛快地看了妳一眼。饒了我吧，妳想告訴他，你真以為我會跑？在這裡？現在？我還能感覺到我後腦勺厚軟的傷疤。我還感覺得到你上次對我做的事。

瑟西麗雅回到桌邊。妳吞下一聲驚喘。她的襯衫——一片血紅。她雙手將一團顫抖的黑色東西抱在胸前。

她父親往後縮。「瑟西麗雅，搞什麼——」這時他想起自己不是口吐髒話的人，至少，不會在除了妳之外的任何人面前，當然更不可能當著他女兒的面。「妳在做什麼？」

她蹲下，小心地把那團黑毛球放在廚房地板上。是一隻狗。一隻受傷的狗，牠的左腳有一道大傷口，大量鮮血流到磁磚上。

妳的臉發熱，手指麻木。妳從前很愛狗。妳曾經養大一隻——紐芬蘭犬和伯恩山犬的混種。體型巨大。無時無刻不在展現牠的愛，以及口水。

這隻狗很小。如果牠能站，妳猜牠大概只有一呎高。妳看到尖耳朵，長鼻子。一隻喘著氣，慌亂的眼睛在廚房裡東看西看的小㹴犬。

「瑟西麗雅，門。」

他快步走過去關門。這一向是他的第一要務——不能讓世界看見妳。接著他在他女兒身邊跪下，俯身看狗。

他女兒抬頭看他。她的眼神像個小孩，渾圓的雙眼充滿信心，相信著她父親讓一切變得更好的能力。

「我們得幫幫牠。」她說。

妳雙手環抱在胸前。瑟西麗雅堅持：「我們一定要幫牠。牠可能是被車撞到，應該是有人把牠留在高速公路的這一側。」電流通過妳的腦子。高速公路？瑟西麗雅的聲音發抖。「別這樣，牠肯定走了好幾英里才來到這裡。我們必須做點事。」

好幾英里。那是多少？五英里？十英里？十三？這距離跑得到嗎？

妳右邊，那父親嘆口氣，用拇指和中指按摩太陽穴。「我不確定我們能怎麼做。」

她搖頭。「我們可以幫牠，帶牠去看獸醫。牠沒戴頸圈。」她的聲音又開始發抖。「沒有人要牠。我們不能這樣丟下牠。」

他揉自己的臉。這隻狗在流血。他的靴底也沾到一些。稍後，他會把血擦掉。他一定很拿手，把血從他的衣服、皮膚，從他身上擦掉。絕對是。

「瑟西麗雅。」

他低頭看狗。妳記得，他們就是這樣開始的。像他這樣的人。妳小時候在電視上看過，長大後在podcast上聽過。事情在他們小時候開始，有時候是他們的青少年時期。大概就是他女兒的年紀，介於童年和成年期之間。小孩把蝴蝶裝進密封盒裡。家庭寵物失蹤。樹下有死掉的松鼠。他們就是這樣練習。這是他們探水深，試水下有多黑暗的方法。

「太遲了。」他告訴她。

她說不會，不會太遲，你看，這狗還在呼吸。但是他不聽。他站起來，一手放到腰側。妳之前沒注意到，那把槍插在槍套裡。在家裡，他通常不會帶槍到處走。這一定是妳上次差點從起居室逃走後，他決定的新措施。

瑟西麗雅抬起頭。「你要做什麼？」

同一個問題卡在妳的喉嚨。他可能考慮那麼做。在妳面前，他會。但在他孩子面前？

他用指頭握住槍。妳身體的每一處肌肉都隨之緊繃。「有時候，這麼做是人道的。」他說：「這隻狗在受苦。沒有人有辦法幫助牠。」

她把手放在狗身上。用她的手掌直接壓住傷口。那麼多血——在她手中，指間，直到她的手肘。「牠還在呼吸。」她說。狗的胸腔擴張，似乎在證實她的話。「拜託，爸，拜託。」

一滴淚珠沿著她的臉頰往下滑。她立刻抹掉。血沾到她眼角，沾到她下巴。

他又嘆氣，槍還拿在手上。「我和妳一樣不想這麼做。」他說：「但是，聽我說。動物受傷就是要這樣處理。我知道看起來不像，但這是仁慈的作法。」

他跪在他女兒身邊。「讓我把牠帶到外面。」

真的要這樣嗎？妳要讓這種事發生？妳要看著這隻狗——這隻可愛的狗，肚子渾圓，牙齒潔白，爪子迷你——被他槍殺？

瑟西麗雅再次抱起小狗。狗低吠出聲，像是求妳介入。

「把牠放下來，瑟西麗雅。」他的聲音低沉。這轟隆隆的聲音，和他帶走妳那天的低聲咆哮相同。

也許這是刺激妳採取行動的原因。也許，這件事——當中的所有細節——反映了妳的處境，妳拿來相提並論的，是他當初以為自己就要殺妳時的感覺。

「牠還在呼吸。」

他猛然看向妳。他全神貫注看著妳，像在說妳好大膽子。妳聳聳肩。我只是說說。他把玩起槍套。

妳繼續堅持：「牠還沒死。」

瑟西麗雅抬頭看妳。這是自從起居室那夜之後，妳們的視線首次相接。自從妳試圖救她，而她回以妳的只有尖叫之後。某種情緒掐住妳的喉嚨——一個倔強、害怕，而且果敢的女孩。違背她父親的意志。

強烈又熾熱的羞愧從妳的胃部湧現。妳忘了。妳忙著恨她，鄙視她每個細胞，於是妳忘了妳所知道，關於她和她父親的一切。夜裡，走廊上的腳步聲。他鐵腕掌控她的人生。他的所作所為，他瞞著她的一切。

而現在，她在這裡，蹲在廚房地板上，懷抱著一隻流血的狗，女孩才十三歲，甜美又慷慨，而她想做的，是拯救這隻狗。她母親幾個月前剛過世，她的人生天翻地覆，而女孩仍然想做好事。也許她想要有個能愛的目標。她一直很寂寞。妳清楚得很。也許她想要個同伴，要個能牢牢抓住的事物。能回報她以愛，不會傷害她的對象。

妳往前走，擠在瑟西麗雅和她父親之間，讓妳直視他，先放輕鬆。妳蹲下來，仔細檢查傷口。情況很糟。失血如此嚴重，狗還能活嗎？妳不確定。但值得一試。

妳內心中，某個癥結被引燃。妳迫切需要在這個家重生的可能性，證明在這四牆內，傷者也能重回人生。

思緒之輪飛快轉動，妳想扭轉局面，讓他以贏家的角色勝出。

「你可以幫牠。」妳說。

他瞪著妳看。他覺得妳大膽，魯莽。但妳知道妳會怎麼處理這件事。

「你不是學過怎麼應對這種狀況嗎？」妳繼續說。

他皺起眉頭。那麼接近，他離得到一點小小樂趣的時間就那麼近了，但妳不停阻撓。但在妳左邊，瑟西麗雅興奮起來。她再次抬頭看他，那雙圓睜的眼睛充滿決心。

「對，爸。」她說：「在你還是陸戰隊員的時候？」

他翻個白眼，仍然不信服。

妳盡可能低調地抓住他的目光，然後朝他女兒的方向歪頭。妳的目光落在狗身上，接著回頭看他。這是你的機會，妳想告訴他，記得你們這陣子的爭吵，那些晚餐後怒氣騰騰衝上樓的場景嗎？你的小女孩長大了，但你仍然需要她視你為英雄。

救這隻狗。當個英雄。別為她，別為那隻狗。為你自己這麼做。

妳簡直不敢相信。他俯下身，用空著的手打開水槽下的櫃子，找出一個急救箱。接著他指示瑟西麗雅把狗放回地上。他放開握著槍套的手。瑟西麗雅放下小狗。她父親以精準快速的動作打開急救箱，拿出一瓶消毒劑。

他輕推妳的腿。「一隻手撐住牠下巴，另一手扶著牠的屁股。不要讓牠動。」妳猶豫了一秒，接著聽指示用雙手固定小狗。他搖晃消毒劑。「最重要的是確保牠咬不到我。」

很誘人，妳想，但妳為狗，為瑟西麗雅，為妳自己加油，同時，也為了讓你們三人遠離麻煩。他拿消毒劑噴灑傷口時，指頭微微發抖。他縮了一下，用彈性繃帶擦拭傷口撕裂的血肉。「手壓在這裡。」他告訴妳。妳用力壓住傷口。你們三人一起等著血止住。瑟西麗雅作勢要幫忙，但他叫她別插手。

妳竭盡全力想讓小狗在妳掌心下活過來。妳說服自己，妳可以製造奇蹟。那孩子在看。妳不會讓小狗死在她眼前。妳絕對不會再次讓她失望。

出血速度減緩。妳繼續等，到出血大致停止後，他開始包紮傷口，固定繃帶。狗喘著氣。牠一定很痛苦，但牠活著。牠活著。

瑟西麗雅自願到樓下去拿枕頭。狗可以用來當床。她父親要她留在廚房，他會去拿。

樓下。

樹林那件事過後，他把妳帶到地下室。他放工具的地方。那裡，從他那麼快跳起來的速度來看，他真的不希望女兒進去。

妳和他的孩子留在廚房裡，妳們兩人低頭看狗。她咬著嘴唇看妳，像是有話想說，但不知如何開口。妳還沒想到該如何說出自己的想法，她父親已經拿著一個看似舊沙發靠枕的枕頭上來。

他把枕頭放在地上，就在廚房角落。瑟西麗雅再次抱起狗，輕柔地放在上面。狗哼了一聲，接著呼出長長一口氣。最後，牠安靜下來，兩隻前腳擺在鼻子兩旁。

他嘆氣。「我們看牠能不能撐過今晚。」他說。瑟西麗雅過去拍狗的頭，提出抗議。「我們可以……」她起個頭，但沒把話說完。既然血已經止住，她可能想提議把狗帶去獸醫院。看專業人士能做什麼事。縫合傷口會是個好的開始。但她瞭解她父親。她懂得見好就收。

他站起來，把消毒劑和剩下的紗布放回急救箱，開始清理。

在他的背後，一隻手牽住妳。妳屏住呼吸。她輕輕按妳的手。謝謝妳。在妳耳裡，無聲的動作和鼓聲一樣響。謝謝妳。

妳等她父親拿著拖把和桶子忙完。這個父親，專注地，不帶感情地，若無其事地清理他家廚房的地板。

瑟西麗雅的脈搏靠著妳的手腕輕輕跳動。妳僵直地站了幾秒，然後輕輕回按她的手。

45

途中的女人

他走進房裡，解開妳的手銬，說：「走吧。」

「什麼？」妳問。

他揮手催妳。「快。」他說：「我沒一整天時間。」

妳站起來——動作很慢，因為妳怕誤會他的意思。但他沒有抓狂。就算有，也只是要妳快一點。他拉起妳的手腕，急著要妳下樓去。

這是星期一的大白天。瑟西麗雅在學校。他應該要去工作才對。妳以為他最早也要到晚餐時間才會回家。

狗。他一定是回來察看牠的狀況。然後這時候他決定順便做——天知道什麼事。

他拉起毛衣下襬，讓妳看槍套裡的手槍。等妳點頭後，他打開房門。

「到車上。」他說。

他注意著一切——妳，車子，妳的周遭，樹木，房子，小鳥。他的手臂緊攬妳的肩膀。他引導妳走向他的貨卡，幫妳開門關門，然後小跑步到另一側。在你們兩人都坐進車裡之後，妳可以感覺到氛圍變化：他鬆了一口氣。

「出了什麼事？」

他彈個舌，好像答案很明顯。「我們要去兜風。」

妳的胃部痙攣。妳一點也不知道他在說什麼。他轉動鑰匙，發動引擎，專心把車子開離車道。他的臉上沒有表情，無法解讀。

該死。

他沒要妳閉上眼睛。妳等到車子上路——鄉村道路，馬路兩旁有樹有房，真正的，該死的房子，但妳沒看到人——好讓妳發問。

「我可以……看嗎？」

「妳想做什麼都可以。」他說，彷彿這不是從他嘴裡講出來，有史以來的最大謊言。

妳的雙眼簡直像黏在車窗上。非常專注。一切——每片葉子，所有窗戶——都是重要線索。打從起居室那晚之後，處理訊息就像在生米堆裡騎車，沒有可下手之處，一切無法掌握，但妳一定得試。

妳必須努力。

他車開得很慢，路過一棟棟房子。這裡是住宅社區，與他從前的家——隱身在樹林裡的大屋，附近無人，廣闊的土地足以為他隔絕外人——相反。

對他而言，這不是正常環境。欠缺遮蔽，容易被闖入。把一個像他這樣的男人放在這裡，他絕對會變得像易燃物。

除了樹木和電線以外，妳沒看到太多東西。房子的前院裡沒有人。大人去上班，小孩在學校。妳看到右手邊有一群烏鴉。幾英里外，有肉製品工廠的廣告，屠夫兄弟。在那面舊廣告牌旁邊，有一口恐怖的老荒井。那種在上個世紀童話裡會讀到的水井。

專心。

到目前為止，他左轉，左轉後再轉。左，左，右。妳牢牢記住，彷彿握著一個作弊碼。左，左，右，然後直行經過屠夫兄弟的牛群。

左邊有一間供早餐的民宿。妳的右邊是一間圖書館。接著，突然出現小鎮的中心——開放，出入方便，而且就在妳眼前。

這一定是妳的幻覺。

他開上妳推斷應該是鎮上主要街道的馬路。這太超過，這樣一眼看進一切真的太過分——三明治店、書店、咖啡館、麵包店、酒類專賣店、美容院、瑜伽教室、藥店。角落有一間叫做阿蒙汀的餐廳，餐廳沒營業。妳記得，餐廳通常在星期一休息。

周遭那麼正常。好像妳可以下車，再次買杯拿鐵，上一堂流動瑜伽課，買條新口紅。

妳轉頭看他。他的雙眼閃爍，在冬陽下看來清澈。他雙手轉動方向盤。如此樸實。書店是背景，雙手分別放在十點和兩點鐘方向。一個出門辦事的男人，一個體面的父親。一個值得敬重的人，在有水準的小鎮過著有水準的生活。

他把車子停在麵包店旁一輛銀色BMW後面，排檔排到空檔。

「所以，妳覺得怎麼樣？」他問道。

妳摸不著頭緒，不曉得他希望妳說什麼。妳冒險往旁邊看了一眼。難道他不該擔心嗎？可能有人會看到妳。隨時有可能。他花了五年時間藏起妳，拉下百葉窗，帶妳出入都鎖門。他在做什麼？

「很……迷人。」妳試著回答。

他短促一笑。「說得真好聽。」他說：「這裡的人也很善良。」他看向外面。「說到這裡……」

妳隨他的視線看去。有個男人走進麵包店。他駝背，裹著灰色大衣，胳膊下夾著一個紙袋。男人看見卡車，於是改變行進路線。

他靠近些之後，妳看到更多細節：漸禿的頭髮，髮根處有棕色斑點，左手無名指戴著婚戒。妳緊盯著每個元素，他如此尋常的外表讓妳著迷。五年沒看到新面孔，造成妳這種反應。

男人朝貨卡的方向揮手。「艾登！」

看吧。他會掏出手槍，穿灰大衣的男人馬上要送命。妳緊抓副駕座的椅子，咬緊下巴，牙齒互相摩擦，老唱片的刮擦聲在妳腦海裡迴盪。

妳右邊有個聲音。妳冒險去看。

該死，發生了什麼事？

副駕座這側的窗戶降下。

「午安，法官。」

他的聲音溫暖有禮，猶如蜜糖。他臉上是在街上碰到老朋友那種單純可信的喜悅。現在，妳旁邊的車窗完全降下了。穿灰外套的男人靠在車邊，再次打招呼。

「一切都好嗎？」他問：「今天沒工作？」

坐在妳左邊的男人笑出聲，用指頭敲方向盤。

「剛好休息一下，法官。你是知道的，老闆絕對不會讓我離開他視線太久。」

男人也低聲笑。當然，他說，我還會不知道嗎？「叫我法蘭西斯，」他說：「我告訴過你幾百次了。沒必要這麼拘謹。」

「如果你這麼堅持，那就好吧。」接著，他玩笑地說：「法官。」

妳抬高視線看穿灰色大衣的男人，妳叮著灰衣人看，眼光熱切，但又不至於讓駕駛座上的男人心生懷疑。妳眼眶含淚。妳的臉發燙。看著我。聽我的心聲。看著我，你這他媽的混蛋。你知道我是誰嗎？

他帶走妳之後，一定有尋人海報出現。發生的地點是他處，但不可能那麼遠。如果你是附近城鎮的法官，你難道沒聽說過？你難道不記得？失蹤人口的臉孔難道不會永遠烙印在你腦海中？

男人的目光落在妳身上。終於。有那麼一下子，妳覺得事情發生了。這個男人認出了妳。這個男人會救妳。接著，他的目光轉到駕駛座，抬起的眉毛像無聲的問號：這位是……？

妳的大腦想大喊出：答案，正確答案。妳的大腦想喊出妳的名字，但沒有發出任何聲音。像個被壓垮的身體。一切都不會改變。

在你左邊，有隻手搭在妳的肩頭。「這是我表妹。」他說：「來看我們，一起過感恩節。」

妳知道的是：到房子裡的第一天，妳在浴室鏡子裡看到一個女人。她和妳一點也不像。她的頭髮夾雜著銀絲，臉頰凹陷，老了五歲。沒有化妝。妳從前總是化濃妝，眼線，粉底，各種顏色的口紅。現在，看看妳。怎麼可能有人認得出妳？除非是在路上每個陌生人臉上尋找妳的妳父親母親。

妳甚至說不出妳該死的名字。那名字甚至不在妳該死的腦子裡。

法官讚賞地點個頭。他轉頭問妳：「妳從哪裡來的？」

妳的舌頭頂在上顎，像是黏住了。妳該說謊嗎？還是隨便說個地方？如果法官追問下去呢？又或者妳該說實話？妳能不能種下種子，說出他帶走妳的，那個小鎮的名字？

在妳決定前，駕駛座上的男人替妳回答：「瑞艾佛德，佛羅里達州。在蓋恩斯維爾北邊。我家族是那裡人。」

法官開了個玩笑，是天氣因素嗎，受夠了佛羅里達的陽光？

妳想：佛羅里達瑞艾佛德鎮？他剛才這麼說。對於高超的騙子，大家是怎麼說的？他們把所有虛假包覆在一層薄薄的真相之下。

這一定是他的家鄉，妳這麼決定。瑞艾佛德，佛羅里達。妳想像，有個小男孩曝曬在燠熱的天氣中，濕氣讓他的頭髮捲起來，黏答答的襯衫貼著肩膀。蚊子，小美洲鱷，長滿樹瘤的橡樹。在他的腦子裡，風暴正在醞釀。

法官拍拍妳這側車身。

「嗯，我不耽擱你們了。」他朝你們的方向點頭。「很高興認識妳，祝妳玩得愉快。天氣這麼冷實在很抱歉，這是這裡的特產。」

一陣沉默，氣氛凝結了。這時妳才想起這樣的對話應該如何繼續。妳對男人微笑，向他道謝。這宛如在妳舌尖放火。

你認不出我嗎？妳真的能無聲無息地離開這個世界，像是跌入結冰的湖中，再也沒有人記得要尋找妳？

副駕座的窗戶滑動著關上。他等法官小跑回他自己的車邊，然後滑入車流當中。他朝老朋友再揮個手，便開車離開小鎮。

景色切換回樹木、樹叢和電線，妳一路保持安靜。妳哀悼喪失的機會，哀悼本來有可能拯救妳的男人。妳哀悼那個看起來像從前自己的人，那個他們不再尋找的人。

「法官人很好。」他的手肘靠在駕駛座那側車窗，左手懸空，另一隻手握方向盤。「這附近的人都這樣。很友善。很信任別人。」

她看了儀表板上的時鐘一眼。在妳腦海中，拼圖就位：這是他想要的。他想巧遇法官。他知道，什麼時候，在什麼地方可以碰到他。他確保自己能準時抵達。

他露出沒有特殊意義的微笑，深深地、和緩地吸了一口氣。這個男人剛剛完美執行了他的計畫。

他想讓人看見妳。他為妳打造的監獄，不只有牆壁或屋頂或攝影機，而是他創造的世界，以及妳如何從中淡出。

46

愛蜜麗

我不會逗留太久。我這麼告訴自己。我只是要偷看一下。

我在下班後開車過去。給艾瑞克和尤安達的藉口和上次相同，說我要去藥妝店。他們知道我說謊。但身為密友，他們讓我擁有我需要的空間。

我不喜歡騙他們。我太不善於說謊。但我別無選擇。

到了之後，我看到他的貨卡停在車道上。他在。就在他家裡。

我在大約一百英尺外，樹蔭濃密，草長得又長的馬路上看。如果他看到我，我該怎麼辦？也許我可以告訴他說我車子拋錨，正打算打電話求救。他會要我別動。他會跑回家，帶著電池充電線回來找我。

就算他看到我，也不會是世上最糟的事。

話是這樣說沒錯，但我還是熄掉引擎，關掉大燈。他家的百葉窗拉了下來，但我看到一樓和樓上兩個房間裡開著燈。

我想像他坐在起居室裡讀書，看電視。說不定他躺著滑手機相簿，看他妻子的照片，告訴自己他再看一張，一張就好，就會上床睡覺。

我的肌肉放鬆下來，背靠著駕駛座的椅子。即使隔著這一大段距離，知道他在，也能讓我平靜。這不夠，但已經很棒了。

他在，他是真實的。這讓我也感覺真實。

對街傳來砰的一聲，打破了寧靜。我跳了起來，透過樹蔭看過去。是岡薩雷斯先生提著一袋垃圾走出家門。將垃圾丟進垃圾桶後，他往回走時停下腳步調整掛在住家側面的燈串，紅黃兩色燈泡描繪出聖誕裝飾的輪廓。岡薩雷斯今年真的全力以赴。一隻紅鼻馴鹿在前院吃草，充氣的聖誕老公公在一樓窗戶前演出闖入私宅的劇碼，前門掛著大花環。放置在車庫上方的閃亮大紅緞帶，將房子本身打點成一個巨大的禮物包裝。

不只岡薩雷斯家。這附近的房子全都有裝飾，四處都有金色、紅色的燈在閃爍。艾登家是街上唯一沒有裝飾的房子。

過去的每年十二月，他和他妻子會辦節日派對。我爸媽讓我和朋友一起去過幾次，我永遠忘不了那些燈飾——從屋頂垂到地上，掛在簷槽，像瀑布一樣排列，繞在樹上，花環和半徑半英里的所有樹叢上。大家不停讚美他。對這些讚美，他揮個手說：「我本來就是電工。」我聽過他說：「如果我搞不定幾串燈飾，真的，那就尷尬了。」

今年，他無心布置。*那當然。*我撕扯下唇乾裂的嘴唇。他今年當然無心布置。*愛蜜麗，那男人的妻子剛過世。*顯然他不想玩燈串。顯然，他沒興致過聖誕節。

這段時間，我一直以為我們，我，有些不對。我沒停下來想，也許他只是哀傷。還在哀悼。

我再次凝視他家的窗戶。

也許他不知道如何尋求協助。也許他在等某個人。一個憑直覺行事又固執的人，一再來敲他的家門，直到他別無選擇，不得不開門讓她進去。

47

家裡的女人

那是在晚餐過後許久，在家裡安靜之後。沉寂中，他來了。嘆氣，拉鍊聲。妳發現你們總是回到同一個地方，你們兩個人，像相背的磁鐵。

事後，他繼續逗留，坐在妳身邊。

「聽著。」他說。

妳聽他說話。

「我要妳做一件事。」

妳給自己幾秒鐘。「告訴我。」

他咬著自己的雙頰內側。「是瑟西麗雅。」

妳的胃部抽緊。「她怎麼了？」

「聖誕節假期馬上就到了。」他想要妳回應，但妳什麼也沒說，於是他繼續：「我需要妳看著她。」

妳皺眉頭。「看著她？」

他的解釋有幾分刻意，好像答案非常明顯，而妳無端找事。「她不必上學，整天都會在家。她長大了，不需要人照顧之類的。只是……身邊需要有人。知道她有什麼打算。」

他抬頭看天花板。「以前每年這個時間，她都和她媽媽一起度過，不過，妳知道的。而我有工作，所以了。」

瑟西麗雅。他那個從來沒有獨處時間的孩子。從來不曾睡過頭，不曾在朋友家過夜。那個準時送去上課，一下課就接走的孩子。她每個週末與父親共度，每天晚上都坐在電視機前面。

如果她有一分鐘屬於自己的時間，她可能會開始思考。關於她父親，以及他的作為。

「好啊。」妳說：「我會看著她。」

他勾著嘴角微笑。「真感謝妳。」他說，嘲諷的語氣刺傷妳。他不是真的請求。妳從來就沒有選擇。

「另外兩件事。」他說。

妳點頭。

「那隻狗。我要她每天中午放牠出門。她會負責。妳想都別想。」

聽起來像是：別擔心狗，她會照顧。真正的意思是：妳別碰門把，連開門放狗出去都不行。

妳不能用牠當藉口。妳什麼都別試。

他把手伸進口袋。「這是最後一件事。」

他張開手掌，妳看到一個掛著金屬配件的塑膠手環。「知道這是什麼嗎？」

妳以前也有這種東西。妳跑步時會配戴，用來記錄妳繞華盛頓廣場公園跑步的里程。

「衛星定位追蹤器？」

妳像提問似地說，好讓他為妳解釋，好滿足他。

「正確。」他將腕帶翻面，露出白色塑膠環下面的閃亮黑色金屬條。妳看得出這不是原始設計的一部分。這是他的個人版本。

「這又是什麼，妳知道嗎？」

妳搖頭表示不知道。

「鐵條。很堅固，用剪刀剪不斷。所以妳別試，好嗎？別亂搞。如果妳破壞這東西，我會發現。」

妳點頭。他把手環放在一邊，拿出他的手機，點選一個圖示，叫出一張地圖，中央有個閃爍的藍點。妳的目光掃過螢幕——任何事都是知識，都是線索——但在妳看到任何值得注意的事之前，他便按下一個按鍵，螢幕立刻再次變黑。

「追蹤器連結到一個App，」他說：「我看得到妳在哪裡。永遠看得到。」科技也一樣，在妳沒有參與的狀況下繼續發展。他學會如何應用，如何使用才對自己有利。「如果妳有任何嘗試，我會發現。」他說。「我不會跑遠。」他停了一下，又說：「還記得我靠什麼維生嗎？」他指向天空。

妳說妳記得。

他指著妳，要妳交出妳的手腕。

冰冷的手環貼在妳皮膚上。他沒管扣頭，而是直接將手環兩端交疊，他拉得很緊，緊到妳的皮膚皺了起來。

「別動。」他說。他再次伸手到口袋裡，拿出一個妳辨認不出來的工具。這東西喀嗒響了幾次，噴出一道火焰。這是丁烷槍，體積非常小，貼在他的手掌上就像槍柄。他一手握著妳的手腕，另一手拿著丁烷槍靠近妳的皮膚。妳往後縮。他咬著嘴唇。「我剛剛說了，別動。」

火舌吻上手環。你們兩人一起看著塑膠融化，兩端密合在一起。

「好了。」

他熄掉丁烷槍。妳有一秒鐘時間看不見他，因為妳的眼睛不再適應黑暗。

他拉起妳，將妳銬在床上。妳現在睡在床墊上了。自從妳從樹林回來後，妳就睡在床上。發燙的塑膠手環貼著妳的脈搏，在他腳步走遠時，像個緊抓著妳的幽靈。

妳覺得有些事不合理。他為什麼要讓妳在屋子裡走動？當然了，妳手腕上戴著追蹤器，加上他常掛在嘴上的，她會在遠處看著妳。但他何必增加負擔，讓妳移動？

他離開後，妳睜著雙眼躺在黑暗中。妳成了天花板，一片白色空間，沒有起伏，沒有人記得。沒有人會看天花板第二眼，但如果挪開天花板，房子會倒。一切都會出錯。

瑟西麗雅。

她做了什麼事？那個會閱讀，會說「請」和「謝謝」，會充滿愛地看著他的女孩？那個不想惹麻煩，認真、自律、甜美又忠誠的女孩？

妳做了什麼事，甜美的夏日女孩，讓他哪怕是幾小時，也不想讓妳沒人看管？

48

瑟西麗雅

他要她監視我。太明顯了。我不怪她那麼做，我也沒真的怪他提出這種要求。他是戰士，是我爸。他甚至開始在家裡也帶槍。「家裡不能帶槍。」我媽從前這樣告訴他。但她不在了，沒辦法繼續軟化他的偏執，所以，我們現在才會這樣。

如果我是他，說不定也會做同樣的事。我是說，開口要人看著我的孩子。從前我媽老是告訴我，等妳自己有小孩以後，妳就會懂。

我希望，在我說那只發生過那一次的時候，他能相信我。

那是在我媽過世後了。我大概在三天後回到學校。大家一直看我。他們以為自己看得很低調，但我不可能沒注意到他們放低聲音交談，讓路給我過，好像撞到我就會引發某種大規模災難。

我恨這間學校。我是兩年前轉學過來的，在這裡，我從來不覺得自在。這學校唯一的好處，是假期比我從前學校的來得長。我在前一個學校一切順利，直到有一天，我爸在家長會結束後氣沖沖地回家。他問了我一堆有關我數學老師羅凌斯小姐的問題。原來，那是因為她問了他一堆有關我們的事，有關我爸會把哪些事稱之為我們的「家庭生活」，哪些又不是。那是在我媽癌症復發後，過世之前。「也許她指的是我的病。」我媽說：「也許她是關心。」但我爸說，關心和好管閒事之間有一條微妙的界線，而羅凌斯小姐越線了。他已經下定決心，我必須轉學。不到一個星期，他就在其他學校替我找到位置——隔壁鎮上的公立學校，我們在那個小鎮什麼人也不認識。

所以啦，我在我媽死後回學校，但事情變得很詭異。我想回家。但家等於我爸，但我不想和他相處。我想獨處幾個小時。

我愛他。我當然愛。只不過在他面前，我覺得自己不能崩潰，但我不再想那麼做了。

我等到第三節課下課。接著，我沒去上代數課，而是直接走出去。一直走，走到火車站。沒有人阻止我，我在售票機買了車票，搭上火車。

我的前額抵著窗戶，車子搖晃時，我的頭就敲在冰冷的玻璃上，火車的震動穿過我的身體。幾分鐘後，我感覺到自己又開始呼吸。

我不是笨蛋。我知道他會抓狂。所以我才會在波啟浦系就下車。我本來的計畫，是在任何人注意到之前，再買一張票回家。但當我在售票機前排隊時，有個人跑過來。他雙手搭住我的肩膀，把我轉過去。我下巴撞到他的胸口，我咬到嘴唇，但他沒有發現。他太忙著抱緊我，接著把我推開看我的臉，然後又抱回去。

「到底怎麼了。」他說。這不像問題，比較像是悲嘆。「妳做了什麼事。為什麼。妳為什麼會做這種事。」

看到他我很驚訝，但他會找到我也很合理。他一直是這樣，就像我媽說的——眼睛長在後腦勺——尤其是與我有關的事。

他沒生氣。可能因為大大鬆了一口氣，所以沒辦法召喚怒氣。晚餐，他準備了牧羊人肉派。我們安靜地吃。一直到後來，到了晚上，他才找到話說。

當時我們在起居室裡看電視。他按下暫停，坐在他的扶手椅上轉身看著我。

「妳不能再做那種事了。」他手肘撐在膝蓋上，雙手做出祈禱的姿勢頂著下巴。「再也不可以。聽到了嗎？」

我點頭，希望他到此為止，但他繼續說：「人家告訴我的時候，那種感覺妳完全無法瞭解。學校打電話給我。他們幾乎就要報警了。」

有件事我想不通。

「你怎麼知道我在哪裡？」

「妳的手機。」他說：「可以追蹤。」

這就有道理了。在學校裡，大家老愛彼此互發定位點而不是解釋自己在哪裡，就算鎮上也許只有三個見面點也一樣。

我爸還沒說完。「妳根本不知道自己可能會發生什麼事。」他說。他的聲音低沉，呼吸急促。「妳可能永遠走失。有人可能會……那要怎麼辦？」

我想插嘴。「爸——」但他好像沒聽到。

「他們可能會找妳，來搜索這房子，我的東西，妳的東西。他們為了找妳，會到處翻找。」

他按摩自己的太陽穴，又說了一次：「妳根本不知道自己可能會發生什麼事。」

我只在那天看到過。我在那天，把恐懼帶進我爸的眼中。

49

家裡，和女孩非常親近的女人

妳以為他不會執行這件事。太冒險了。但這個人，是故意不扣上手銬的男人，是開車載妳進城的男人。這個男人，信任自己砌起的，困住妳的牆壁。

他自己開門走進房間，將妳從床上放開，打個手勢，要妳跟著他下樓。早餐桌上有他和瑟西麗雅——今天不談學校的事，不問考試、成績，或該交給哪個老師的功課。

聖誕假期開始了。

妳吃完妳的吐司。他站起來，他的小孩也站了起來。今天她有時間幫忙清理餐桌，不必急著上樓刷牙，不必揹著拍打臀部的背包匆匆下樓。

妳也一起靜靜幫忙。在最後一個咖啡杯放進洗碗機後，他關上機器，轉身對他女兒說：「別忘了中午要帶狗出門。」他告訴她。「別走遠。」他的視線越過他女兒，看著妳。「我一有時間就會回來。」

她忍下一聲嘆息。「爸。」她提醒他：「我十三歲，不是三歲。我不會放火燒房子的，我發誓。」

最後，他終於離開。妳聽到貨卡發動駛離。第一次，家裡只剩下妳和瑟西麗雅。

在他為了她好而創造的平行宇宙裡，妳現在在休假，在居家度假中。到了這時候，瑞秋——妳的第二自我——和家人不親近，已經是既成事實。她留在這個家裡，給自己喘息的時間。

瑟西麗雅轉身面對妳。她太有禮貌，不能不理妳；太害羞，在妳身邊又覺得尷尬。

「嗯，那麼……妳打算做什麼？」她問。

妳想了想。瑞秋會想做什麼？

「不做什麼。」妳說：「就放鬆一下。」

一陣安靜，然後她又說：「妳不太愛社交，對吧？」

她皺起眉頭，好像她大聲說出了心聲，好像她擔心會冒犯妳。妳想起，那晚，在妳試圖拉她離開這個家時，她輕蔑地對妳說：妳不懂。妳什麼都不懂。

一方面，有半個妳想抓住她的肩膀搖晃她，將一切告訴她。妳不明白嗎，妳必須幫助我，這是齣裝模作樣的戲，妳父親對我做了這種事，妳必須打電話求救，必須把我弄出這個地方。然而，妳還有另外一半。那一半的妳記得上次妳想讓她跟妳走；妳經過思考，知道瑟西麗雅是個孩子，她還沒準備好，有些事還聽不進去，在她的世界中還有些不準備讓人揭開的面紗。如果妳試圖勉強她，她會有所防衛。會讓妳惹上麻煩。

在小屋外想存活的第七條規則：妳不能要一個女孩拯救妳。

於是，妳溫和，逗弄地說：「知道嗎，我也可以用同樣的話形容妳。妳也不是真正的社交花蝴蝶。」

她似乎黯淡了些。「對啊。我猜，我和我爸……我們黏在一起太久了。

妳想像，幾年前，她還是小孩子。她的家庭依然完整。她，她母親，她父親：一串珍珠的開端。其中每一個人都和另外兩人連結在一起。對她來說，她腳下的半條地毯突然被抽開，只剩下一個人照顧她，那是多麼混亂的狀況。

「我懂。」妳說：「人都很複雜。相信我，我真的懂。有時候，不和人往來比較簡單。」

她嚴肅地點頭，好像妳講到了最深刻的真理。

「那……我們看電視？」

妳跟著她走進起居室。妳們坐在沙發上，她把狗帶到妳們兩人中間。羅莎。救起小狗的三天後，在她父親屈服，同意讓牠留下來時，她為狗取名羅莎。他們買來狗項圈和名牌。羅莎。瑟西麗雅當時的解釋是，和法國動物畫畫家羅莎．邦賀同名。她父親點頭。那是個好名字，他說。非常成熟的名字。

現在，妳覺得他像是在妳的四周。他的眼睛透過書架往外看，宛如高高在上，巡視自己領土的老鷹。

說不定他就在外面，準備逮妳。

幾年前，妳讀過一個女孩的故事，地點在歐洲某處。她在地窖裡待了八年，一天，她看到機會。於是她跑了。她跑了又跑，直到她找到人。不是很多人，只有一個。她尋求協助。最後對方終於聽進去，這個老鄰居打電話報警。

另一個逃亡故事：發生在俄亥俄州，三個女人被關在一個男人家裡。妳還在外面時，讀過新聞標題。他們沒鎖；其中一個女人認為這是測試，但仍然冒險嘗試。這次，另一扇門鎖了。女人引來鄰居注意。她逃了出來，用別人的手機打電話報警。警方及時趕到，發現另外兩個女人還活著。

這兩次都是一團混亂。充滿不確定性。都需要有人看見，聽見。

如果一直沒有人聽到妳的求救呢？

在起居室裡，瑟西麗雅蜷著身子靠在妳身邊，小狗躺在她腿上。一段安靜的友誼，正式修補成功。

有一天，妳會跑。在妳可以確定的時候。

50

第五號受害者

事情沒有如他所願。

他本來就會動手，只是沒那麼快。

出了狀況。對他來說，我太快，太需要小心對待。這嚇到了他。

他本來只是要讓我鎮定下來，但他做得太過頭。

他從前做過這種事。一定的。

我之所以差點逃脫，是因為我對這片樹林的認識比他深。我的理論是，他每隔一段時間就得換個地方。如果他不這麼做，可能會有人看到他。他們可能會開始認出他。

這一帶他很熟。這是他告訴我的。但他熟的不是這片特定樹林、道路盡頭的轉彎處，或看起來像是水溝但其實只是坡面的真正坡面。

一片如果有人想逃跑，可以用來當作捷徑的坡面。

於是我逃了。為時大概一或兩分鐘。我看到燈光，看到生命，或是生命的可能性。

然後他就抓到我了。

他上氣不接下氣，雙眼像是永遠無法再次聚焦。他上下打量我，從頭到尾地看。

他很生氣。而且很害怕。

我想，他前幾次經驗應該很順利。

在他動手前，他說，他妻子病了。

我告訴他，我很遺憾。

不必，他告訴我。醫生們說她會好起來。

51

愛蜜麗

我躺在床上，叫出一張「貝爾與賽巴斯汀」樂團的老專輯，尋找我內在的女孩。那個相信愛與友誼的女孩。她忠實地等待某個人來開啟她心中孤冷的角落。主唱史都華．默多克副歌還沒唱完第一句，我就切掉音樂。

我的手落回被子上。我希望自己能睡著。但是，有股電流在我體內跳動。這股想做點什麼事的衝動沒有目標也沒有方向，但卻是那麼迫切。

做任何事都好。

我站起來。我的眼睛又乾又黏，雙手的皮膚粗糙。今天星期一，是少有的休假。我看看手機，時間是下午一點。

我想見他。

不對。不是想。是需要。

我試過了，好嗎？我努力想給他空間。努力遺忘。我試著相信他會回到我身邊，還試著說服自己，也許，在他冬眠過後，我可以當他的朋友。

但所有嘗試通通無效。

每天晚上，我都會夢到他。每天早上，我又感覺到沒有他的空虛。我想著他。我想到他沒有聖誕掛燈的陰暗的房子。我的大腦有時就是那樣——黯淡，自我封閉，不透一絲光線。

在那種時候，我願意不惜代價，讓人闖進來。

我要付諸行動。髒衣服太久沒洗，兩星期的襯衫從洗衣籃裡滿出來。抽屜最深處的一件珊瑚色毛衣拯救了我。銀項鍊垂在V字型領口，落在鎖骨之間。我在床尾一堆衣服中撈出一條還算乾淨的牛仔褲。吹風機插電，快速吹過頭髮。遮瑕膏，腮紅，蜜粉，睫毛膏。唇蜜。唇蜜？

我停下來，光亮的唇刷就在離我幾吋遠的地方。

不。

不用唇蜜。太像小女孩了。我要找的男人——是真正的男人。是人父。不是有羅莉塔情結的怪胎。

口紅，我決定了。我用指尖沾口紅點抹嘴唇。低調的色澤，像吃了櫻桃，或啜了深紅色的葡萄酒。

我用發抖的手綁好雪靴鞋帶。某種像是興奮的感覺壓縮著我的胸口。

不管多久，我都會等。他會回家，而到時候，我會在那裡——嗯，不是他家裡，我可沒有徹底發瘋。我會在附近辦事。我們會碰巧相遇。他會為自己的沉默提出解釋，而我會說：別提了，情況難免有變。我們都忙。

妳必須自己讓事情發生。每個人都這麼說——雜誌，晨間節目採訪的人生教練，隨便任何一個人。某某人偷了妳的想法嗎？他走進冷藏室時摸了妳屁股一把？強硬起來。不要去找人資。找人資只會更麻煩。不要理會他們。不要理會妳每天上班時讓妳腸絞痛的焦慮。繼續工作。比他們更強。那是最好的復仇。

要大膽，勇敢。讓他們看見妳。讓他們聆聽。

我拉上外套拉鍊，抓起車鑰匙就下樓，腳步聲的回音好比信心宣言。

52

家裡的女人，仍然在家裡

這房子懇求妳那麼做。它想把一切都告訴妳，但先決條件，是妳願意讓它說。作法一定要安全。如果他在手機螢幕上看到，必須能解釋過去。

在小屋外想存活的第八條規則：知道妳躲得掉哪些事。

他在無意間教會妳如何辨識那些東西，那些東西的形狀，觸感。它們怠惰，不可靠。它們看起來無關緊要，隱藏了重要性。

一定是，妳決定了，就是那座書架。

瑟西麗雅一上樓，妳就靠向書架，用手摸那些書。平裝書，醫學驚悚小說。他的，或他逝去妻子的東西。無論是誰的，妳都不該碰。

妳想到放在鐘型玻璃罩裡的玫瑰，想到被野獸禁錮在城堡中的村姑。妳想到藍鬍子和那些被他連續殺害的妻子——只因為她們不肯遠離他的祕密房間。妳想到他最後一名妻子。藍鬍子去追她。最後是她的姊姊，安，救了她，妳記得，妳在一本童話故事集裡讀到過這個故事。

妳沒有一個叫做安的姊姊。

妳伸長手臂，用指尖把最近一本書的書脊勾向自己。

妳看到的是：書名，《昏迷》，一具人體浮在半空中，以繩子垂吊。你看到的是：他的東西，被妳搞亂。

接著，妳聽到喀嗒聲。

妳全身僵硬。妳把書推回原來的地方，跳回沙發上。一定是他。否則還有誰？他女兒在樓上。他們沒有訪客，從來沒有。

妳開始準備藉口。我只是在找東西讀。我發誓。就一本書而已，我會惹出什麼事？對不起。那是一本平裝書。對不起。平裝書傷不了任何人。對不起。對不起。對不起。

但是——門鈴。一聲，兩聲。

不是他。

對吧？

還是說，這是某種遊戲？他是不是想看妳會做什麼事？

敲門聲。每一聲都讓妳嚇得跳起來，叩，叩，叩。妳想：有人在外面。妳想：他什麼都看得到。

起居室的角落裡，狗開始吠，這讓妳驚覺門外是個陌生人。妳噓牠，低聲求牠安靜。瑟西麗雅人呢？妳豎起耳朵，想聽她下樓的腳步聲，但妳什麼都沒聽到。她一定戴著耳機。所以，總共只有三個人——妳、在門外的無論什麼人，和那個眼觀八方的男人。

妳聽到刺耳的摩擦聲。一把鑰匙插入鎖孔，門被推開。

有人在這裡。

53

愛蜜麗

從我家開車到他家路上，我心裡充滿重新燃起的希望。這個時刻，成功的希望滿滿，也夠舒適，讓我可以靜靜坐在車上。

我把車停在附近街上，徒步走最後一段路。

他的貨卡不在車道上。現在是平日下午，他可能在工作。但他還是可能回家察看。他女兒——每年這時候，小孩子不是都在放假嗎？又或者，他可能在兩個工作間開車路過家裡。

沒關係。他總會在某個時間點出現。我有時間。我有全世界的時間。

我稍微走了一下。沿街走幾步，回頭再過馬路。附近有鄰居，如果看到我在這裡瞎逛，他們會說閒話。

我還來不及阻止自己，就已經離開馬路，朝他家走過去。我從來沒有這麼接近過他家。他家外觀是白色木板條和灰色屋頂，整理得宜的小前院裡有鑄鐵庭園桌椅。前門和後門都上了鎖。門鈴。

我按了一次，兩次。什麼回應都沒有。我聽了一分鐘左右，但只聽到安靜。

我沒有太驚訝。他顯然不在家。但我不討厭這個想法：他不在家時，我在這裡。預先練習，探索他的領域。接下來的還是安靜，然後——那是狗叫嗎？

他從來沒提過家裡有狗。

好，也許他剛養了一隻狗。又或者，這段時間，他一直祕密養著狗。也許我沒自己想的那麼瞭解他。

沒有人應門。我想過再試，但我不想讓小狗氣瘋。

我豎起耳朵，那是……？

我好像聽到聲音。噓聲。很小聲，但我清楚聽到。有人說，噓，噓。想躲避臨檢。

我的雙手在我想出下一步該怎麼做前先有了動作。我在尋找。找什麼？眼見為憑，我要找一把鑰匙，一扇開往他世界的門。

答案。我在尋找答案。

我掀起踏腳墊。沒有。伸手摸門框上方。那裡也沒有。

一盆盆植物——露台上放著好幾盆植物。大冬天的，現在沒有任何一盆開花。沒有紅色、粉紅色或白色。只有從花盆土裡冒出來的綠色莖幹。

如果真正的目的是看它們開花，這些植物不該放在外面。除非它們藏著什麼東西。

我搬起一盆、兩盆、三盆。賓果。

鑰匙藏在最殘破，凍傷最嚴重，最枯黃的那盆下面。這盆植物絕對不可能再開花。

我緊握著鑰匙。金屬在我的皮膚上留下壓痕。

我真的要這樣做？

他家裡有人。有人，但不是他。有個不來應門的人。

鑰匙插進門鎖時，我屏住呼吸。最後一絲猶豫——故事，我需要一個故事。要怎麼說呢？我以為我聞到煙味，想確定一切沒事？

好啊，有何不可。這說得過去。

世界不再旋轉。我推開門。

54

家裡的女人

有個女人站在門口。

她很年輕。大概是妳現在，或是妳失蹤時的年紀。要以外表判斷妳現在大概幾歲，或是如果妳當年沒碰到他，現在看起來應該是什麼樣子，實在太難。

她很漂亮。這點，妳倒是能確定。閃亮的頭髮，豐潤的臉頰，修過的眉毛，還有——那是口紅嗎？

狗朝她走過去，但妳拉住項圈。

「牠會跑出去。」妳彎腰說：「牠還不知道自己的名字。」

女人走進來，隨手關上身後的門。妳一放手，狗就往前跳。牠嗅陌生人的外套，伸出舌頭，搖起尾巴。

我死定了，妳想。他的手機一定像瘋了一樣響不停。

該死的，妳在心裡告訴她，妳知不知道我費了多少力才活到這個時候？妳當然不知道。反正現在妳毀了我的努力，一切都不重要了。現在他會殺了我們兩個人。

陌生人心不在焉地拍拍狗頭，接著把注意力放到妳身上。

「我是朋友。」她說。

妳該警告她嗎？把她推到外面，要她跑，一直跑，永遠不要回頭？

她繼續說話，回答妳沒問的問題。「我以為我聽到……我以為我聞到煙味。我今天休假，所以，我只是……四處走走殺時間。我聞到煙味，我想確定房子沒著火。」

她伸出手。「總之，我是愛蜜麗。」

她的手掌與妳的相碰。她是來自另一個世界的訪客，是家裡有床頭櫃，有好幾條乳霜，有晚間儀式的人。妳從前也一樣，每夜入睡前會護手，護腳。

她——愛蜜麗，她現在是愛蜜麗——握住妳的手，時間比一般需要的更久。她在等待，妳這才瞭解，在等妳說出自己的名字。

也許這是考驗。也許他派她來，看妳怎麼反應。

妳相信這個妳一無所——除了她剛才很明顯地說了聞到煙味的謊言——知的女人嗎？

妳想到攝影機，想到麥克風。妳想到這房子，和房子低聲把妳所有祕密告訴他的樣子。

妳是瑞秋。妳會舉止如常。

如果他聽得到妳說話，而妳遵循計畫行事，也許還有機會。妳的機會，那個陌生人的機會。

「我是瑞秋。」妳告訴她。「我是……朋友。」妳想起他那天在車上告訴法官的故事。對陌生人說的謊，和對他女兒說的不一樣。「嗯，是親戚。像朋友的親戚。」妳輕笑，或是說，擠出輕笑。「表妹，從佛羅里達過來拜訪，剛到，要過來過節。」

如果她看得出妳說謊，也沒有表現出來。她微笑著把閃亮的棕髮攏到頸側，這時候妳才看見那條項鍊。

看起來就像——不。

但是，可能會是嗎？

她的視線跟著妳困惑的目光。

「抱歉。」妳說：「只是——妳的項鍊。項鍊……好漂亮。」

她微笑。「謝謝。」她說，一邊拿起項鍊，好讓妳看得更清楚。

項鍊上掛著一個銀製的無限大符號。

妳認得這條項鍊。

和他帶走妳那天，妳配戴的細緻項鍊相同。

錢包？手機？他說。然後：槍？胡椒噴霧？刀？我要檢查，如果我發現妳騙我，我不會高興的。

妳說了實話。妳的口袋，袖子裡都沒有東西。

珠寶？

只有我身上配戴的。

茱麗買了那條項鍊，送妳當十九歲生日禮物。從前，她老是取笑妳對藍色小盒子和白色緞帶的癡迷。那麼像小女孩，那麼基本。不符合妳個性的其他面向。*對了，還有一件事，*妳拆包裝時，她說，*我不能讓妳像影集《比佛利拜金女》的臨時演員，所以我加了一點小東西。*

她轉動項鍊，露出一個另外加上的小飾物——一顆銀鑲粉紅色石英，她不知怎麼地把它和無限大符號連接在一起。

*好漂亮，*妳告訴她，*我愛死了。妳這個朋友真是太棒了。*

*我知道，*她說。

妳每天戴，直到他拿走項鍊。

而現在，項鍊在這裡。

妳的項鍊——獨特，妳唯一擁有的訂製珠寶——又找到了妳。

妳強迫自己嚥下口水。

「很美。」妳告訴她，希望她會認為妳的語氣聽來漫不經心。「如果妳不介意，我可以問妳在哪裡買的嗎？」

她微笑著。她臉紅了嗎？「喔。」她說：「那是禮物，是一個……朋友送的。」

她雙頰泛紅，滿滿的光彩。她打開大衣。「對不起。」她說，一邊用手搧臉。「妳也知道的。在外面全身裹緊緊還是會冷，但一走進室內，就熱得不得了。」

事實上，我不知道，妳想說。已經五年了，我沒有一件像樣的大衣。去問妳的朋友——他會全告訴你。

她上下打量妳。她想從妳口中聽到的，妳無法給。交談，閒聊。答案。

「嗯。」她問：「妳剛剛說妳什麼時候到的？」

我沒說，妳想。妳努力猜——他會希望妳怎麼說？要怎麼回答，妳才不會惹上麻煩？

「喔，就前幾天。」妳告訴她。

她的笑容淡去。妳讓她洩氣。妳在這個男人的家裡。不合適，反應又遲鈍。她從妳嘴裡問不出任何話。

妳很遺憾。真的很遺憾。妳想撲進她懷裡，說出一切。妳想告訴她，事情真的不是——真的不是——她想的那樣。

「唉。」她甚至沒設法忍住嘆息。「我該走了。」

一股衝動湧現。妳想拉住她。想拉住她的大衣，永遠不放手。妳想開口說話，再也不閉上嘴巴。

她轉身離開，走向門口。

「再見。」她說，幾乎沒轉身看妳最後一眼。

妳就要開口了。妳就要說出一切，要相信她，因為她是妳的唯一機會，而且——

她走出去，當著妳的面關上門。

彷彿那從來就不是選項。彷彿她知道，一開始就知道妳不會那麼做。

55

愛蜜麗

我把鑰匙放回我找到的地方。我回到車上，呼吸像在吹口琴一樣，沿著氣管上上下下。我做在駕駛座上，把臉埋進雙手間。

哇噢。

現在我知道了。

她很美，有種與優美相反，未經修飾，純樸自然的美。沒有化妝。頭髮沒有燙染。顯然對自己的穿著也毫不在乎。是說，有何必要呢？

如果我有她那種骨架，我也不會在乎。

我發出一聲好比打嗝的輕笑。我的胸腔輕震。像在啜泣，但又不是。

她說她是朋友，接著又說是表親。她說謊。明顯是謊言。

我只知道他家裡有個女人，而她絕對不是他的表親。

56

家裡的女人

妳回到臥室，彷彿這麼做就安全了。

他卡車的輪胎隨時會嘎吱作響，駛上外面的車道。他會爬上樓梯，以靴子踩踏的聲音當作憤怒的序曲。

他模糊的身影會來到門口，來處理妳。

那麼，她呢？

他會怎麼對待她？

一定是她。在他背上留下抓痕的陌生人。指甲摳在他皮膚上的人——妳現在知道，那是愉悅的印記。

妳該死的是誰，愛蜜麗，妳想做什麼？

而妳——妳，妳。妳怎麼能讓她離開？

妳怎麼能什麼都不告訴她？

該死的，妳怎麼能不警告她？

妳用雙臂環抱起雙腿。瑟西麗雅還在自己房裡，安安靜靜的。很好。置身事外，孩子。和這團混亂保持距離，也許妳長大後會看到更好的世界。

貨卡。轟隆隆的引擎聲，然後是安靜。喀嗒，砰——駕駛座車門打開又關上。接著是前門。短暫安靜後，噠噠的腳步聲。由遠至近，緊接著，更近。

門打開。

「妳在這裡面做什麼？」

他看著妳。妳縮成一團，在暖氣旁邊——其實妳不必。

「我只是在……休息。」妳告訴他。妳該立刻解釋，還是等他問起？

他決定不管。「她在她臥室裡？」

他指的是他女兒。妳回答，是。他是想知道有沒有被發現的危險？他是不是能在他女兒沒發現的狀況下拖妳下樓？

「好。」他說。「那我會在廚房裡。既然妳這麼喜歡，乾脆就留在房裡，晚餐再下去。」

他輕輕關上門。

妳的喉嚨縮緊了。妳完全不知道他有什麼打算。妳看不出他的心思。妳之所以能活下來，主要是仰賴這一點，他的思緒像結，而妳有本事一個個解開。

家中瀰漫著烹煮的味道。他在廚房裡喊，妳在樓上的樓梯口遇見瑟西麗雅，她打手勢要妳先走。

她父親把一鍋熱騰騰的起士通心麵放在餐桌中央，把大杓子遞給妳。此刻，這是真正的折磨。他的冷靜，以及會讓人誤解成禮貌的局外人態度。

給我個痛快吧，妳心想。說些話，說什麼都好。

但他坐下來，問他女兒這天怎麼過。他們聊天時，妳趁機仔細觀察他。妳尋找跡象——厲氣畢露的姿勢，閃爍的目光，在殺戮後總會出現的腎上腺素全身流竄。

什麼都沒有。

妳撥弄盤子上的起士通心麵，直到他和瑟西麗雅吃飽。妳隨著他們的動作清理餐桌，坐到沙發上，看電視。妳仍然等待尚未出現的爆發。

入夜，屋子裡的活動結束，他將妳銬在暖氣機上。即使是聖誕假期，這點依舊不變。

妳清醒地躺著，等他回來。終於，妳想。妳等待他的指示。起來，他會這麼說，然後帶妳上車，開車離開。

嘆息。微笑。他解開皮帶，脫下牛仔褲。

一如既往。

事後，他穿上衣服，抬手揉揉臉，壓下哈欠。

他平靜地將妳的手拉過頭，把手銬的一邊扣住妳的手腕，另一邊銬在床架上。例行動作。一切正常。

他出去後關上門。妳張開眼睛躺著。豎起耳朵聆聽。

他不知道。

有個女人到過他家，站在他家的起居室裡。偷拿他的鑰匙。闖入他的領地。而他完全不知情。

她在他錄影機的注視下做了這些事。那些什麼都不會錯過的錄影機。那些把妳所有舉動透過手機讓他知道的錄影機。

他所謂的錄影機。他捏造的，只存在妳腦中的錄影機。

57

第七號受害者

他非常謹慎。

他過去曾經犯錯，他說，兩次。

一次，他動作太快，另一次，他太慈悲。他讓那女孩活下來。

至於我，他必須把一切處理得臻至完美。

他有個女兒，他告訴我，和生病的妻子。

她應該要好轉，但事實上並沒有。

結果，現在，她就快死了。

再過不久，就只剩他獨力照顧女兒。

他承擔不起錯誤。

他必須在她身邊，他告訴我。她是那麼聰明的孩子。說來難以相信，但她真的是很棒的孩子。

理當有個家長留下來照顧她。

所以，我的事必須順利完成，搞砸不得。
我想他會說，一切都按照計畫進行。

58

家裡的女人

妳的大腦必須運作，去接受這個剛得知的事實。沒有錄影機。沒有人在監看。

妳試著去做最明顯的事。在廚房裡，先是剪刀，接著是刀子。妳想盡辦法把刀刃插進皮膚和塑膠環之間，小心不要割傷自己。妳又扭又摩擦又施力，但他沒說謊：鐵條割不斷。用剪刀不行，用廚房刀具也辦不到。

妳尋找工具，但當然了，那把迷你丁烷槍不見蹤影。沒有圓鋸，沒有特殊刀片。妳以為他是什麼？是笨蛋？

於是，妳仍然戴著衛星訂位系統手環。妳的定位點在他手機上跳動。他將妳握在掌心中，困在虛擬地圖上。

妳不能離開。還不到時候。但妳可以四處走動。妳有好些地方想探索，好幾扇門要開。在小屋外想存活的第九項規則：找出自己能做哪些事。把他的祕密像鑽石一樣配戴在頸子上。

妳從最安全的地方開始。臥室。妳的臥室。在那裡，妳練習四處看。把手放在妳從來沒能觸碰的表面。用來裝樣子的書桌，五斗櫃，床的每個角落。

什麼事都沒有。這是個新世界，在這裡，妳不必以他的預期反應來衡量每個動作。

妳踏進走廊。瑟西麗雅的臥室——她在裡面，但即使她不在，妳也會避開。那是她的世界，妳不會去侵犯。浴室呢？他從來不會讓妳在沒他監視的狀況下進去。他說，妳在白天不能進去。他要妳待在妳的房間、廚房和起居室裡。妳懂他的意思：浴室裡，有些他不想讓妳在他外出時接觸的東西。指甲剪、刮鬍刀、藥罐？

該是弄清楚的時候了。

妳惶惶不安地走進浴室。妳在這裡，他不在場。沒有他的眼睛看著妳脫衣，當妳站在淋浴間裡，也沒有他的視線黏著妳。

妳打開藥櫃。鬍後乳、漱口水、止汗劑、牙刷、梳子、髮油、牙線。一片一塊的他，像在劇院更衣室。

妳在洗臉台下的櫃子裡找到通樂、馬桶清潔劑和漂白水。備用香皂，一小疊乾淨抹布。他的另一個人生——乾淨，井然有序的人生。這間浴室屬於一名單親父親，他堅定地照顧這個家庭。時間不多，不要浪費。妳回到走廊。他的臥室——妳遲疑了。妳的手握住門把轉動，推開門——不。要。不要。要。要。

妳在門口，舉足不前。他的臥室。他夜裡躺著，毫無防備，對周遭世界沒有感覺的地方。地上是深綠色的地毯。一張加大雙人床，收拾得無可挑剔，法蘭絨床單上一道皺褶都沒有。

妳躡手躡腳走進去。他有一張床頭桌——燈旁放著一本平裝書。從妳站的位置看不清楚，但妳覺得自己認出那是一本樓下的驚悚小說。床頭桌有抽屜。當然是關上的。充滿可能性。他裡頭放的是什麼？老花眼鏡？助眠補充品？槍？

妳腳下的地板彷彿活了過來。妳的皮膚滾燙，像是妳就站在一堆有毒廢棄物上。如果妳的雙腳背叛妳，在地毯上留下痕跡怎麼辦？如果他不知如何地能察覺，如果他能聞到妳的味道，感覺到妳在世上他的角落逗留呢？

不值得。妳一大步退出房間，檢查地毯上有沒有妳侵入的痕跡。

妳必須繼續。

就在妳要下樓時，瑟西麗雅出現在妳背後。她挑了沙發坐下，埋首看書。起居空間要等等了。妳草草檢視樓下浴室——備用毛巾，衛生紙，更多肥皂，更多漂白水。

剩下廚房。瑟西麗雅就在幾呎外，妳盡可能不引起她注意。妳打開壁櫃，檢查抽屜。在他面前，妳從來沒辦法記住抽屜裡有哪些東西。現在妳可以清點一番。流理台上，刀組。離水槽最近的抽屜：長剪刀、膠帶、筆、幾份外帶菜單。水槽下：清潔用品、消毒紙巾、漂白水、漂白水、漂白水。

壁櫃裡，毫不出奇：盤子、咖啡杯。一台舊烤麵包機，可能壞了。不成套的杯子。

之前，她在這裡。在這房子裡。那個戴著妳項鍊的女人。

那條項鍊。妳無法不去想。

他留著紀念品。貴重物品。他把其中一些給了妳。但妳的項鍊呢？他留給自己，直到他決定要看到項鍊配戴在某個人的脖子上。

他一定還留著其他東西。他藏在哪裡？在他臥室？妳覺得不對。他臥室那麼整齊。那裡不是他會放任自己的地方。在臥室裡，他仍在假扮。

那麼，會是哪裡？

妳坐在沙發上。瑟西麗雅瞥妳一眼後，注意力又回到書上。

樓梯下面的門。

通到某處。地下室。

妳對地下室的認識：一個工作台，妳身下的地板。一堆堆箱子。

在妳的黑暗時刻，他將妳帶到地下室去。在妳記憶中，地下室是完全屬於他的地方。

妳得去檢查。

但現在瑟西麗雅看著，妳不能下去。妳得要她離開。

妳從她背後看過去。

「妳在讀什麼？」

她合上書讓妳看封面，顯微鏡載玻片上有幾滴血。「是我爸的書。」她說：「普通。我已經猜到結局了。我只是在等那個偵探跟上。」

妳用指尖拿起書，作樣子看封底。如果妳繼續煩她，說不定她會回房間。

「故事講什麼？」

她頑皮地看了妳一眼，眉毛挑出懷疑的弧度。「妳是無聊還是怎麼了？」

這是他給她的。懷疑他人的動機，試圖看穿他們。如果妳是他帶大的，妳也會一樣。

「只是好奇。」妳告訴她。

「講一個醫生，」她說：「持續殺害自己的病人。沒有人阻止他，因為大家沒辦法判斷他究竟是邪惡，或真的只是醫術太差。」

妳告訴她，這故事聽起來很精采。她點個頭，又開始閱讀。

站起來，妳想告訴她，去妳房間。去妳該死的房間。

妳回自己房間，帶著妳的書下來。妳不打算借他那些書頁折角書脊變形的書來看。妳繼續讀《愛神與死神共舞》，用眼角餘光注意瑟西麗雅。

一會兒後，她站起來。她要上去了嗎？不。去廁所。白白高興。一直到接近傍晚，百葉窗周邊長方形的光影開始黯淡，她才終於合上書上樓。

妳等了幾分鐘。妳聽著她的房門開了又關，腳步聲踏在樓地板上。

一片寂靜。

安全無虞。

妳握住門把。

轉不動。

該死。

上鎖了。

妳眼睛看，手到處摸，想找出可能藏鑰匙的地方。

這個門把和妳房間門上的一樣，圓形門把，中央是鎖孔。妳拿叉子，拿筆試。妳甚至用了該死的相框邊角，好像那麼做有用。

沒有任何一種工具有用。

妳的指頭發抖。妳剛才太用力，試了太多次。但妳運氣不好，這讓妳憤怒。

那是妳的項鍊。妳自己的，該死的項鍊。是妳朋友為妳訂製的禮物，因為她愛妳。

妳必須繼續試。

妳需要找出那個沒經過他整理，他無法消毒的空間。

妳需要他女兒的臥室。

59

家裡的女人

妳敲瑟西麗雅的房門。她拉開門，不會吧？的表情寫在她的臉上。

「妳好嗎？」妳問。

她皺起眉頭，但立刻忍住。甜美的孩子。妳不知道她父親怎麼告訴她關於妳的事，但他說服她要遷就妳，一再遷就妳。

「妳需要什麼東西嗎？」

是需要，但妳不知道妳需要的是什麼。要等妳看見才知道。

「妳有沒有……」

妳越過她的肩頭往房裡看。她房間的主要色彩是紫色、藍色和妳認為應該叫做藍綠的顏色。房裡放的是一張單人床。一張來自瑞典家飾店的小書桌。妳的喉嚨彷彿被掐住：妳從前也有同樣的桌子。妳過去有電腦，可以用紙和……

「筆。」

妳不需要筆。妳已經拿筆試過，結果開不了鎖。但如果借支筆可以讓妳進到她房裡，那妳需要的就是筆了。

「假如妳有多餘的？麻煩妳？」

她告訴妳，當然沒問題，然後帶妳進去。她的房間，這個世界以她的眼光打造：牆上掛著藝術作品，一定是她在學校列印下來的圖片。安迪・沃荷的濃湯罐頭，班克西的老鼠，更多的凱斯・哈林。她走到書桌邊去拿筆。

思考。現在。妳必須趕快，想出點什麼。

在她書桌的桌腳邊，因為聖誕假期而被拋下，是她的背包。設計很基本，紫色棉布，幾條拉鍊，一個妳認不出來的品牌標誌。但瑟西麗雅，這個愛好藝術，手藝靈巧的孩子，把背包改得很有自己的風格。她用麥克筆在背包側面畫了枝幹，背包頂上畫了一朵大玫瑰。正面則是兩個字母，CC，以——妳瞇起眼睛看——安全別針別出來的。她做得很好，雙線條的兩個字母對稱，大老遠也看得到。

「這好可愛。」妳指著她的背包說。

妳想到麥特，身分最接近妳男友，懂得開鎖的人。他的咖啡桌散落著一堆工具，彎曲指頭把小金屬棒插進洞裡，確定位置後，再繼續擺動下根小棒子，直到鎖發出喀嗒聲響。

妳決定，安全別針可以解決妳的問題，值得一試。

「謝了。」瑟西麗雅興致缺缺地看了背包一眼，回頭找筆。「藍墨水可以嗎？」

妳說可以。「這是妳自己做的嗎？」妳跪在背包邊，摸她的設計。

「是啊。」她聳聳肩。「沒什麼花俏的，妳知道。只是一些別針而已。」

她把筆遞給妳。妳幾乎是看都沒看，就把筆塞進口袋裡。「好棒的點子。」妳告訴她。「好別緻。」

她把身體重心從一腳換到另外一腳。妳在挑戰她的耐心。

很好。

現在是她自己的時間，妳正在從她手中偷時間。她會不惜一切地要回去。

「妳想要一個嗎？」

沒錯。

「喔，我不能拿。」妳告訴她：「我不想毀了那兩個字母。」

她來到妳身邊跪下。「只要再拿幾個來替補就好了。花不了十秒鐘。」

妳還來不及說點別的，她已經拿下第一個C字母上的一只別針遞給妳。

「謝謝妳。」妳告訴她：「太謝謝妳了。」

妳站起來，朝房間比劃了一圈。「那我不打擾了。」

她點頭。接著，因為她忍不住，因為她貼心親切，就算她殺了妳也是出於好意。她說：「如果筆不能用再告訴我。我換一支給妳。」

妳告訴她妳會的。妳走出她房間，房門立刻關上。

到了一樓，妳搜尋妳大腦裡被遺忘的區域。

麥特被剛起步的科技公司遣散後，上網買了一套開鎖工具。「只要妳知道自己在做什麼，開鎖就不難。」他說。照他說的，妳只要把一個東西放進另一個東西裡左轉右扭，然後，啵一聲，世界就會像蠔一樣打開，柔軟又充滿海味地躺在妳的掌心。

他讓妳看YouTube上，一段在「男性不可或缺的技巧」頻道的影片——這頻道名妳得讀三次才能確定。一個男人示範如何將一把工具垂直插入鎖孔，施加適當壓力，將另一把工具以和前一把工具呈直角的方向插入，再如何讓兩把工具交互施力，直到鎖打開。

「開鎖取決於壓力和與其相抗衡的力道。」男人說。

妳對那段影片的想法：最終，會是兩股相對力量的魔法釋放妳。

來到樓梯下的門邊，妳將別針折成兩半：尖端的一截和弧形的一截。

妳先將弧形那截插進鎖孔，接著是尖的那截。妳慢慢，輕輕地轉動。一切取決於妳指頭施加在金屬上的壓力。正確的力道。足夠，但不能過多。

這很花時間。妳必須練習。像說外語，學新舞一樣：每次嘗試，都會讓妳更接近一些。妳一眼看著鎖，另一眼看著百葉窗周邊逐漸消失的長方形光影。妳沒有一整天時間。

思考。回憶。對妳的大腦而言，回憶不是件容易的事。過去這段時間，妳容許部分的自己消失。妳不得不如此。

而現在，妳需要喚回這些記憶。

這種圓形鎖，麥特曾經告訴妳，圓鎖屬於最容易開的幾種鎖。理論上，一切非常直截了當：

施力，轉動，找到方法，繞過鎖的機制。注意聽喀嗒聲。最重要的部分，麥特說，是要有正確的工具。工具要小，但必須堅固。不引人注目但足以致命。如果妳知道自己的目標，妳的指頭會找出抵達的方法。

妳的目標：他的大腦，他的心思。他鎖住，藏起的重擊力量。

妳聽到一連串喀嗒聲，鎖轉動了。

妳把安全別針，總共兩截，和瑟西麗雅的筆一起放在帽T的口袋裡。

妳再次轉動門把。

成功了。

放膽去做。

妳拉開樓梯下的門。嘎吱一聲之後，妳看到門後是一道水泥樓梯。

妳往下走。

60

下樓的女人

黑暗包覆著妳。妳耳邊的血管劇烈跳動，妳伸手摸索，想找出電燈開關。妳經不起絆倒，擦傷膝蓋。萬萬不能讓皮膚上出現意外的瘀傷。

下到樓梯底處，妳的指頭摸到妳一直在尋找的東西。咔，一盞光禿禿的燈泡亮起，黃色光線照亮妳的四周。

他把地下室當作某種兼作男人私人空間的儲藏室。小折疊桌旁擺著一把露台休閒椅。一個水壺，一把手電筒。底面的牆邊有幾堆紙箱。側面是工作台。他的工具：幾把鉗子、榔頭、束帶。

地下室的空氣聞起來像他的味道。像樹林，像柳橙，來自戶外，出自刺棘。一種除非妳真的認識他，否則不會害怕的味道。

這裡是他想獨處時會來的地方。來聽他自己思考。這是個冥想空間，一個他能當自己的所在。

妳的手來到他的工具上方。這些鉗子：妳該不該拿起來，試著滑進妳的皮膚和塑膠環之間？這些不是一般鉗子。是他的鉗子。曾經和他一起遊歷，按他的指示行事。

妳收回妳的手。

專心。妳不是來這裡找鉗子的。妳為的是祕密和偷來的東西。妳為了他內心的隱匿角落而來。

妳朝那些紙箱走過去。紙箱上有手寫標示：**廚房雜項**、**衣服**、**書**，等等。一些他沒辦法放進新房子，但想留住的東西。

幾個紙箱上寫著**卡洛琳**。

艾登、瑟西麗雅，還有卡洛琳。做母親的把自己英文名字的縮寫給了女兒。

妳伸手拿離妳最近的卡洛琳紙箱。箱子用膠帶封住。妳不能打開——不能冒險拆開紙箱，撕壞膠帶。妳還希望能找到什麼東西？聲音？靈魂？

卡洛琳。她一定不知情。妳看過他在外面的表現。妳看過他如何置身在這個世界，那天，妳看到了他對那名法官的影響。妳親眼看到他迷人，有禮又友善。她一定走得平靜，知道如果女兒跌倒，他會是那個接住她的人。

打開是不可能的，但妳可以搬動這些紙箱。一個一個搬下來，記住它們堆疊的順序，完工後再依序堆回去。妳想看每個紙箱上寫什麼，想用雙手掂掂它們的重量。想把耳朵貼在上頭，希望裡頭的東西——無論是什麼——能和妳說話。

妳的臉上蒙上一層薄汗。妳手痠，腿也一樣。妳繼續搬，腎上腺素模糊的力量在妳全身流動。

妳必須看見，必須知道。已經五年了。妳必須看見他，完整的他。

卡洛琳，**卡洛琳**，**露營用具**。接著，一路到最後面，一排**雜物**。

妳傾身靠向身邊最近的一疊箱子，胸腔劇烈起伏。

雜物。平常的紙箱，和其他紙箱同樣的棕色，他用黑色麥克筆在正面寫下標示。

只不過——妳很快地四處看以便確認——放雜物的紙箱受潮了。全部都是，而且只有這些紙箱受潮。一個箱子的左上角有宛如陌生地圖的抽象水漬，另一個則是在下半部。

雜物。

妳再次四處張望——地下室裡沒有水管。不在該在的，會造成這些損壞的位置。水漬很舊，很明顯。不是搬家日的小雨所造成。

水漬存在已久。

這些箱子曾經儲存在別的地方。在另一個空間——也許是地窖，在水管漏水的老房子裡。那不是最理想的儲存地點，但藏得隱密。沒有人會想去漏水的水管下翻來找去。

如今，它們又被藏了起來。藏得沒那麼技巧——新房子空間較小，也沒那麼多隱密處——但終究還是藏了起來。這些紙箱放在其他箱子後面，幾乎是埋在下頭。除非找，否則不會發現。

妳發抖的手靠向紙箱。這是三個相疊紙箱最上面的一個。這個紙箱一定很不結實，一用力就會破損。妳必須小心處理。

紙箱先滑進妳的懷抱，妳接著把它放到地上。紙箱只折了起來，沒用膠帶封死。

很好。

妳幾乎可以聽到紙箱發出聲音。他的靈魂，他的深淵。一個讓妳往裡跌的入口。

在妳的胸腔裡，恐懼打成結。只是一些東西而已，妳告訴自己。這些東西曾經屬於妳，屬於像妳這樣的人。

他還留下哪些東西？妳那天穿的毛衣？內衣？皮夾，駕駛執照，信用卡？戰利品。證據。能證明妳是誰的雜物。

妳準備好了？可以再次看見她——更年輕的妳，妳錯過的妳，妳無法拯救，無法真的，完整拯救的妳？

其他人呢？

妳準備好了？可以看她們？和她們見面？

妳用兩根指頭捏起上面的紙板。慢慢翻到一邊，一定要慢。另一片。紙板窸窣相擦。紙板鬆開，百寶箱打了開來。

紙箱打開，飄出一陣霉味。裡面的東西——沒有人真的想知道裡頭有什麼。沒有人真心想把這些資訊牢記在心，永遠背負著。但總有人必須做。

妳承擔起來，讓其他人不必負這個責任。

妳首先看到的是照片。拍立得照片。有道理：沒有記憶卡，沒有需要沖洗的底片。大部分都是遠拍。只有輪廓。衣服款式來自不同年代，妳推斷，最早從一九九〇年代開始。

這些照片以橡皮筋圈成九小疊。膽汁在妳的喉頭翻攪。妳要看嗎？

妳當然要看。必須有人看這些照片。記住她們的臉孔，笑容，姿態，頭髮的顏色。失蹤女性，失蹤人口。故事已經結束，但沒有人知道如何結束。除了他，以及現在的妳。

妳會記住。

妳看第一疊照片，接著看第二疊、第三疊、第四和第五——接著是妳。一個與其說是「妳」，不如更像某個「她」，和現在的妳如此不同的女人。

妳的雙膝發抖。妳吞嚥口水，或說，試著吞嚥。妳乾燥的舌頭抵住上顎。

妳滑坐下來，妳渾身僅存的柔軟下，是又冰又冷的水泥地。

妳必須再一次的，徹底的認識她。那個年輕的妳。

剛剪的黑髮刷著她的肩膀。又圓又大的眼睛。飽滿的嘴唇。為了上州之旅收拾的衣服——緊身褲、寬鬆毛衣和防水靴。化妝。妳一向化濃妝，即使獨處也一樣。妳喜歡濃妝。紅色口紅，漆黑的眼線，淺色粉底，臉頰上撲著粉紅色腮紅。

那麼年輕。身上還留著小女孩痕跡的女人。未來的日子比過去的更長遠。

她只想要休息。拍立得照片裡的年輕女人。只是想喘口氣，睡好覺，放慢腳步。

每張照片上，妳都在忙。上下租來的車，開車到鎮中心，走出藥妝店。

妳內心深處，一波反胃的感覺拍動著。妳的嘴唇扭曲。

他監看著妳。

妳一直納悶著，不知道他如何找上妳。他究竟是早就知道妳會在那裡，或是說，他碰巧看到妳，也正好有機會下手。現在妳知道了。這些照片確認了這件事。事發的幾天前，他開始跟蹤妳。研究妳。挑中妳。為妳預做準備。

妳的胃部抽搐。呼吸。妳不能倒下去。現在不能，更不能在這裡。這些不過是照片。只是臉孔。

看看第七疊、第八、第九。在妳之後的受害者。那些妳無法拯救的人。

對不起。該死的，我真的很對不起。

這不只是照片，不只是臉孔。妳在紙箱深處挖出一件柔軟的深藍色毛衣。一瓶已經硬掉的紅色指甲油。一頂草帽。一只銀戒指。單一隻球鞋，鞋底黏著乾掉的泥巴。妳在小屋裡看過的太陽眼鏡，是他遞給妳後立刻收回的那副。百寶箱。紀念品。物件。她們的東西。

妳將每件東西握在手中，拿了幾秒鐘。*這是我能做的*，妳告訴她們，*看妳們的照片，握著妳們的東西，試著將東西和照片裡的人影配成對。我不知道妳們的故事。我甚至不知道妳們的名字。*

妳將所有東西收回紙箱裡——這是最重要的事——和妳找到時的位置相同。檢查，檢查再檢查。拉出第二個紙箱。謝天謝地，裡頭沒有更多照片。只有更多東西。

牛仔褲，沾著草。黃色細高跟鞋，紅底。灰色喀什米爾毛衣——妳的灰色毛衣。最後一天早上，在妳出發到樹林散步前穿上的毛衣。妳沒穿外套。妳沒打算留那麼久。

妳拿起毛衣貼在臉上。尋找另一個女人——過去的妳——的味道。妳只聞到霉味。

更多東西。胸罩、耳環、絲巾。沒有一樣是妳的。除了毛衣和最後給了愛蜜麗的項鍊，他沒留下更多妳的東西。其他的——妳的皮夾、信用卡——他一定全處理掉了。

只剩下第三個紙箱。

裡頭不是紀念品。沒有毛衣、胸罩或化妝品。

是工具。

各式各樣的工具。手銬，和他用來銬妳的很像。望遠鏡。拍立得相機。柔軟包覆著堅硬。從髒抹布裡掉出來的金屬，是槍。

不是妳看過的槍。這把灰色的槍很輕，手把是黑色。沒有滅音器。

妳用顫抖的指頭撿起槍，平放在手掌上。

有個聲音將妳從恍惚中拉出來。即使在地下室，聲音還是傳到妳耳中。先是嗚嗚聲，接著是轟鳴，最後隆隆地響。

他的貨卡開上車道，完整的，沒有壓抑的呼嘯聲。

61

愛蜜麗

他欠我一個解釋。再怎麼樣，至少也要說個謊。我想看他侷促不安，結結巴巴，低頭看自己的腳。我要他尷尬，要他遺憾。

我非常仔細地到處找。在雜貨店，在咖啡廳裡。這裡不是人潮擁擠的都會，我不可能漏掉任何人。他注定要在某個地方現身。

我在午餐時間開車進鎮中心，去察看三明治店和藥妝店。沒有。我在大街上找他的貨卡，但仍然徒勞無功。

我的運氣在日落時翻盤。這時候，我甚至沒注意找，但餐廳的安格仕苦精用完了，所以我得去找同業借。

他從陰影裡走出來。

我花了一秒鐘，才注意到他從餐廳後面的小巷裡走出來。

「嗨！」

我努力平緩自己的語氣，但看到他，我實在太高興。他轉過頭。我覺得我好像看到他皺眉頭——他是驚訝在這裡看到我嗎？就在我自己的餐廳外面？——但他朝我走過來，臉上的肌肉放鬆下來。高大，英俊，安靜，一手的大拇指勾著他肩上的行李袋背帶。

「嗨。」他回應。「對不起，我只是想抄近路到……」

他指向大街。

「別擔心。」我告訴他：「我唯一不贊成的是孩子們在大垃圾桶後面嗑藥嗨起來。所以啦，只要你不是就好。」

他笑了。這就是我，是他人生中的色彩，一點帶來活力的荒誕存在。是他想要就隨手撿起的漂亮東西，用過即扔。

這不夠，而且這樣不行，可是——而且真要命，我這麼想真是要命，但我是真心的——比起一無所獲，我隨時都可以接受。

艾登讓背帶從肩膀上滑下來，把行李袋放在腳邊。雙手空下來後，他用雙臂環抱著胸膛，上上下下打量我。

「沒穿大衣？」

我看看身上的白襯衫、黑長褲，和深紅色圍裙。

在他開口前我不覺得冷，但現在我只想到十二月的冷風吹在我的皮膚上，凍到幾乎發燙。

「等等。」

他解下他的羊毛厚圍巾，看我一眼，這是無聲的請求，要我同意他靠近我。看我沒說話，他走過來，把圍巾圍在我的脖子上。

「好了。」他說。

我聞到松針和桂葉的味道。

「好點了嗎？」

我眨眨眼，把自己逼回地球。

「嗯。」我說：「謝謝你，我……」

我剛剛想說什麼？

喔，對了。他家裡的女人。

我還來不及找到正確的字眼，他就插話了。「妳這陣子好嗎？」

這好像在和一個永遠比妳快半步的人跳舞。我告訴他我很好。

「一直在工作啊，和平常一樣。」

他點頭。

「你呢？」我問。

「老樣子。」他說：「工作很忙。家裡事又多。」

我們都安靜下來。

「對不起，我一直沒回妳訊息。」他說。

他看進我的眼底，他前額出現皺紋，光裸的脖子暴露在刺骨寒風中，他表現出來的真誠刺中了我的心。我胸口的氣消了。我有備而來，準備戰鬥，而他剛搶下了我手中的刀。

「沒事。」我告訴他，但是他搖頭。

「不，不是沒事。妳很完美，現在還是。只是……這陣子太多事同時發生，妳懂嗎？家裡，還有——」

哦，我的天。

我想將他抱在懷裡。我想對他說他才完美，而我是個白痴。我想告訴他，我完全不懂失去摯愛，看著他們入土是什麼感覺。我想說，沒事的。我最想要的，是要他瞭解一切會好轉。

「我懂。」我說：「我是說，我不懂。可是沒關係，真的。」

他露出羞澀的微笑。「我希望我們可以還是……我希望我未來能做得更好。」

我點頭。「更好」是什麼意思？是指友誼嗎？還是傳簡訊？親吻？性愛？

他的圍巾搔得我的下巴發癢。我伸手調整，拉動時露出兩折羊毛下的一片肌膚。他伸手過來。

「妳還戴著。」

他的指頭刷過我的喉嚨，來到他給我的項鍊上。

「我當然戴著。」我告訴他：「我——」

我說不出口，說不出我愛這條項鍊，因為這太接近，太危險地接近我愛你，而我不打算接近那團混亂。

「項鍊好漂亮。」於是我這麼說。

他含糊地點頭。他看著我的項鍊，拇指摸著鍊墜，其他指頭滑入圍巾下，停在我肩膀的弧線上。

我不知道這是怎麼回事。我只知道他溫暖的指頭碰著我，而我好冷，感覺起來好舒服，我想，這有點奇怪，想念他好幾個星期後，被他這樣觸碰。這就像我們再次找到彼此。提醒著，我們互相瞭解，我們能夠溝通。

「我要自首。」我告訴他。他放下手，目光從我的鎖骨跳到我臉上。「我以為……那天我以為我聞到煙味。在你家。」他歪著頭。「我進去檢查是不是哪裡有問題，然後——」

「妳進到裡面？」

我的臉頰刺痛。「我……沒打算強行闖入。我只是想確認你家沒著火。」一段記憶浮現；這是鎮上房地產經理人一天晚上在酒吧裡說的：「那些漂亮的木造老房子就是這樣。看起來很棒，但轉眼就消失。」

說到這裡，我跟著彈指。他把玩他大衣口袋的拉鍊，發出斷斷續續的咧咧聲，好像他感到壓力，或——更糟的——生氣了。

「結果一切平安。」我說。我笑了，笑我當時疑神疑鬼。「西線無戰事。」

夠了，別再說了。

「嗯，那就好。」他說，用腳尖輕推行李袋。他隨口提出問題：「誰讓妳進去的？我女兒嗎？」

另一波羞愧衝擊我。「沒有人應門，但味道真的很重。」我聽得出自己的聲音離棄我。失敗的露骨謊言。「我只好拿你的備用鑰匙。」

完了。他馬上要叫警察，聲請禁制令。但就算他有這種打算，他顯然還是覺得有趣。「妳找到了啊？我該應該找更好的地方藏。」

我聽到自己咯咯傻笑。「在花盆下。很狡猾嘛。我花了至少——二十秒才找到。」

他和我一起笑。有那麼幾秒鐘，我們又回到我們自己——兩個人，兩個朋友。兩縷交纏的靈魂。

接著，他的臉色沉下來，他又恢復嚴肅了。「妳看到家裡有人嗎？」

「看到了。」我告訴他。「我遇見了你的……表親。她看起來很好。」

我們四周的街道上沒半個人。天氣太冷，大家都不想在外頭多留。

「妳見到她了？」他說。他想了一下。「很好。」他彈舌，又說：「很好。」

他臉上仍看得見擔憂，上半身顯露出壓力。

「我可以請妳幫個忙嗎，」他說：「是我的貨卡，車子有點問題，沒辦法發動。所以我一開始才會抄這條小路。我本來是要找人幫忙的。」

他以為我多瞭解貨卡？

他一定在我的臉上看出困惑，因為他補充道：「我猜是電瓶的問題。妳有電瓶線嗎？」

我確實有。從艾瑞克那裡借來的，一直沒還。

「當然。」我告訴他。

他說，好極了。他說他看到我的車子停在路邊，他的貨卡就停在不遠處。

我也說，好極了。他拎起行李袋，掛回肩膀上，邁步走向人行道。我跟了上去。

就在快走出後巷時，餐廳的後門開了。

尤安達探身出來。「後頭沒事吧？」她看到艾登在我身邊，壓下笑容。「嗨，抱歉。」然後對我說：「我不知道妳有朋友在。」

說到這裡，她毫不遮掩地微笑。像是偷吃到奶油的貓，像撈到談資的侍酒師。

「妳需要什麼嗎？」我問。

她搖頭，靠在門框上。「沒欸。我只是看到妳出來後面，想確認妳沒事。」她的目光落在艾登身上。「但我看到妳有人妥善照顧了。」

我還來不及睜大眼睛瞪她，她就消失了。後門在她身後關上時，一陣笑聲傳到我們耳中。

我再也沒辦法直視他的雙眼了。

「抱歉了。」我對著路面說。

「沒關係。」

「這樣吧，」他說：「別擔心我，妳去忙。」

喔，拜託。

「我真的不介意。」我告訴他：「我只要——」

「沒事的。」

「那你的車怎麼辦？」

毫無說服力的問題。比起提問，這句話更像請求。

「我會想出辦法的。」

接下來是短暫的安靜。沒有人接話。

我動手解開他的圍巾，但他抬起一隻手阻止我。「我改天來拿。」

我沒時間問他是否確定，或向他保證我不會在外面待太久。他揮手道別，行李袋拍打在他身上，接著消失在巷弄間。

我回到餐廳，尤安達在我走向吧檯時拉住我的手臂。

「希望我沒打斷妳的好事。」

她輕撞我。我沒辦法像她那樣頑皮，開心。

我應該模仿她，更像她一點。我有太多要學的事。

我輕撞回去，要她別鬧，但她還是讓我忍不住微笑。

62

家裡的女人

外頭有扇門開了又關。他下車了。

五年來，妳的動作不曾這麼快。妳瞥了最後一眼，確定所有東西都回到妳找到時的位置。妳關燈，不顧一切地衝上樓梯。按下門把的按鈕，走出來再關上門，確認門上了鎖。大門鎖孔傳來聲音時，妳蜷縮在沙發上。隨意翻開《愛神與死神共舞》。

他走進來。*我在看書，只是在看書。絕非到處窺探。絕非正要把手伸進你的胸腔，掏出你跳動的心。*

他把車鑰匙掛在門邊，環視整個空間。妳屏息，免得他注意到妳的胸口劇烈起伏，妳的身體還沒從上樓的奔跑完全恢復。

他皺眉頭。*什麼？怎麼了？*他上下打量妳。該死。妳剛剛上樓時忘了檢查自己的樣子。妳把注意力放在如何將地下室恢復到原來的樣貌，忘了檢查皮膚上是否有紅斑，額頭上是否沾到了足以洩漏行蹤的灰塵。

該死該死該死該死。

「她在樓上？」他問。妳告訴他，是的。妳的聲音很輕，好像你們是團隊，而他女兒是外人。妳補充：「她大半個下午都在這裡，不久前才上樓。」

他用眼光搜索起居室。他顯得沉重，彷彿是地心引力將他拴在地上，拴得比平常更牢靠。

他朝樓梯下的門走了一步。

一定發生了什麼事。他必須下樓。他需要安靜，需要一個只屬於他的地方。他需要妳幾分鐘前剛侵入的空間。

他不能去。還不行。太快了。他一下去就會發現。會看到妳的靈魂還在那個空間，妳的影子還在牆上。

「我可以幫忙準備晚餐。」妳說。

他看著妳，像是忘了晚餐的意義，接著才回到現實。

今晚的準備工作，只是加熱兩罐墨西哥辣肉醬。沒有玉米麵包，沒有奶油。他喊瑟西麗雅下樓。她跳過開電視的要求，靜靜坐下來吃，努力吃，好像知道今晚是那種她不能礙他事的晚上。

這個男人心煩意亂。一定發生了出乎他意料之外的事。世界滑離了他的控制，現在他要扭正，調整自己的掌握。

稍晚，他情緒低落地進妳房間。妳把妳的帽T踢到床下，祈禱他不會發現妳口袋裡，就放在他女兒那支筆旁邊的別針。明天，他離開後，妳會把東西藏進五斗櫃。他從來沒檢查過那裡，妳必須相信他不打算開始。

如果他去看，妳會說謊。妳會說妳沒碰過那座五斗櫃，更不知道裡頭藏了什麼。他沒注意到。比起妳口袋裡的東西，這男人心裡有別的事擔心。今晚，他的雙手在妳的頸部停留。他指甲、牙齒、骨頭並用，所有堅硬的部分都鑿進妳的血肉。上戰場的士兵。要證明某些事的男人。

她一定說出來了。愛蜜麗。那個找到他家鑰匙，走進他起居室裡的女人。

現在，他知道了。

63

瑟西麗雅

我爸啊，就是，他人很好，但我一直都……不知道啦。怕不是正確的字眼。只是，要惹他生氣很容易，接下來就要看造化了。我媽從前說過，那是因為我們太相像。父女個性都強，都有喜歡和不喜歡的事物，沒有妥協餘地。

我不知道我媽怎麼會那樣想。我真的是一天到晚都在妥協。

但是，我猜他是善心大發才讓我留下那隻狗。我們現在已經沒那麼多錢了。而且他也沒多問。他做了好事，而且是為我做的。這要感謝瑞秋。

瑞秋。

好，嗯，這個瑞秋超詭異。可是我喜歡她。

這聽起來好弱。但她是某種……朋友？

她對我，對我的人生和我爸有種種猜想，這是一定的。但說到底，她不是壞人。我猜，她才經歷過一些波折，而經歷波折的人確實可能有點怪。而且她救了羅莎。我永遠不會忘記這件事。

所以我給她一個別針。這不算什麼，但重點是她喜歡，我也給得起。再加上，我想要她離開我房間。我知道如果把別針給她，她就會走。

我喜歡瑞秋，但有時候我也喜歡獨處。我媽告訴過我，這是允許的。她還說，獨處是我和我爸的另一個共同點。

有朋友很好——如果我能稱呼瑞秋為朋友，問題是我沒有百分百的把握。因為，老實說，她有點老——這也是問題。

這讓我覺得我可以和她聊天。

讓我想和她說話。

讓我想告訴她一些我從來沒告訴過任何人的話。

64

地下室的女人

妳不能離開。說要跑，妳還不夠強壯。但妳能移動，在屋子裡，在臥室裡。他女兒沒看到時，妳可以做點事。妳可以讓自己準備好。

關於移動妳的身體，妳還記得什麼？妳搜尋過去妳在戶外，關於跑步的記憶。訓練計畫：週間練速度，週末長跑。沒有用。妳需要的是另一個部分，那個妳太常跳過的部分，因為當時妳年輕，妳的身體說服妳，說妳不需要。交叉訓練。強健妳雙腿，背部和腹部的動作。

他一離開，妳便開始在臥室裡練習。妳記得最簡單的動作：深蹲。一，二，三，十次。大腿抽痛，小腿肚灼熱，全是陌生的感覺。小腿——提踵，妳也試了。妳的心跳加速。多年來的第一次，妳心跳加速不是因為恐懼或期待。妳的心跳加速，是因為妳身體其他部分要它加速。

這一切屬於妳。妳的四肢，以及妳要四肢操練的動作。妳躺下做仰臥起坐時，妳的後腰貼在地板上。妳伸直手捧著平裝的《牠》時，二頭肌會痠痛——《牠》是妳那些書中最厚的一本，但仍然稱不上重，於是妳拉長時間保持同一個姿勢，直到肩膀發熱為止。同樣也是妳的：妳做伏地挺身時的手腕痛。妳的口乾舌燥，妳的後頸僵硬。

到他回家時，妳衣服上的汗水已乾。臉頰的熱度也降下。他不會知道。即使妳隔天，再過一天繼續鍛鍊。鍛鍊是妳的，只屬於妳一個人。

當妳雙臂開始發抖，雙腿求妳休息時，妳會到地下室去。妳用別針開鎖。有一百萬次，妳以為用別針會失敗。有一百萬次，別針證明妳的錯誤。妳把別針放在褲子後口袋，隨身攜帶。

妳找到的那把槍。妳看不出手槍有沒有裝子彈，不知道保險裝置在哪裡。妳應該要能分辨嗎？妳完全沒概念。妳對槍枝的認識全來自電影，但即使是妳，也知道電影不正確。在真實人生，如果沒練習，妳會錯過目標；在真實人生，妳對自己在做什麼完全摸不著頭緒。

妳飛快翻動盒子，拿開礙事的榔頭、獵刀、滑雪手套和一整段繩子。妳找到矩形的粗短黑色金屬棒，一、二、三條。子彈盒。子彈在正面，透過側面的孔洞閃閃發光。妳分不出這樣的彈藥量是多還是少。

如果妳有手機或筆電，妳可以上網查。透過一兩段教學影片，妳會學到如何裝子彈。可能還能學會射擊，如何瞄準，什麼時候該扣扳機，怎麼對抗後座力。

妳必須自學。妳什麼都不懂，但這是槍，不是量子物理。妳必須再回地下室，設法弄懂。

一個紙袋裝著更多照片。同樣是拍立得，和第一次找到的照片沒放在一起，但風格相似。從遠處拍攝，目標對象渾然不知。妳翻看照片。棕髮，淺色皮膚。白色大衣。尋常時刻：上下一輛本田喜美小車，走進餐廳。照片拍得模糊，但妳認出輪廓，酒吧，深紅色圍裙。

終於出現一張清楚的照片，像是掉在地球上的小行星。她的臉孔。她漂亮的臉孔。妳認識她。妳當然認識她。妳就在這房子裡見到過她。

她是站在起居室的那個女人。戴著妳項鍊的女人。

她是計畫的一部份，是目標。

有張以花體字印著阿蒙汀的圓形紙卡和拍立得照片疊在一起。阿蒙汀，那天他開車載妳出門，妳看到的餐廳就是這個名字。這是杯墊。他一定去過，偷偷把杯墊放進口袋。將她世界中的碎片挾帶進他的。和他從其他女人身上拿下來給妳的飾品一樣。妳的書、空皮夾、壓力球。全是偷來的。

妳必須看下去。為了她，為了妳，為了所有和妳們一樣的人。

箱底，塞在角落，有三本薄薄的書。《哈德遜河谷的祕密》，《越過哈德遜》，《上州的祕密珠寶》。在三本書裡，同一個章節的書頁都有折角，畫線。

小鎮的名字。七個字母，根據導遊書，其中的gh不發音。這就是了。小鎮，他的小鎮。這個小鎮。

一張地圖。幾個潦草的手寫字，沒有特別之處。沒以X記號標示新家，或以x標示舊家。沒有代表受害者的密碼，或與殺戮相關連的記號。只有道路、群聚處、大片綠色和細細的藍色。

地圖中央，幾乎藏在折痕間，有個白色小記號——根據左下角的索引，那裡是本地地標。妳瞇起眼睛。妳上次檢查視力是多久以前？妳身體的每一部分都退化得比正常快，妳的身體如此漂浮了多久？

前往閱讀更多資料的頁碼旁，黑體字寫著**許願井**。妳翻到那頁面。許願井的歷史介紹旁——建築於幾世紀前，許多人家來此許願豐收，嬰兒身體健康，幾張照片。

碎裂的石塊。生鏽的鐵鍊。該長，不該長的地方都佈滿青苔。

是那口井。那天妳搭他的車進出鎮中心時路過的荒井。就在牛群旁邊。緊鄰屠夫兄弟工廠。

專心。尋找地圖比例尺。找出來比對。好，現在動作快。快點。妳能不能跑那麼遠？也許可以。妳對自己的體能毫無概念。

專心。研究地圖。妳必須記下來。現在，立刻。動作快。記下所有轉彎處。左，左，右，直走經過屠夫兄弟工廠的牛群。反過來走。對照地圖。縮小，再次放大。這是妳的所在位置。

這下妳知道了。妳可以確定。

另一件事。其中一本導遊書《哈德遜河谷的祕密》的後面藏著一張紙。折起的紙上手寫了一份清單。人名。地址。時間。工作職稱。這張黃紙很厚，寫字用的墨水是紫色。他很久以前寫的。可能是和妻子也許還有女兒剛搬來時。當他把這個小鎮當作計畫，把這裡當成遊樂場的時候。在這個空間，他絲毫不受懷疑，這個世界為他的需要量身打造。

長久以來，他一直在觀察研究每一件事，每一個人。打造一個他可以躲過制裁的地方。

妳已經翻到箱底。

把所有找到的東西放回去。檢查，再次檢查。

樓上有個聲音。人聲。

「瑞秋？」

該死。該死。不是那個父親，是那女兒。別動。她不知道妳在哪裡。如果她來找妳怎麼辦？把箱子一個個堆回去。在牛仔褲上把手擦乾淨。四處找找——看有沒有藉口，想法，什麼都好。

樓梯上方的門打開來。幾秒鐘不到，她便下樓來到妳身邊。

她感覺得到嗎？她父親的祕密宛如飄動的蒸氣。她聽得到嗎？那些女人在黑暗中低語，懇求妳，求她，求任何願意聆聽，記住她們的人。

「嘿。」她說：「我在找妳。」

嗯，妳找到我了，妳想告訴她，但妳沒辦法說話。

「妳想和我一起去遛狗嗎？」她問：「我正要出門。不會走太遠，到河邊就回頭。」

河邊。妳猜她指的是哈德遜河。這是說，假如導遊書和地圖可信的話。與妳從前在城市裡跑步經過的是同一條河流。

「喔，謝謝妳。」妳告訴她。「可是我不能去，我必須，呃，完成一些工作。在樓上。」

「好。」她說：「別擔心。」

她安靜下來，環顧四周。

「妳剛才在找什麼東西嗎？」

妳思考。「對。」妳告訴她。「我需要……電池，但我找不到，所以我猜可以到樓下找。但沒關係。沒事，不急。別擔心。」

她靠在休閒椅上。

「知道嗎，我也會下來這裡。」

她的聲音像是耳語。

「妳真的會下來？」妳問道。

「是啊，晚上會。我只是——我們把我媽的一些東西放在這裡。」

什麼都別說。讓她說就好。她需要個人聆聽。

「好蠢。」她說：「可是我想念她的味道。其他的當然也想，但我們有照片和影片。雖然是這樣，但她的味道還是比較難找。所以，我有時候會下來，拿出她一件毛衣，然後……就這樣坐一下。」她看著妳。「很傻，對吧？」

「我覺得不會。」妳告訴她。「妳只是想念她。」

妳沒說的，是她父親帶走妳的前幾天，妳只要想到妳母親，就忘了如何呼吸。妳不得不停止思念全家人，因為思念帶來的傷害太大，而妳不能崩潰，妳擔當不起。

「不能讓我爸知道。」她說：「他不會懂的。要不然就是他懂，但這傷他太深。所以我才會在晚上他睡著後下來。」

「在晚上？」妳問。

「對。」她眼睛看著地上說：「我等到他——等大家睡著以後才下來。我盡可能小聲，但我知道有幾次他還是聽到了。他問過我一次。我說，我去上廁所。」

她一股腦說出心底話，彷彿這件事困擾她好一陣子了。

「我得偷拿鑰匙。」她的聲音好輕，妳必須屏住呼吸才聽得到。「每次都要。」她搖頭。「我不喜歡那麼做，但他晚上會把鑰匙留在大衣的口袋裡。他不曉得我知道。他討厭別人碰他的東西。」

妳開口前，她的問題就冒出來。「妳怎麼進來的？」

妳嘗試最簡單的謊言。「門沒鎖。」妳說：「我猜他忘了。」

那一秒鐘，妳停止呼吸。也許這個謊撒得太離譜。說不定她會戳破妳的謊話。但她只是翻個白眼。「哇噢，真的假的？」妳面無表情，點頭。「他大概分心了。」她說。妳正要說，沒錯，她父親是大忙人，不可能每件小事都記得，但瑟西麗雅接著說話。她有話要說，要坦白懺悔。這比門鎖和她父親是否記得上鎖更迫切。

「我得換上新膠帶。」她告訴妳。「封箱膠帶。每次都得換。我把舊膠帶拿去學校丟，才不會被他看見。」

妳想告訴她沒關係——鑰匙，膠帶，一切。妳想進一步問她有關鑰匙，有關她父親藏鑰匙的地方。但她還沒說完。

「我不想傷害他。」她告訴妳。

「妳是指妳父親？」

「嗯。」

妳思考她剛剛的告白。她在夜裡，在大家都睡了——或她以為如此——才下來。在她以為沒有人聽到的時候。

那些腳步聲。夜裡，在走廊上。妳本來以為是他。傷害她。當初妳會那麼想是有道理的。妳相信他會摧毀他碰到的一切。

妳的想法錯了嗎？難道一直都是她，一個到地下室探望母親鬼魂的女孩？

「妳和他真的很親近，對嗎？」妳問：「我是說，你們父女間好像有很強的連結。這樣說對嗎？」

她點頭，但仍然不願意直視妳。「對。」她說：「現在只有我們兩個了。他不完美，但我也不是。他很努力，很努力想變得夠完美，妳懂嗎？」

妳點頭。

這有點棘手。和妳手中的舊喀什米爾毛衣一樣真實，和妳掌上的槍一樣顯眼、沉重。

這不只是忠誠，不只是孩子對家長的義務。

這個連結太強，即使妳想，也打不破。

65

愛蜜麗

一個星期四，他和以前一樣到餐廳來。他對我微笑。當我把他的信用卡遞還給他時，他的指頭輕刷過我的指頭。但他的指頭很冷。沒有活力。像是再也不會拉住我，不會拿我當最誘人的女人看待，當世上最受寵愛的女人那樣抓住我。

星期五傍晚，法官到餐廳用晚餐。他坐在吧檯邊他最喜歡的位置。他說，這樣更隨性，更放鬆。他可以和大家融合在一起。再說，如果他一個人坐一桌，會覺得不太自在。

我心裡有個想法。這個計畫很慷慨，但也有壞處；既有趣又有點危險。

艾登一開始一定不會喜歡，但是——如果我出對牌——他會改變立場。

「我們應該要做得更多。」

法官抬頭看我，好像現在才發現我在場。

「為那一家人。」我告訴他。「他們經歷了那麼多。我無法想像他女兒有什麼感覺。」

他瞪著我肩膀上方的某個點，開始思考。拜恩法官，在職三十年。每隔四年，他的名字就會出現在選票上。每隔四年，小鎮居民便掌握著他的未來。對他而言，重要的不只是大家喜愛他而已，而是要大家知道他也回以喜愛。

「妳說得對。」他說：「對極了。」

好。這下子沒有回頭路了。我們要這麼做。我要這麼做。

「如果我是她，」我告訴法官：「我會想要一個小派對。聖誕節假期，大家都會想念朋友，對吧？」他點個頭。「當然啦，我永遠不會承認。青少年啊……」法官和我同時翻白眼，彷彿我們都知道，彷彿他和我一樣記得當個十三歲的女孩是什麼感覺。

艾瑞克端來一盤蘑菇燉飯，放在法官面前。我掛餐廳賬，為他倒了杯愛爾蘭咖啡，然後繼續聊天。

我提議，最簡單的，就是直接在他家辦。

法官不確定。「我們這樣不是強迫他接受嗎？」

「那是你的房子，法官。」

「我知道，我知道。」他說。「但艾登是房客。我不確定我是不是想當那種房東。」

我靠向吧檯對側。和我站在同一陣線，法官。「我們可以辦在戶外，那院子很棒。」法官歪著頭。「我們可以用餐廳戶外露台的立式暖爐。」我告訴他。「掛上聖誕燈。我會做熱香料酒。我們負責處理所有的事。會很漂亮的。」

他想了又想。

「你有沒有看到那房子？」我問他。「本來可以很漂亮，但現在卻很哀傷，是街上唯一沒有任何布置的一間。聽我說，我不是在怪任何人。他們在人生最低谷的時候搬來這裡。但我覺得他們需要一點協助，讓他們把那房子當成自己的家。他們需要在那裡製造美好的回憶。」

這次，法官露出笑容。他加入了。「好吧。」他說：「這點子不錯。我會和艾登談談，讓他知道他什麼事都不必忙。」

「太棒了。」接著，我一笑。「但他一時可能不容易接受。你也知道他變了個人。沒辦法好好待著，老是忙著幫助別人。」

法官輕聲笑，像在說難道我還不知道。我幫他添滿愛爾蘭咖啡，他為我們的朋友舉杯。

「應該要快點辦。」我邊說，邊把愛爾蘭威士忌的瓶蓋蓋回去。「應該要在聖誕節之前。」

法官點點頭。

他離開後，我把雙手放在吧檯上，細想剛剛發生的事。有點暈眩，稍稍喘不過氣。

艾登。

他的房子，他家。

我們會一起在他家裡。而我會去找他。我會直搗他的心。

66

家裡的女人

妳一直知道他是哪種人。妳知道他做了什麼事，什麼時候動的手。但妳從未看過她們的臉。妳從未喚醒那些女人的鬼魂，或將她們的遺物握在手中。

夜裡，她們來看妳。妳放任我們死去，她們——繼妳之後的受害者——說，妳早該阻止他的。妳在做什麼？妳為什麼不逃？為什麼不將他的作為公諸於世？

結果，現在成了我們的錯，那些女人說：妳一定覺得自己很聰明，而我們呢——我們是死去的笨蛋？

妳試圖解釋。我沒那個意思，我絕不可能說那種話。難道妳們不知道我是站在妳們這邊的嗎？

女人們停了好一會兒沒回應。然而，即使她們離去，妳仍然無法入睡。

這是妳。但瑟西麗雅呢？她的理由是什麼？為何如此垂頭喪氣？

晚餐時，她等妳吃完盤裡的食物，才轉頭問她父親。

「我們真的沒辦法擺脫這件事嗎？」她問道。

他嘆氣，彷彿他們已經不是第一次討論這件事。

「這是好事，瑟西麗雅。有時候，大家會努力為別人做好事，而讓他們去做，是一種禮貌。」

「可是現在是聖誕節假期。」她堅持。「他們就不能在聖誕節放過我們嗎？」

他皺起眉頭。「聽好了。」他說。竟然有這樣的父親。「我工作了一整天，累了。我不想再說一次。大家喜歡妳，喜歡我。他們認為我們是好人，決定幫我們辦個派對。我同樣不期待。但人生就是這樣運作。」

瑟西麗雅別開頭。他知道，她也清楚，你們都知道他已經贏了，然而他依然繼續。「還記得我們當初怎麼租到這房子的嗎？」他問她。「是法官。是他私底下幫忙，因為他喜歡我們。如果大家喜歡妳，人生會好過些。」

「只是……」她嘟嘟囔囔。「他們一定得在這裡辦嗎？在院子裡？」

他聳聳肩。「他們想那麼做，我們就配合。」

院子？

妳努力想釐清整件事。

這個男人，在這個鎮上？讓大家離他如此之近，進入他最暗黑祕密的軌道？

他有所計畫。

否則，他早就想辦法避開了。這是個為他想要的理由，做他想做的男人。

他有所打算。

在小屋外想存活的第十條規則：妳可以從他身上學習。妳也可以計畫。

又一個無眠夜。妳強迫自己躺著，把背固定在床墊上。一股電流竄過妳的雙腿，不寧的感覺在妳胸口騷動。稍早，妳趁他不在時運動過。妳的小腿，雙臂累了。讓妳醒著的，不是妳的身體。是妳的心智，像故障的羅盤般無謂地轉動。

派對。馬上會有一場派對。人，許多人。*就在這裡，在院子裡。*

他會很忙，忙著掌握派對事宜。專心確認所有人都在該在的地方。專心讓他的無論什麼計畫能按他想要的方式展開。

到時候，會有很多雙眼睛。到處都是。

妳的大腦運轉著，超載運轉。像小時候，妳哥哥和妳七手八腳蓋他的樂高玩具一樣。把兩塊疊在一起再分開。疊了又疊，看著成品倒塌再開始蓋新的。

她戴著妳的項鍊。

愛蜜麗。她的名字從妳內心湧現，傳到妳的耳邊嗡嗡作響。

是她。一定是她。那場派對的目標，他讓大家進來的原因。他一直在她身邊打轉，把她當作待搶的銀行。

紙箱裡那些女人開始喧嚷。*妳知道該怎麼做，她們說，妳也準備讓她死嗎？*妳想告訴她們，請停停，一下子就好，讓我思考，但妳不能，妳不能，因為妳的指頭發燙妳的喉嚨發燙，外面有個曾經來到起居室而且妳見過的女人，妳見過她，她看來人很好，就算她不是，她仍然該活下來。她仍然該活得盡可能地久。

妳翻身側躺，拿枕頭蓋柱頭。妳用沒被銬住的手用力壓，直到妳幾乎無法呼吸，直到妳耳中只聽到血管跳動，直到妳氣管深處的氧氣微弱又急促。妳張開嘴，牙齒抵著床單，將沉默的吶喊埋進床墊裡。

67

第八號受害者

他的妻子快死了。這是第二次。

我也是。

醫生告訴我的時候，我只想到一個地方。

在哈德遜河邊，與世隔絕，被一排樹遮住的那個小河灣。任何人都該知道那個地方。如果知道，就掌握了進入天國的鑰匙。

小河灣立著禁止游泳的標示，但沒人遵守。到了這裡就該跳入水中。這裡，有沙灘、獨木舟，和裝滿啤酒的小冰箱。

我想在小河灣度過我僅存的時光，除了泳衣和草帽外，什麼都不穿。

一天傍晚，他找到我。

我的注意力放在其他事情上。我快死了，我試圖接受這個事實。

我沒想到，會有個像他那樣的男人接手處理這回事。

我知道。我知道。我會比大多數人早死。

然而，他從我這裡奪去的仍然很重要。

我一輩子奔波，努力取悅他人，這是我的最後機會。

這應該要是我自己的時間。

68

家裡的女人

妳不能解釋。妳什麼都不能告訴她。

妳必須相信她會懂。

「我真希望派對可以不要辦在這裡。」隔天下午，當家裡只有妳們兩人時，瑟西麗雅告訴妳。

我知道，妳在腦海裡告訴她，但如果妳能知道就好了。派對一定會棒透了。

妳讓她繼續說。「我有點在想，最好是連辦都不要辦。我知道大家想表示友善，可是……」

她沒把話說完。

「我懂。」妳告訴她。「我也不喜歡人群。」

她點頭。「老實說，我覺得啊，只要有機會，我就會溜回自己房間。休息一下，妳懂吧？」

輪到妳點頭。

我懂，小女孩。我記得該休息一下是什麼感覺。

妳回到地下室。別看照片——照片會吸光妳的生命，而妳沒有多餘的生命可以浪費。

妳感興趣的，是那把槍。拿起來。去感受拿在手上的重量。去習慣它，試著把彈匣裝進去。錯了，就再試。妳從來沒做過這件事，但這不必讓任何人知道。

有了手槍靠在掌心，妳心中有一股力量攀升。妳可以做許多事。在他睡著時偷襲他。瞄準，扣扳機。需要幾發子彈？一發，如果子彈擊中正確位置。兩發、三發、五發。妳完全沒概念。

那不是妳要的。鮮血灑落床單，腦漿噴向枕頭。瑟西麗雅從走廊的另一端跑來，睡眼惺忪，跌跌撞撞，嚇得失魂落魄。她永遠忘不了的場景——她父親的屍體，和妳手上仍然發熱的手槍。而妳呢？妳只會入監服刑。再次受困。

妳知道這個世界能給妳這種人的是什麼。妳最多只能期待：他，活著，穿上橘色連身囚衣。法院，他上手銬腳鐐。新聞頭條，報導他做了什麼事。這不完全正確，而且妳也不確定妳想要其中任何一項。但這是唯一選擇，妳必須接受。

這裡，在這棟房子裡，妳第一次——唯一的一次——有權為自己做決定。

妳想要的是：事後，能在這個世界生存下去的方法。不必每晚醒來，想到妳殺的那男人，為記憶所困。殺他，這件事會糾纏妳。妳不是他。妳永遠不會是他。

他一手打造他女兒的人生，讓她繞著他轉，而總有一天，他會被人從她的人生中奪走。他給她的生命建築在淺墳之上，而死者會醒來，讓她腳下的土地徹底翻覆。

晚餐時，她顯得很快樂。夠開心的。她的時間多半用在閱讀上。她教會羅莎一個新把戲。到目前為止，她在「危險邊緣！」答對了五個問題。也許今晚帶給她希望。也許今晚告訴她，總有一天，人生會再度歡樂。

在晚餐桌邊，她轉頭望向妳。她的眼神稍暗了些。羞愧，妳猜，為她輕鬆的心情感到羞愧。

沒關係，妳想告訴她，妳應該開開心心的。妳值得，理當快樂。妳只是個孩子，什麼也沒做錯。

在妳的成長階段，不該去考慮任何這種事。妳是女孩。很快地，生命會教導妳壞男孩是什麼樣子。

有一天，妳會知道妳父親也是其中一個。

她會需要一個人，把責任歸咎在對方身上。因為她會受傷，而當人受傷時，知道誰是罪魁禍首會有助益。那晚在俱樂部裡，如果妳能夠知道，也許妳會能夠留在城裡。知道一個面孔，一個名字。一個特定的人，而不是充滿惡意的世界。這麼一來，妳會痊癒，而且絕對不會遇到她父親。妳的人生還會是妳的。

她會需要一個人，把責任歸咎在對方身上，如果那個人不是他，那必定會是妳。

瑟西麗雅。對於我即將對妳做的事，我很抱歉。

對於即將對妳生命做的改變，我很抱歉。

也許有一天妳會懂。

我希望妳會知道，我做這一切全是為了妳。

那天晚上，妳打算做妳一向會做的事。妳打算等他結束。妳打算當瑞秋。打算做那些讓妳活下來的事。

妳努力了。但他在黑暗中發現妳，而妳心裡想著地下室那些女人。妳想著他女兒。妳想到自己，以及那些和妳一樣的女人。

妳從未容許自己有這種感受。妳知道這很危險。這不是那種可以化為涓滴的憤怒，只會聚成海嘯。

他把妳銬在床架上，但沒有銬住。金屬手環夾傷妳的皮膚。妳抽回手腕——這是本能，任何人受傷都會有這種反應。他扣住妳的手臂，固定住。這也一樣，是本能。把妳的身體，所有能活動的部分，固定在他想要的位置。

如果妳聰明，就該任由他去。反正他會銬住妳，所以有什麼關係？但今晚，這偏偏很重要。今晚，妳跪起來又扯了一下。妳的手腕滑脫他的掌握。他的手立刻來到妳身上，抓住妳的手肘，妳的肩膀，妳任何能讓他當作支點的部位。妳抵抗他。從他的手中滑脫，站起來拍開他的手掌。妳的動作讓自己驚訝——那麼迅速，確實。肌肉記憶。妳的祕密練習，把妳的身體從長久的冬眠狀態帶出來。

他想用雙手抓住妳，妳忘了要害怕。妳只是憤怒。

這是一場無聲的扭打，不顧後果，情急又絕望。妳一手碰到他的胸口。妳推他——只是輕推，而他幾乎沒動，推的是這個男人毫不動搖的力量。這一推幾乎起不了作用，卻有重要意義，對妳而言，這意味著一切。

他重拾控制權——當然他會。他是他，妳是妳。他抓住妳的手臂往後扭，以同樣方式對待妳另一手，用他的重量壓制妳，最後，妳像掉落地上的乾枯樹葉一樣蜷成一團。他重重地呼吸，貼在妳背上的心跳又重又快又慌亂，妳剛才成功脫離他的掌握，就幾秒鐘而已，但這嚇壞了他。

妳嚇到這個男人。妳讓他脈搏加速。

「媽的，搞什麼。」他低聲吼，咬著牙憤怒喘氣。「妳以為妳在幹什麼？」

他將妳的雙臂扭得更緊。妳放棄。現在妳可以。妳必須要。

「對不起。」妳告訴他。沒有一個字真心。這是通關密語，是通向另一天的管道。

妳自己的呼吸穩定下來。妳這下明白自己做了什麼，飛得離太陽多麼近，愚蠢地沒思考自己的翅膀，以及黏住羽毛的蠟有可能融化。「對不起。」妳又說一次，接著是一小部分實情：「我不知道我在想什麼。」

他重新拿起手銬，將妳銬在床架上。

好強壯，妳這具身軀。妳不知道自己哪來的力量，敢那麼推他，敢還手。

他的手指來到妳的後腦，一把抓住妳的頭髮拉扯。妳的頭猛然後仰。他把他的臉湊過來。

「妳他媽的還真有點膽量，知道嗎？」

別想點頭。別試圖解釋。讓他說話就好。

「妳迷路了。妳他媽的孤單一個人。我發現了妳。」他用力拉。「我是妳活下來的唯一原因。沒有我，妳知道妳會怎麼樣嗎？」

什麼都不是。妳在心裡默唸，所以當他說話時，他的話觸碰不到妳。妳會死。

「什麼都不是。妳會死。」

別聽這些話。別讓他侵入妳的腦中。

他一推，鬆開妳的頭髮。

「對不起。」妳又說。如果他有需要，妳可以說上五百次。說聲對不起不需要妳付出任何代價。

「閉嘴。妳辦得到嗎？妳能不能他媽的閉上一秒鐘嘴巴？」

妳靠在床架邊。他對妳搖頭。

除了妳，他有其他計畫。妳看過那些照片。他地下室裡，愛蜜麗的拍立得照片，他紙箱裡和工作台上的各種工具。

推他，是個錯誤。那樣嚇到他，是個錯誤。妳不後悔，不全然後悔。但妳一定得小心。

妳就在危險邊緣。

69

家裡的女人

他向妳解釋。

「馬上會有一場派對。」他說得似乎他和瑟西麗雅沒在妳面前討論過。彷彿只有他想要妳聽的時候，妳才聽得到對話。

妳點頭。

「會有很多人過來，在這裡。在前院。他們不會進家裡來。妳聽到我說話嗎？」

妳說妳聽到了。

「妳好好待在這裡。」他說。他指的是臥室。

這沒什麼好驚訝的，妳想說，但妳只是再次點頭。

「我們一切如常。」

「懂。」妳說。

他摸著手銬。

「告訴我妳叫什麼名字。」

妳想，又來了？但妳的理智知道該怎麼做。當幾個字能讓妳活下來時，它們就有特殊力量。

妳是瑞秋，他找到了妳。

「我叫做瑞秋。」妳告訴他，胸口的重擔消失。像是妳一直在說謊，現在才剛回到事實。

妳只知道他教妳的事。妳擁有的一切都是他給的。

他不需要問妳接下來會怎麼說。

「我最近剛搬到這裡。我需要住處，而你願意分我一個房間。」

他點頭。他抓住妳的肩膀，指頭摳住妳的皮膚，推擠下方的肌肉。把自己嵌入妳的身體。

「妳不會叫喊。」他告訴妳：「妳不會說也不會做任何事。如果妳敢，我會帶妳進樹林。這會永遠結束妳的生命。」

「我懂。」妳說。

「很好。」接著，為了確認他的指示夠清楚：「妳會很安靜，不會發出聲音。」

妳再一次點頭。

妳沒說謊。他是對的。

妳不會違反指令。

70

第九號受害者

他竟然有臉露出怕我的樣子。

他。怕我。

我不知道他原本期待什麼。

也許他以為我老些。或年輕些。

誰知道呢？

反正不是我。

我讓他花了一番功夫。我反抗他。我本來也不知道我有那種反應。我的本能在我有需要時找上我。他撲向我時，我的手肘正好可以趁隙撞他的鼻子。

於是我大膽一試。

在我手肘撞到他之前，他身子一低。但這件小事影響到他。他目標對象的生命火花。

他慌了。

我猜，相較於氣我，他氣自己的成分更高。我有個女兒，他告訴我，我有——有個人，一名房客。我有人生。

他說他有人生。我沒說，我也有。

他早就知道。

接著，他動手了。我拚命抵抗，到最後，他終於還是下手。

彷彿他早已決定我是邪惡力量，而他必須讓我死。

我記得的最後一件事，是他瞪著我的臉，好像我的臉是深淵。

緊緊依附著我的身體，好像那是一切的終點。

71

愛蜜麗

那房子看起來很漂亮，呼，終於。今天，蘇菲和我提早到，在院子他的花草和唯一的樹上掛上燈串。我們打開從餐廳帶來的立式暖氣，鐵架裡燃著高高的火焰。昨天晚上下過雪，雖然還不及一吋，但路上仍然有殘雪。

我看著這一切，心情好了些。

他在門口。指引大家可以到哪裡停車，請他們去喝蘇菲和我帶過來的熱紅酒。氣氛很歡樂，每個人都裹著厚重的衣服。這也包括他，他外套拉鍊拉到耳邊，戴著永遠同一頂灰色遮耳帽。

我不能看他看得太久。

我一直在想要不要戴上他的圍巾。我不想太過明顯。但話說回來，圍巾是他給我的。而且那是條好圍巾。那種真正保暖的圍巾。我在想，如果我戴上，大家會看到。他們可能認得出他的圍巾繞在我的脖子上，然後開始聯想。

再說，他說他會找時間拿回去。也許那個時間就是今天。如果我戴上圍巾，他說不定會和我說話。

我決定戴上圍巾去。

我現在就戴著，搭配我的白色羽絨大衣和上好雪靴，套上禦寒耳罩，省得戴帽子弄亂頭髮。我還上了點妝——夠漂亮又不顯得刻意。

蘇菲和我到的時候，他擁抱我歡迎。「妳能來真好。」他說。我想相信他的雙手在我雙臂上停留得比必要的更久，但我不知道。

大家都到了，從法官到岡薩雷斯先生全都在場。連艾瑞克和尤安達都趕來了。（「在鰥夫家開派對？」艾瑞克在群組訊息裡表示：「打死我也不會錯過。」）

他女兒在場。裹著她的紫色羽絨夾克，下半張臉包在白色圍巾下。她遺傳到她母親的紅色長髮，還有她母親的雀斑。有時候，要在女孩身上看出他的基因還真不容易。換個狀況——如果他不是這樣的男人，如果他和他妻子組成另一種型態的夫妻——大家可能會懷疑她是否是他親生的。

她站在角落，我在鎮上看過的一些孩子也在旁邊。她並沒有真正融入。她很害羞，我想像中，他在她這個年紀也一樣。就像到現在，他偶爾還是會害羞一樣。

如果仔細觀察他就會注意到。他會小小休息一下，整理自己的心情。他會結束交談，退到角落按摩太陽穴，準備好之後再加入群眾。

我們不會進他的家門，這是在群組電郵裡提到的唯一條件。「艾登懇請我們將派對的範圍限制在前院。」法官這麼寫：「我希望我們都能遵守。假期間，大家都很忙，我們不希望給任何人製造不必要的麻煩。」

所以，我們一直待在室外。唯一的例外是他。

他覺得他很低調，但我還是注意到。

除了按摩太陽穴的小休息，他已經兩次溜進屋裡，每次出來都會鎖上門。如果他做了什麼事，也許我還不會注意到，比方拿一疊紙杯或一疊餐巾出來，或是拿件毛衣借給客人之類。

但是我透過窗戶，透過玻璃和百葉窗之間的縫隙看到，他進去之後光是站著，在樓梯下方靜靜站著，朝樓上歪著頭，像在聆聽。

聽什麼？

我想著他的房子，和裡面住的人。想到不是他表親的表親。想到這個目前仍然不見蹤影的女人。

我一直等，終於看到法官拉著他，去和法官在夏天證婚的一對夫婦聊天。沒有人在看。

我走向房子。他還沒執行換地方藏備用鑰匙的計畫。還沒有。

好像他不怕我似的。好像他不擔心我可能會拿對他家這個瞭解做什麼事。

我開門走進去。

72

家裡的女人

每一步都是即興。每一步都是問號，因為犯下嚴重錯誤的可能性而顯得沉重。

派對就在今晚。他提早進來，將妳銬在暖氣上，把鑰匙放進口袋，好比舞會當晚，灰故娘的繼母。

「記得我們說過的事。」他說。

「是，」妳告訴他：「知道了。」

他想了一下。「外頭會有音樂。大家會社交。聊天，吃東西之類的。他們會很忙。」

我知道，妳想說，你不必說，我也知道不會有人上來救我。

妳等待著，等車子開到屋前的聲音，等人聲和問候。等音樂。等客人張著充滿期待的眼睛，裝模作樣地，準備以熱情澆灌他和他女兒。

首先，是安全別針。下午，妳趁他外出，從五斗櫃抽屜裡拿出別針，藏在妳運動胸罩的胸墊裡。多年來，加了襯墊的胸罩總會惹妳翻白眼，結果妳看看現在。

妳總是想，時機到的時候，妳一定會知道。

今晚，有些事情妳能夠確定。他做了什麼，對象是誰。以及，他把備用手槍放在哪裡。

妳知道，但他不知道他女兒找過妳說心事，給妳棉墊，給妳一支別針。

他不知道：現在妳知道，世界不只是一個妳會出事的地方。現在妳知道，妳也可以在世上生事。

妳沒聽到他進屋裡，但妳必須假設他有可能進來。妳必須謹慎地，有自信地進行。

手銬上有兩個鎖。妳只需要打開一個就好。離妳最近的鎖。將手銬銬在妳手腕上的那個鎖。

將別針插進鎖孔。

召喚出妳需要的靈魂。麥特。YouTube上的男人。關於鎖，他們教妳的一切。開樓梯下那扇門時妳所記得的一切。

這是另一種鎖。但這些機制有個共同點：連扣的金屬片將人們困在某些地方。這些妳全知道。

妳把銬住的手靠向牆壁，取得更好的角度。

專心。

真相是，無論是幾乎稱得上妳男友的麥特或YouTube上的男人，都沒有好好解釋鎖頭如何運作。在他們的示範中，他們總會在某個時間點臣服於鎖頭的神祕之處。魔力思考起作用。用理性思考的方式讓工具就位，然後，讓妳的心接管。

妳必須像有些人影響別人一樣，去影響這個鎖。去瞭解，去一點一點打開。

手銬裡的某個機制就要屈服。妳的心跳加速。妳用力呼吸。繼續努力。

妳手腕上的手銬滑開。

妳在手銬敲到暖氣前先接住它。

妳會很安靜，不會發出聲音。

這是妳離開房間的時刻。這時候，妳應該著手做日後人們會說她好勇敢的那些事。

妳用一根指頭撥開百葉窗，偷看窗外。偷看下面的人。踩著他的草坪，侵入他的領域。他在正中央。他雖然背對妳，但妳可以看到他的雙手不停動作，身體隨著說話速度前傾。作戲的男人。瑟西麗雅。妳無法看她。她是角落上一抹模糊的紫色。是黑灰大海中的粉嫩彩點。是一隻馬上要掉落巢外的鳥。

這個時候，在臥室裡的妳要握住門把轉動。

這個時候，妳要相信。相信他的客人不會注意。相信妳會去妳必須去的地方，準時，不受干擾。

妳走出房間，關上門。

這很簡單。妳做過不下十來次。順著走廊往前走。沒人在家。妳知道沒人在。然後是樓梯：一級，另一級，再一級。妳彎腰駝背，好像這麼做可以讓自己隱形。

動作快。這是最重要的一環。如果妳夠快，沒有人會看見妳。不完全對。妳要當個鬼魂。*我以為我看到了，大家會說，但沒有，什麼都不是。*

妳知道該怎麼做。五年來，妳一直是鬼魂。

妳走到起居室。妳頭昏眼花。沒時間穩住自己了。沒時間想妳在做什麼。一定要是現在，全發生在現在。

再一層樓。用安全別針。開門。這是最後一次了。如果一切按計畫進行，就算沒有也不管。最後一次進地下室。最後一次待在這棟屋子裡。

只拿妳需要的就好。

首先，拿槍。塞進妳褲腰前面，放在牛仔布料和皮膚之間。彈匣。妳知道怎麼做。插上去。不。

妳的手停下來。

因為瑟西麗雅是深色大海的紫色小點，而她不該面對即將發生在她身上的事。

因為妳不會在一個女孩面前舉起上膛的槍。

妳必須活著走出這件事。無論是內心還是外在。妳必須以原來的皮囊出現，讓世界看到妳的臉。

拿著槍吧。別拿彈匣。拿那些拍立得照片。放在妳褲子後口袋扁扁一疊，用灰色帽T蓋住，藏起來，像那把槍一樣。這樣比較保險，以防萬一。

這是你向他告別的時候。

再會。活下來。我需要你活著。

妳把箱子放回去，回到樓梯上，推開門，然後——

該死。

有人進來了。

關上門。打開，拉開一條縫就好。夠偷看就行。

是她。

該死的，愛蜜麗。真他媽的該死。

她在窺探。她當然是。

藏在妳褲腰下的槍很重。妳可以感覺到槍往下滑，金屬壓進妳的皮膚。

如果她只是窺探，那麼她一定會馬上離開。偷窺的人不可能逗留。

她用指頭輕觸沙發靠背。拿起咖啡桌上一本平裝書又放回去。她秀髮亮麗，臉頰紅潤，妳猜，穿著白色羽絨大衣的愛蜜麗又覺得熱了。

最後，她朝洗手間走過去。

就在她要消失時，前門打開了。該死。該死。該死。

妳的心思跳回地下室的紙箱，回到妳留下沒拿的彈匣。妳想到妳沒上膛的槍。現在回去拿子彈會不會太遲？

妳的頸動脈快速跳動，雙手潮濕，而且滑。手滑沒辦法做這件事。也許妳根本就做不了。

一陣冷風。妳呼出屏住的氣。

是瑟西麗雅。

「啊！」瑟西麗雅說：「嗨。」

愛蜜麗回她一聲嗨。「我只是想用洗手間。」她的語氣充滿歉意。

瑟西麗雅點個頭。「沒事。我……」她猶豫著。「我只是需要休息一下。」

這對妳來說是個好消息。妳沒想到她這麼快就會溜出派對。妳本來打算拿著槍，回妳臥室等。但現在。現在她在這裡。妳可以繼續進行妳的計畫。

妳聽到瑟西麗雅上樓的腳步聲，之後，一片安靜。妳又聽了一會兒，妳，門縫後沒人發現的身影，鬧鬼房屋裡的鬼魂。

屋裡，安靜無聲。屋外，人聲模糊的回音，流行歌曲的旋律。

該出來了。

妳關上門，但沒鎖上。這是信心的舉動，要在他的世界裡播下混亂的種子。同時，這也是懲罰：妳不需要依照他原來的方式留下他的東西。無論這件事怎麼結束，妳都不會再回來。

一、二、三步，接著，一股力量——強烈的後悔，將妳拉進地下室的無形的鬆緊帶——讓妳希望妳未曾從門後走出來。

妳犯了錯。妳計算錯誤，聽錯誤判。妳搞砸了。她還在，在起居室裡。無權進來，活蹦亂跳，漂亮，目光落在妳身上，雙眼瞪得更大。

「喔，嗨。」她說。

妳回了一聲「嗨」，因為，妳還能說什麼？

「我在找洗手間。」她告訴妳。

妳指指她身後的門。

「就在那裡。」

她回頭看，咂嘴說：「對哦。謝謝妳。」

她轉過身，和妳一樣踏出一、二、三步，然後停下腳步，回頭走過來。

「是這樣的，」她說：「我不該在這裡，理論上，沒有人可以進來。我只是——」她想了想。可能想決定一個最好的謊言告訴妳。「我喝太多飲料。」她咬著粉嫩的嘴唇，對自己翻白眼。「我只是憋不住。」

妳盯著她看，妳們兩人同時既是受驚的鹿又是車頭燈。

她等著妳回應。

「可以理解。」妳告訴她。

「對。」她說：「所以要拜託妳，可不可以不要告訴他妳在這裡看到我？這沒什麼大不了，真的，我覺得不是什麼大事，但是我不想要他……我寧可他不知道。」

妳眨眨眼。

「我不會說。」妳回答。妳有個想法，一個協議。「其實我也不該在這裡的。這——這很複雜。」

妳是他的表妹，妳記得，在她的想法裡，妳是表妹。他孤僻的表妹，為了大家不明白的原因，決定不參加院子裡的派對。妳很忙，妳害羞。是那種寧可不與人往來的人。

「我們家很複雜。」妳告訴她。

她微笑。「誰家不是呢？」

妳點頭表示同意。

她美麗的臉上出現皺眉的陰影。「是說，一切都還好吧？」

妳嚥嚥口水。「都很好。沒事。只是，妳懂的，家務事。」

她點頭。

「我可能該放妳去用洗手間了。」妳說。

「嗯。」

她停留了一下，才轉頭面對她身後的門。

兩個彼此保密的女人。兩個女人，默默同意不給對方添亂。

也許她也會懂。也許她也會知道妳這麼做是為了她。

但現在來到計畫中，可能會永遠毀掉妳的部分。

這個部分，妳只能從身體之外體驗。在這個階段，妳要切斷妳所有能感受痛苦、哀傷或任何事的感官。

這是妳從他身上學到的部分。一名軍人。一個按計畫行事的人。

門邊的老地方掛著一把鑰匙。拿起鑰匙。

爬樓梯上樓。

敲瑟西麗雅的房門。

她沒出聲請妳進去，而是幫妳拉開門。她歡迎妳進去。那隻狗在房間角落裡的條板箱裡睡覺。遠離客人和吵雜的人聲。

這個時候，妳要卸下一部分自己，讓它永遠停留在房子的四牆之內。也許幾年後，大家會聽到它的聲音。它會在夜裡現身，請求原諒，乞求被愛。

「我不知道妳在家。」她說：「我爸說妳今晚不在。」

妳走進房間，關上門。

這個時候，妳必須開始假裝。整件事看起來必須幾可亂真，否則計畫行不通。看起來必須像真的，否則妳會死。

「別叫。」妳說。

她看妳一眼，接著發現妳手上的槍。她縮起身體，往後退了一步。再次看著妳時，她顯得恐懼又困惑。

也許她並非完全不知道。也許她能感覺到，暴力因子像是在管道中流動的熱氣，蜿蜒通過這房子的地基。

也許她並非完全沒有預期，但她從未想過暴力會來自妳。

「如果妳叫，我不會高興的。」妳說。這些話，他的話，就像妳嘴裡的灰塵。妳必須努力用舌頭將這些話甩出來，妳全身都在抗拒。

「到底怎麼了？」她抽噎地問。

我不能說，妳心想。妳感覺到自己開始讓步，妳的胃變得柔軟，所有的話都塞在妳的喉嚨。

妳想把一切告訴她。妳想要她理解。妳想要她知道妳絕對不會——

不。

「我們要出去兜風。」妳告訴她。不是問題，不是要求。這是個懂得展望未來的人。

她點頭。有這麼簡單嗎？拿槍指著人，然後他們就會對妳有求必應？

「妳不能發出聲音。」妳說：「妳不會跑，不能叫喊。」

接著，妳必須說出一句真話。「聽我的話，妳就不會有事。」

她再次點頭。

妳沒告訴她的是：隨時有人看到她，是唯一能確保她安全的辦法。

之後，當她想起今晚，妳希望她這麼看待：一場騷亂。妳做壞事，而她父親和她漸行漸遠。她會認為自己是這場不公平事件的受害人。她這麼想並沒有錯。但總有一天，她會知道全盤故事。有一天，她會發現。但不是現在。

妳用沒拿槍的手指向房門。

「我們走了。」妳說。

她的雙眼飄向那隻狗。妳準備再說一次：我說，我們走了。但她考慮後改變想法，下定決心。

妳沒告訴她的是：我希望小狗也能跟來。我希望牠會找到回妳身邊的路。

她走下樓梯，妳甚至不必催促她。不必推也不必拉，不必拿槍抵在她身邊。她十三歲，妳是持槍輕鬆控制她的成人，這件事讓妳崩潰，隨著妳們的腳步，一步一步摧毀妳。

「等一下。」妳說。

妳們停在樓梯中途，瞥向起居室。

裡頭沒人。

「走。」妳說。

妳們走到後門口。

「接下來要這樣做。」妳告訴她。妳縮起雙肩低語，像要讓自己消失。「我們要走到車邊去。妳跟在我後面。別想做什麼事，好嗎？」

妳的聲音帶著懇求。做這種事完全不是妳的本性。

「我信任妳。」妳說。

她嗚噎出聲，淚珠沿著臉頰滾下來。沒事的，妳想告訴她，老實說，妳能撐這麼久，我已經夠驚訝的了。

然而妳卻開口要她堅強。「妳必須勇敢。懂嗎？」

她用手背抹去眼淚，點點頭。

妳把槍抓得更緊。妳很快地看了窗外一眼。什麼都沒有。大家都在前院，對屋裡這場大逃亡一無所知。

就這樣保持下去。

發展到這裡，妳必須孤注一擲。

發展到這裡，什麼都還不能確定。

發展到這裡，行星連成一線，妳就能重獲自由。

73

愛蜜麗

我環視洗手間——超市品牌的香皂，剛洗過的毛巾。水槽下的櫃子裡有幾瓶漂白水。一如我對我廚房的要求，他喜歡他家乾乾淨淨的。

我退出去。

她離開了。我又是一個人在這裡。

樓梯下那扇門，她剛才從那裡走出來。

她在做什麼？

我拉開門，看見一道水泥樓梯。

樓梯下方有個開關，我打開電燈。

這裡是地下室。乾淨但很醜，裡頭有折疊家具和一把手電筒。

下面的味道很好，像他的圍巾，也像他的頸窩。聞起來就像他。

我看到一個工作台，他的行李袋塞在台面下。我還看到紙箱。好幾堆紙箱，疊在這個空間的最後面。我想，大概是搬家後還沒整理的東西。

我用指尖摩娑他匆忙寫下的潦草大字。**廚房雜項**、**書**，以及，宛如咒語的**卡洛琳**，**卡洛琳**，**卡洛琳**。

他太太。本來該和他白頭偕老的女人。那個以誓言換來另一句誓言的女人。那個為他孕育小孩，帶給他我想像是他人生中最快樂時光的女人。那個——

我背後有個聲音。摩擦聲——鞋底摩擦水泥地的聲音。

該死。

我沒聽到他開門也沒聽到他下樓梯。但他就在這裡，離我只有幾吋遠，他美麗的眼光如此銳利，讓我想叫他看向他處，叫他不要打擾我。但是我不能，因為我是那個不請自入的人。我無視他的要求。我進到我不該進的地方，而且我失去了所有談判能力。

「妳怎麼會下到這裡來？」他問道。

他很鎮定，臉上有隱約的笑容。他是好奇，我告訴自己，好奇我究竟在這裡做什麼。

「我在找洗手間。」我說謊。

「然後妳覺得在地下室能找到？」

兩人間一陣沉默。接著，我聽到最美的聲音。他笑了，我也跟著笑，笑我自己，笑我這麼明顯的謊話，笑這讓我從頭頂暖到腳趾的美妙解脫感。

「被你逮到了。」我說。

他歪頭看著我，像是從來沒見過我那樣審視我，彷彿把我當成博物館裡的雕像，而他想記住我所有線條和弧度。好像他想找出我哪些部分會發光，哪些又是純然的陰影，而且永遠不要忘記。

在他的目光下，我侷促不安地變換站姿。「對不起。」我告訴他。我恢復嚴肅的態度。

他張開嘴巴，大概是想告訴我沒關係，說他不想在屋裡辦整場派對，但如果只有一個人就沒問題，如果是我就沒問題，可是——

他的目光前後跳動。從我身上跳到我右後方的某個東西，接著又回到我身上，再跳過去。我循著他的視線，沿著我大衣的袖子看過去，看到……

那堆箱子？

那是反射作用。是孩提時代留下來的本能反應，只要坐我隔壁的同學遮住考卷不讓我看，我就會更想看。

我的大腦還沒下令，身體先有了動作。我的姿勢幾乎察覺不到地改變——我的背些微扭動，上身旋轉，朝我們背後紙箱的方向探出頭。

一隻手扣住我的手臂。他緊緊抓住我。不是像上次那種細膩感性和迫切熱情，而是介於力量和慌亂的牢固掌握。這是控制。

我用雙眼拉出一條看不見的線，從他扣在我大衣袖子上的手——布滿青筋，指節發白——一直到他的臉。那晚我在餐廳裡抱在懷裡的英俊臉龐。事後，我輕啄過的雙唇，害羞地快速親吻過的鼻梁。

他臉上有種我沒看過的神情。堅決，空洞。我們腳下出現一道深淵。我突然意識到我不認識他。不真的認識。我們從來不曾徹夜交談。他從來沒對我提過他的童年，他的爸媽，他有什麼希望和夢想，以及，如今這些希望和夢想有怎麼樣的結果。

他是會在地下室裡藏東西的男人。

至於藏什麼，可能性的範圍無限大，從最無害的一直到最讓人尷尬的東西。

沒關係的，我想告訴他，我們都有祕密。真相是，我恨我爸媽——不，等等，那麼說甚至不對。真相是——真相是從來沒有人無條件地愛過我。從來沒有人注意過我，直到你出現。而我一直以為我獨自躲在角落好得很，但事實上不是。我真的不好。

事實上，我很久沒好過了。

事實上，我想佔個空間。我想成為某人生命的中心。想受人寵愛，接受讚美。事實上，我想要個人聽著我的笑話大笑——尤其是那些蠢笑話，想要有個人看到我而不會落荒而逃。

事實上，我想告訴他，事實上，我願意跟你到天涯海角。

他眨眨眼，鬆開他的手。他慢慢放手，好像到現在才發現他剛才抓住我。

他清清喉嚨。「對不起。我——」他發出個含糊的聲音，然後又說一次，彷彿在背誦滾瓜爛熟的祈禱文。「對不起。」

「沒事的。」我告訴他。

我伸出的手笨拙地停留在半空中，因為我沒辦法決定自己該怎麼做——是要擁抱他，輕拍他，還是和他握手。

「過來。」他說：「我讓妳看個東西。」

他指著工作台。指向地下室，那顆光禿禿燈泡光線難及的陰暗角落。

我願意跟你到天涯海角。

「是我最近在做的東西。」他告訴我。他招手要我到他身邊去。

這時候，我聽到砰的一聲，其實更像從樓上傳來的巨響，接著是猶如雷聲的轟隆隆引擎聲。聲音離我們很近。如果硬要我猜，我會說，聲音就來自屋外。來自只有他貨卡停放的位置。其他人的車子都停在路邊。

他的手，他全身都轉向聲音出處。一團模糊的身影——我眼看他衝出去，消失在水泥樓梯上方。

在那短短的一瞬間，我又是獨自一人。在地下室裡，在他家深處。雙手發抖，豎起耳朵聽。

外頭有引擎聲。但他的聲音更大。

最後，我的身體終於想起來。

我拔腿就跑，追著他跑。

74

車裡的女人

妳們沒發出聲響。除了瑟西麗雅的輕聲啜泣，除了妳們踩在草地上的腳步聲——妳光腳，她穿球鞋。這些聲音不足以洩漏妳們的行蹤。外頭有場派對。大家都很忙，因為燈串而眼花，因為聞起來像是熱紅酒的飲料而微醺。

妳到處都看不到他。理想狀況，妳會希望能瞄到他，遠遠瞥見他。但現在這樣也行。

妳拉開他那輛貨卡的副駕座車門。

「上去。」妳告訴他女兒。

妳知道接下來該怎麼做。

她在槍口下坐上車時看了妳一眼。受傷。那是一個女孩表示她絕不會原諒妳的目光。她不知道槍裡沒子彈。不知道這麼做對妳的傷害不亞於對她。

妳盡可能無聲地關上她那側車門。某處，甚至在他意識到之前，他的耳朵已經豎了起來。宇宙出現了騷動。出了他計畫外的狀況。

他現在還不知道，但要不了多久，他就會追過來。

妳繞到駕駛座。這時候最危險。這是妳無法解釋的狀況，妳握著一把不屬於妳的槍，車上困著一個同樣不屬於妳的女孩。

這時候，如果哪個環節出錯，妳會送命。

妳坐進車裡。妳坐在駕駛座上。

「安全帶。」

瑟西麗雅不解地看了妳一眼。

「安全帶。」妳揮揮槍，又說一次。

她扣上安全帶。妳把槍塞回褲腰下。

卡車震動地發動。

專心。

想離開這裡，唯一的方法就是讓自己存在於此時此刻，在車廂裡，雙手握著方向盤。只要想妳該想的，看妳該看的就好。把貨卡開離車道。妳覺得妳好像聽到什麼聲音——有人在遠處喊叫，困惑，騷動的開始。

專心。

踩下油門。

發生在那房子的事不再是妳的問題。

75

愛蜜麗

他慌了手腳。跑到屋外的院子裡四處看。狂暴，無法控制。「她不在這裡。」他說。他回到屋裡，沒費心關上前門，三步併兩步地爬上樓梯。樓上的房間門打開，撞到牆壁。他上氣不接下氣地下來。

「瑟西不在家裡。」

他告訴我，以及警覺地開始聚向起居室和前門口的人。這是我頭一遭看到他這個樣子。被人奪走寶貝的受傷父親。

「她把我的孩子帶走了。」他說：「在車裡。」

沒有人確實知道他在說什麼，但我們都抓到了重點。他的車被人開走，而那女孩在車裡。他的骨肉。

「我需要一輛車。」他說。

大家忙著掏口袋，但我更快。我跑向他，把喜美的鑰匙塞到他手上。

他連看都沒看我一眼就跑向我的車。

我滑進副駕座。這是我的車，我的世界。我不需要邀請。

他轉動鑰匙發動引擎，大家紛紛讓路，喜美的引擎怒吼，輪胎嘎吱作響地壓上馬路。

我們一路疾駛，離開他家。

76

移動中的女人

妳上路了。妳確實在路上。眼睛看路，雙手堅定握著方向盤。妳在開車。妳像他那天那樣開車，當他將妳從一片綠地上摘走，將妳從世界上移除的那一天。

他把妳教得很好。

副駕座的一聲啜泣傳到妳耳中。妳瞥一眼——她還在該在的位置。仍然配合著妳。

一切會好好的，妳想告訴她，這只是戲，但恐懼是真實的，為此，我會永遠遺憾。

左，左，右。車程不長，但時間從妳手中流逝。妳可能只開了十分鐘，說不定是一整年。也許妳和瑟西麗雅只是自駕旅行，在一部後末日電影中，一個女人和一個女孩在美國遊蕩，尋找更好的生活，新生活，任何生活。

妳正要經過屠夫兄弟和工廠的牛群，後視鏡裡出現閃光。本田喜美的標誌朝妳而來。妳更用力踩下油門。妳等著喜美消失在背景中，但那輛車緊追不捨。很快地，喜美會撞上妳的後保險桿。妳不能像甩開停在夏日汽水罐邊緣的蜜蜂那樣，甩掉那輛車。

一抹白色出現在後視鏡裡。是她。穿著她的羽絨大衣坐在喜美的副駕座。如果不是她開車，那一定是他。追捕妳，追蹤妳。索回理所當然屬於他的一切。

妳們從那群牛前方路過，直直往前開。左邊是民宿。右邊是圖書館。接著，房子一棟接一棟出現。是鎮中心。

即使喜美緊追在後，妳也必須抵達鎮中心。妳不能讓他逮住妳。

瑟西麗雅低聲哭泣。她能感覺到他，那麼接近，呼喊她回到她認識的世界，回到妳從她身上奪走的一切。妳放開一隻握著方向盤的手，摸索她的手。妳輕按她的手，像那日在廚房裡，妳救了她的狗那樣——妳們一起救了那隻狗，妳們兩人一起抵抗他。

「噓。」妳告訴她。妳小時候，當世界誤解妳，而妳哭倒在妳母親懷裡時，她就是用這種語氣安慰妳。「噓。」

繼續盯著路。車開得越快越好，但不能失控。妳必須像從來沒開過車那樣駕駛。

妳很努力。妳努力把事情做對。妳的右腳踩油門，雙手緊握方向盤。

但已經五年了。即使在那以前，妳本來就不是太好的駕駛。妳是城裡人。妳不知道樹名，聽不懂鳥鳴。妳在曼哈頓學會開車，從時速二十哩開始。

有個東西吸引了妳的目光，朝妳飛來，衝向妳的窗戶。

妳突然轉向。妳不想——這是妳最不想做的事——但這一刻，妳控制不了妳的手。

是一隻鳥，妳的大腦告訴妳，妳看著牠飛走。某種猛禽，長著鉤子般的爪子，鳥喙堪比開罐器。牠飛得太近，離車子太近。儘管如此，仍然毫髮無傷。

誰在乎那隻鳥？

車子開始飄移。副駕座上的瑟西麗雅放聲尖叫，揮動雙手想抓住東西，任何可以穩住她的東西都好。

妳試圖拿回掌控權，把車子開回路面，但車子不再聽命於妳。彷彿它終於想起妳不是它的合法所有人。它本來就不是為妳服務。

路面突然下降。妳，女孩，車子全往下跌。這一刻，妳只屬於物理定律，屬於將妳拉向地面，讓妳下沉的力量。

妳張開眼睛。妳是什麼時候閉上眼睛的？

妳不知道。妳知道的是，妳從來沒要它們閉上。

妳知道的是：妳，女孩，車子，全都停止移動。妳們陷在溝裡。

妳知道的是：他在後面，在追妳們。

77

愛蜜麗

他瘋了似地開車。像在追趕女兒的爸爸。

喜美先是服從，接著是反抗。他踩下油門，但車子怎麼也跟不上。我聽到怪聲音。變速箱。

他伸手抓排檔桿，想排進四檔。

卡住了。

車子減速，停了下來。他的貨卡在我們前面揚長而去。

「媽的！」

他握拳頭敲打儀表板。

「那個賤女人！」我不認得他說話的聲音。「我早該殺了她的。」

在我開口問之前，在我任何想法形成之前，在我的胃抽緊之前。我還來不及感覺反胃，來不及質疑我以為自己知道的一切，來不及聽到我的肺部像再也吸不到空氣那樣地吐氣……他已經走了。

他跳出車外開始跑。

我只能想到他在追她。

那個我看過的女人。

以及他女兒。

可能的誤解，是希望的錨。

大家都這樣說，對吧？一時衝動下，我們會說出不是真心想說的話，我們會說出讓自己後悔的話。

他跑去追她，我決定。

追他女兒。

78

即將抵達的女人

「我們得走了。」

妳脖子痛。後腦勺也在抽痛。該死。一定是車子撞進溝裡時傷到的。

妳沒時間疼痛。妳沒時間檢查妳的身體是否還如期待地運作。

「我們現在就得走。」妳告訴她。

那把槍。那把槍還在。妳伸手到帽T下。妳臉色轉為冷酷。

再過幾秒鐘，他會追上妳們。

「出來。」妳說。

她乖乖聽話。妳有槍。於是她服從。

妳下車，車外很冷。妳在這裡，車外，而他不在。妳手上有槍。簡單檢視：路上結冰，兩旁路樹掛著小冰柱。

踩在結冰的地面，妳的雙腳凍得發痛。妳不能滑倒，不能跌倒。跌倒會將整件事帶向悲劇性的結局。

動作快。

妳用指頭圈住女孩的手腕。妳們兩人，成了一體。

沒時間了，一點時間都不能浪費。妳爬出溝渠，將她拉上路面。

「走。」

一步，兩步。

妳找到自己的速度。妳催她往前走，她乖乖跟上，她服從妳的要求，不是因為她信任妳，而是因為妳有槍，因為她是鎖在一具柔軟，易受傷身體裡的小女孩。

很快地，妳們開始跑。妳的身體拉動妳們兩個人。妳們每走一步，小鎮就越近。

用心找。妳在導遊書裡看到過的。在地圖上。一個像警徽的小圖示。在地下室裡，妳用指尖劃過那條從屠夫兄弟工廠出發的路線。到許願井，到鎮中心。妳必須相信妳沒搞錯。

遠處，喜美小車發出嘎吱聲。門甩上。怒吼聲。他的聲音。他找到妳們，就像他保證一定會的那樣。

妳為自己跑，為她而跑，這個理由夠充分。也許她回頭看了。也許她想往回跑，她身上每個細胞都將她拉回貨卡，拉回他身邊。回到出生時抱住她，飢餓時餵飽她的雙手，回到守在遊樂場旁邊的雙眼，回到聽她在夜裡哭泣的雙耳。

哪些軀體讓我們活下去，我們便受它們吸引。

他呼喊她。妳認得那幾個音節，她的名字在他口中，這是壞消息。如果妳聽得出他在喊什麼，那他就太接近。

有東西鬆脫。妳的左側變輕，剛才，妳還能感覺到妳左手拉著他女兒往前跑。

她不見了。他一定是追上了妳們，從妳手上搶回他女兒。

那麼近。

妳伸手抓槍，想到妳留在房子裡的子彈，想到紙箱裡的彈匣。妳後悔沒填滿子彈。一切都讓妳後悔。

不。

她還在。在妳身邊，在她該在的地方。

不再拉扯，不再抗拒。她的腳步反映出妳的。

她轉頭看。妳不知道她看到什麼。妳的最好猜測：她看到她父親，狂怒，他的臉像是背叛的面具。一個她見過但不認識的男人。

這個部分，只有她懂。

基於屬於她自己的原因，她決定這麼做。她父親的腳步緊追在後。而女孩在跑。和妳一起跑。

79

愛蜜麗

我又發動車子。

他跑得很快，是我見過速度最快的跑者。

他追上她們了。一起從他身邊跑開的女人和他女兒。

事情發生時，我大該只在三十呎外。事情就在喜美的大燈前展開。

一開始是他女兒。他伸手想拉她，拉她的背。

結束了，我告訴自己。到這裡，他會停下腳步，緊緊抱住他女兒，告訴她他有多擔心，嚇到差點死掉，害怕到他差點殺人。

但他放開她。

他抓住她的背，扯住她的手腕，將她從女人身邊扯開，然後，他又開始跑。

就像個永遠不會聽到另一個聲音，永遠不會有其他想法的男人。

他追那女人的樣子，彷彿她是唯一重要的東西。

我停下車子。

「艾登！」

他轉頭看。先轉頭，接著是上半身。

「艾登，回來！」

我說什麼不重要，重點是我正在喊他。

他減速，然後停下來。這時間雖然短暫，但足夠了。夠他疑惑，夠他看著我。

我上氣不接下氣。我雖然沒跑，卻在喘氣。這是我的希望最恐怖的地方，是它之所以像深淵的原因。

我希望他會轉身，會不去追逐她。

我發現，我希望他會跑向我。

他抽動雙腿。衝刺的前兆，B計畫的開端。這是新故事的起始，故事中，他改變了心意。他決定大膽一試。我。為我而嘗試。

現實將他拉了回來。或是說，是希望？能追上她的希望？無論她去哪裡，他都能阻止她的希望？

我不是他要的人。不是他要追的人。

但我為她爭取到一些時間。無論她是誰，我幫她爭取到他和她之間的幾呎距離。

他轉身背對我，繼續跑。

80

奔跑的女人

經歷一切之後，最終只剩兩具身軀。

妳的和他的。

妳在跑。

問題不在於跑得快。是遠遠超過快。

妳像回到妳前一個人生那樣跑，回到妳渴望感覺雙腿在身子下融化的時刻。回到妳心臟敲擊胸腔，火熱雙肺尋找空氣的年代。

妳跑向：一棟獨立的，在星空下如此庶民的小小建築。就在那裡，大約百來公尺外。

妳可以跑百米。妳為此做過準備，感受過雙腿的肌肉、緊繃的大腿和強韌的小腿。

妳不回頭只管跑，妳聽得到也感覺得到背後的他。妳的骨頭大腦皮膚下眼窩後，妳的每個角落和世上每道縫隙都能聽到感覺到。

於是妳拚命跑。

想存活的終極規則：跑，因為長久以來，這一向是妳拯救自己的方法。

81

警局裡的女人

這是世界末日。是妳無法期待行星能夠再次排成一列的龐大混亂。

妳知道的是：妳還在呼吸。妳仍是完整的身軀，雙臂和雙腿，頭和軀幹。

留在外面的是：酷寒，冰和雪。槍，在最後一刻拋下。星條旗，在十二月的風中逆來順受地拍打。紅磚和玻璃打造的建築物，妳現在在裡面，在深處。像日光燈下的白老鼠。太多噪音，太多人在說話。

妳的頭好脹。妳只聽到自己的心臟在胸口拍打，耳邊的血管跳動。

事情還沒結束。他在這裡。正義凜然的父親。大家都信任的人。知道全世界都是他靠山的人。一個歷經挫折但終於成功的人。

「她帶走我的孩子。」他一次又一次地說。「她帶走我的孩子。」

這個男人。妳到哪裡他都能找到妳。他是旅館，而妳永遠無法退房。

還有，他的女兒。瑟西麗雅。她也在。妳丟失了她，但她找到妳。

還有他，妳意識到。她找到他。

妳站在警察局裡面，離門口幾呎遠。他就在門口。一個身穿藍色制服的男人攔在你們兩人之間。

「艾登。」藍衣人說：「艾登，我們知道。冷靜下來。」

他不冷靜。

「她帶走我的孩子。」他的聲音在室內迴響，在四牆間跳動，高亢又哀傷。

一次．就這麼一次，妳帶走屬於他的寶貝。

在妳說任何話之前，他要他們知道。他想先下手為強，確認他們聽到他的聲音，讓妳的消失。

不只是聲音。還有他的身體，高大精實，試圖推開藍衣人。

藍衣人半轉身面對妳。警察。年輕，臉上還看得見豐潤的嬰兒肥。警察。兩只耳朵一個頭腦。妳必須影響他。

「艾登。」年輕警察說，懇請他理性思考。

他沒聽。「她帶走我的孩子。」這是他對這件事的激憤以及無法置信。

瑟西麗雅抬起一隻手。「爸。」她說，呼應他冗長的指控。「爸。爸。」

也許是她的聲音，多年養育經驗讓他一聽到這個字就有所反應，爸，爸，爸。最純然的她，喚醒最純然的他。

「讓我過去。」他試圖走向妳。年輕警察站在原地。

「艾登。」警察努力安撫他。「冷靜，我不想——」

一陣扭打。聲音此起彼落，身體互相碰撞。妳閉上眼睛，那是本能。妳雙手握拳。呼吸。吸氣，呼氣。活下去。

「我真的很抱歉，艾登。」警察說。金屬喀嚓一聲，手銬鎖住。妳再次睜開眼睛時，瑟西麗雅的父親低頭站著，雙手在背後，手腕交叉。終於安靜下來。

「妳也是。」警察說。他伸手拿東西。妳的雙肩彷彿在燃燒。妳雙手放到背後，冰冷的金屬貼在皮膚上。又來了。也許這次是一輩子。無論妳去哪裡，都會有個男人拿著手銬等著，要求妳伸出手。

「好了。」警員表示：「現在我們能談談了。」

另一個藍衣人靠過來。「你帶她，我負責他。」她告訴年輕警察。他點頭，輕推妳離開。妳回頭看。瑟西麗雅。妳必須知道他們要怎麼處置她。

妳眼角餘光瞥見她試圖跟上她父親。第三名警察——年紀較大，幾乎可以當她父親——阻止她。「留在這裡。」他說，妳似乎聽到他叫她甜心。妳聽到爸，妳聽到幾個問題。年長警察指著空椅要她坐下，瑟西麗雅點頭。

在大廳的另一側，他也回頭看。那名父親。那上了手銬的男人。

他與妳的視線相接。

他的目光有種瞭然，有種當然的意味。好像他早已等著。好像他一直等著妳背叛他。

這件事必須這樣結束，妳想告訴他。
我們都和自己鍊在一起，兩人之間，是那個女孩。她自由了。

82

有名字的女人

房間很小，沒有窗戶。桌子，日光燈，牛皮紙檔案夾。汗水和即溶咖啡散不去的味道。妳愛極了。這一切。一個空氣不屬於他的房間。

「坐。」警察說。

妳坐下。

「我必須告訴你——」妳開口，但警察打斷妳。

「到底出了什麼事？」他想知道。「妳是誰？怎麼會認識艾登？」

妳深吸一口氣，渾身起雞皮疙瘩。我在試了，妳想說，我正試著要告訴你。我守著這祕密已經五年，現在時候到了，你必須聽我說。

你必須相信我。

答應我，說你會相信我，妳想說，答應我，在我對你說出一切之後，這件事就會結束。

他剛剛說出他名字的方式。他銬上他後向他致歉的態度。我真的很抱歉，艾登。稱兄道弟。兩個男人相熟。

艾登・湯瑪斯？年輕警察會上電視說，他是個很好的人。是那種大家都會喜歡的人。很有禮貌。如果你的車子故障，他會帶著充電線出現。他從來沒給我們造成任何麻煩。他和每個人都相處得很好。

妳吞下一口停滯的空氣。聽著，妳想說，我們談個條件。我會把世紀大案交到你手上。只要你改變我的人生，我也會改變你的。

直視他。接下來的話，妳必須抬頭挺胸地說。不要猶豫。妳等了五年才等到。等到一間沒有他的房間，等到一雙聆聽的耳朵，等到妳的聲音進入其中。

「警官。」妳開口了。妳的聲音像黏膩的糖漿，說出每個音節，妳下巴都得苦苦動作。

妳必須將它說出來。

想起它。想起從妳嘴巴說出它的感覺。

妳的名字。

像髒話一樣的禁字。

五年了，妳沒有說過妳的名字。

即使想到，彷彿都是錯的。在小屋裡。任何他在場的時候。妳擔心他可能會聽到妳在腦海裡說。怕他會感覺到妳的欺瞞，妳那瞞著他，不讓他接觸的部分。

「我的名字。」妳說。再來一次，妳不能搞砸。

一定要完美。

當妳說出這幾個字，妳必須給它們權力，讓它們打開門鎖，讓那些門永遠敞開。

「警官。」妳再說一次，而這次，妳沒有半途而廢。「我的名字是玫伊．米契爾。」

83

愛蜜麗

無論我走到哪裡，他都瞪著我。

在棄置在公園的長凳上，在藥妝店的收銀機旁邊，在家裡，就在起居室的桌上，因為艾瑞克把昨天的報紙扔在上頭。尤安達還來不及叮嚀他收起報紙，我就已經回到家。

大部分報紙用的都是他的警局檔案照。但其中有兩份城裡小報不知用什麼辦法取得兩張他的家庭照片。一張是幾年前萬聖節派對上拍的，當時他女兒還小。他穿著毛茸茸的毛衣，牽著她的手，孩子正在鎮上的廣場玩咬蘋果遊戲，臉上打了馬賽克。曝光率最高的男人，以及大家沒辦法看見的女兒。

另一張照片甚至更舊。他很年輕，和他太太在他們老家——樹林裡那棟大房子——前面合照。兩個人都對著鏡頭露出笑容。她把頭靠在他的肩膀上；他一手環著她。我猜，照片應該是在他們搬來時拍的。當時他們一起展望未來，對所見相當滿意。

事情已經過了十天。一開始，大家都不相信。緊接著，新聞鋪天蓋地地來，所有人都在搖頭。然後，他認罪了。認了幾件，不是全部。但那就夠了。

當天晚上，警察問了我一些問題。一開始我在我車裡等。什麼事都沒有。於是我進到警局，但哪裡都沒看到他。那女孩自己一個人坐在椅子上。我朝她走過去，但有個警員阻止我。她帶我到一間沒人的房間。「妳認識這個女孩的爸爸嗎？」她問我：「妳認識艾登．湯瑪斯嗎？」

接著，她說了些我完全無法理解的話。我到現在還不懂。她一再刺探，但我什麼也不知道，光是困惑，而且還冷。最後她放棄，要我回家，表示她隔天會到家裡找我。

「能不能讓我過來？」我問她。我不想讓她進我們家門，不想把艾瑞克和尤安達扯進這件事裡。警員說，當然可以。

我遵守約定，隔天回到警局。到了那時候，聯邦調查局的人已經到了。他媽的聯邦調查局。那名警員說，他們來協助調查。我可以和他們談談嗎？

我告訴警員，沒問題。我和誰談都無所謂。她介紹一位某某探員給我認識。她第一次告訴我對方名字時我沒聽清楚，後來要問也來不及。

她姓什麼沒關係。重點是我告訴她的話，而且那些事實以後還會是事實。永遠都是。

我和某某探員坐在暖氣開得太強的小房間裡，說出曾經只屬於我們的一切，每個句子都是背叛。那些簡訊，那晚在儲藏室。我仔細挑選過我的用詞，但有些事聽起來就不是美麗，無論我多努力措辭都一樣。

某某探員寫下筆記。我的手機必須留下來，她說，同樣的，項鍊也得留下來。她還拿走那條圍巾。「不過是一條圍巾而已，」我問她：「能有什麼差別？」

她搖頭。「我們不知道。」她告訴我。「所以才必須查證。圍巾可能是證據，任何東西都有可能。」

我解下圍巾交給她。一股冷風沿著我的脖子往下鑽。「另外是，」她說：「我們通宵搜索他家。我們找到一些與妳有關的物品。」

這倒是新聞。除了一盒餅乾，我從來沒給他任何東西。

某某探員靠向分隔我們的桌子。「妳會想知道嗎？」她問。

這下輪到我搖頭。「現在都不重要了。」我說。

她對我點個頭，將筆記本翻頁。「也許妳能幫助我瞭解這件事。到目前為止，和我們談過話的每個人都說大家很喜歡他。沒有人記得他曾經和人爭執，或有不愉快的互動。據我瞭解，妳很……很喜歡他。」

她停了一下，我沒說話。

「我覺得，」她繼續說：「大家愛他，信任他，是因為他是個普通男人。因為他這個做父親的接送女兒上學，打點她的食衣住行，還會幫鎮上大家的忙。」她在椅子上變換坐姿，調整佩在腰上的配槍。「我不知道如果有哪個女人處在同樣的狀況下，會不會贏得那麼多同情。就這樣。」

妳一點概念也沒有，我想告訴她，妳什麼都不知道，因為妳不像我們那麼瞭解他，而現在呢，妳日後也不可能瞭解。他沒有看著妳，讓妳覺得妳再也不是孤孤單單一個人。妳從來不曾感受他帶來溫暖的微笑，因為他皮膚貼著妳所帶來的溫度而得到安慰。

妳永遠不會愛上他，所以妳永遠不會知道。妳永遠不會瞭解他可以是怎麼樣的人。

「我猜妳說得沒錯。」我告訴她。她短暫嘆口氣，表示我可以自由離去。

就在她開門讓我出去之前，她握著門把，停了一下。「接下去我還可以和妳聯絡嗎？」她問。我點點頭。

全力配合。我一直這麼做，把我所知道的事告訴他們，讓他們看見每件事。

我知道他們在想什麼。他們覺得我一直都知道。我怎麼可能知道？我怎麼可能看進他的雙眼，怎麼能和他那麼親近，卻什麼都不知道？

他們想相信我知道。他們必須這樣告訴自己，因為，若我不知道，就表示他們之前也同樣不知情。

我躲了三天。沒進餐廳，沒開門也沒去關門。沒有人問起。沒有人想接近我。

到了第三天，尤安達走進我的臥室，手上端著一杯茶和一杯咖啡。「我不知道妳想喝茶還是咖啡，」她說：「我覺得我沒有那麼瞭解妳。」這話讓我瑟縮。她向我道歉，我告訴她沒關係。

我們小聊了一下。後來艾瑞克也進來，在我床邊坐下。他們不想問太多問題，而我也沒太多答案可給。我告訴他們有關那些簡訊。我告訴他們艾登和我在約會。他們沒問起約會的確切定義。

將來有一天，警方會將報告公諸於世。他們會讀到。我沒見過的人——數以百計的人——會讀到。

這當中，再也沒有屬於我個人的細節。

尤安達搖搖頭。「妳和他單獨相處。」她說：「我沒辦法相信妳和他單獨相處，而我們從頭到尾都不知情。」

看我抬起手，她沒繼續說下去。我不想談他的事。我不想討論我為什麼不想談他的事。我不想努力解釋。

我沒辦法解釋。

艾瑞克轉換話題。

「餐廳，」他說：「知不知道餐廳會怎麼樣？」

這三天，我一直在想這件事。在我做決定之前，我必須給餐廳最後一個機會。

阿蒙汀是我爸爸的餐廳。就某方面來說，阿蒙汀也是家。它不完美，而且我常常覺得厭煩，但它仍然是家。

到了第四晚，我穿上乾淨襯衫和紅色圍裙，自己開車到鎮中心。艾瑞克和尤安達像保鏢一樣，在我走到吧檯後方時，我假裝沒注意到停留在我身上的目光。我還記得那些動作，刨檸檬皮絲，把藍乳酪塞進橄欖裡，然後用雞尾酒籤叉住。我想要的是讓自己消失在工作中。讓自己專心到聽不見低語，看不到這晚要求坐在吧檯邊用餐的人數超乎尋常地多。他們想看我，看得更清楚一點。他們想尋找線索，想從我舉止間找出足以解釋他之所以會挑上我的原因。

空氣濕黏，我汗濕的襯衫貼在我背上。我遞給蔻拉兩杯古典調酒——正常版，不是現在沒有人點的無酒精的處子版，然後迎視她的雙眼。蔻拉向我道謝。我覺得，她離開吧檯的速度沒必要地加快了。

每件事都代表一個問題。每個細節之上都有懷疑。

我仍然繼續。辛苦熬過餐廳的晚餐時間。我有權待在這裡。世界的這個部分在成為他的之前原來是我的，很久很久以前就是了。

儘管如此，檸檬還是用完了，柳橙也不夠，我還缺馬拉司奇諾櫻桃。這代表兩件事。檸檬柳橙，我得進冷藏室拿。至於櫻桃，就得進儲藏室。

我告訴自己，這是小事。我挺直脊背，門牙咬著下嘴唇。我強迫自己放鬆。把儲藏室當作其他空間那樣走進去。我一定得去。我必須做這些事，就當沒有發生過任何事一樣。

裝櫻桃的櫻桃罐子放在最上層。我舉起手，襯衫從我的褲腰鬆脫。

我是他。我是那天的他，五公里路跑賽那天，一起準備熱可可那天。當他從這同一個層架拿糖時，他的法蘭絨襯衫往上拉，露出他的小腹。

當我成為他的，他也成為一小部分的我。

我想起我在報紙上讀到的文字。受害者。死亡人數。跟蹤。謀殺。連環殺手。

地板開始浮動。我已經好幾天沒睡。也許我以後永遠睡不著。

我要吐了。

我沒吐。

我走出儲藏室，一直工作到當晚打烊。第二天早上，我做出決定。

前一晚是我最後一次值班。

我不知道賣餐廳的第一步該怎麼走。我爸媽從來沒教我這件事。他們只教我怎麼經營。網路告訴我，賣餐廳需要運用策略，審慎思考，以及精密計畫。

城裡有同行表示想頂下阿蒙汀。他的價錢聽來不完全像是侮辱。

我接受了他的提議。

我仍然需要工作，才能在資金調度期間支付我的帳單。即便在那筆錢到位之後，賣餐廳的所得也不是信託基金。

尤安達打電話給朋友，朋友問了表親，後者的哥哥需要一名酒保。餐廳在城裡，地點就在聯合廣場對街。薪水爛，工作時間也爛。我立刻接下這個工作。

我從來沒夢想過大城市，但如今，這件事就這麼發生在我身上。我在哈林區找到一間轉租套房，透過Skype看屋。房間很小，只有一扇小窗戶。房租會吞掉我超過一半的薪水。我簽下線上合約之後，立刻匯押金給我房東。

這個工作，這間套房，將會是日後的我。我會搭地鐵上班，趁等待值班時到大樓附近晃蕩。如果我運氣好，紐約不會在乎我。我會消失。

要找到地址不是件容易的事，媒體不可以透露。警方也一樣。但有個家族友人在遞送食物包裹時到家裡坐了一下。尤安達碰巧聽到夠多資訊。她隔天早上轉述給我聽。

「妳聽聽就好，隨妳愛怎麼做。」她說：「我只是覺得妳可能會想知道。在她失蹤後，她父母搬到她最後身影出現地附近。他們一直沒停止尋找她。」

就在隔壁鎮上——有餐廳、便利商店和咖啡店，是那種如果有熟人在才會去的地方。那房子相當好，在山坡下，樣式新穎，有落地窗，還有在大賣場買不到的露台家具。屋裡住著經歷過失去和悲劇的人，但品味高雅。

得知自己一直就在幾哩之外是什麼感覺？這段期間，他們一直那麼近？

我把車停在轉角，走到車道入口。車道兩邊排列著小圓石，打理得很平整。

一步，接著我踏出第二步。我強迫自己一直走到前門。就是現在。必須是。

我的指頭在門鈴上方游移。我還沒按下，門就拉開了。一個年紀足以當我媽的女人看著我。

「請問有什麼事嗎？」

在她背後，我看到色彩在移動，牛仔褲、黑色毛衣，和那頭頭髮，又長又乾淨，夾雜著幾縷白絲。即使隔著一段距離，她圓圓的雙眼仍然和我的相對。

「沒事的，媽。」她說：「讓她進來。」

女人回頭看了一眼，不情願地照做。我走進去，看到我滿臉歉意的笑容，她沒有回應。

「真對不起，我沒有先約就來。」我說：「我正要走。我是說，我要離開小鎮。」

我在這裡做什麼？在他們那麼需要痊癒，那麼需要重建的時候，我為什麼拿我渺小的人生計畫來打擾這些陌生人？

我搜尋我想見那人的目光。

「我想來道再會。」我的話沉重而且含糊。「還有，道歉。」

我的聲音顫抖。我好恨這種聲音聽起來的感覺。我有什麼資格當受創的人？我很好。他沒有傷害我。他喜歡我，也許吧，以他有能力辦到的獨特方式。

她走向我。我們上次相見的回憶懸在空中。當時情況緊急，她在他家裡，正要離開，而我呢，和神話中拿金胸針戳自己眼睛的伊底帕斯一樣瞎。

「妳並不知道。」她說：「妳想都沒想過。」

從她口中說出來的話不是辯解。只是事實，我不知道，而我的表現得一如我的不知情。

「對不起。」我又說一次。

她的眼中出現淚光。我希望我們有更多時間，希望在場的只有我們兩人，而我們可以談好幾個小時。我希望她能把她的事告訴我，而我會說出我的心事。我希望我們能結合兩人的能力，結合成一股無法阻擋的力量。

「我不該——」我立足在愚蠢邊緣。我能有什麼損失？我還剩下什麼可信度？什麼尊嚴，什麼隱私？而如果我褪下所有這些，那麼，嘗試用別的東西包起自己，難道不算公平？「我猜妳不會讓我……以擁抱和妳說再見？」

她沒說話。我剛才那句話的回音怪誕地撞向門廳的牆壁。我的左手邊是一個桌台，上方有一面鏡子，台面上的瓷碗裡放著一些零星雜物，有鑰匙、釦子、折起來的紙。

「不行也沒關係。」我告訴她。「我完全瞭解。我知道這很奇怪。我只是……」

接著，女人說話了，這位年長的女人只可能是她媽媽。「我女兒……」她說。她說得困難，像是不確定該怎麼解釋。「我女兒不——」

但是她打斷女人的話。玫伊。我在報紙上讀到她的名字。我有模糊的回憶——新聞報導留下的遙遠記憶，或是張貼在加油站的尋人啟事。我很難斷定自己確實記得多少，而其中又有多少空缺是我大腦自動填補上的。

玫伊靠向我身邊的桌台。她的雙眼——底下還有黑眼圈，在白日的光線下顯得銳利——在我身上尋找不知什麼東西。如果我知道，我會立刻給她。

「媽，」她說：「沒關係。」

84

玫伊・米契爾

她走進來，妳看得出她飽經摧殘。妳們就像出現在對方雷達上的潛水艇，一眼認出彼此。兩個有許多經歷的人。

好幾天了，世界緊抓著妳不放。歡迎妳回來。朝妳伸出手，將妳拉入其中。啜泣的喉嚨貼著妳的太陽穴，沙啞的聲音訴說妳多麼為人所思念。一處新家。不在城裡。還不是時候。一些來自過去的物件。更多聲音——親身前來，透過電話，以錄音的形式，或是視訊電話或明信片或包裹。

妳母親，妳父親，妳哥哥，茱麗。連幾乎稱得上妳男友的麥特都發來電子郵件。「希望妳一切都好。」他寫。「嗯，盡可能地好。如果這聽來很蠢，我很抱歉。」

沒有人知道該如何度過這件事，但每個人都很遺憾。

夜裡，聲音散去。妳躺在床上——妳母親說那是妳的床。妳等著聽走廊上的腳步聲，但妳只等到寂靜。然而妳仍然仔細聽，隨時在聽，準備迎接某個聲音刺穿寂靜。只有到了早上，當妳的家人醒來，家裡瀰漫著咖啡香，世界開始警戒，這時，妳才會昏睡過去。

瑟西麗雅。

妳無時無刻不想她。報紙信誓旦旦，保證她很好，「在親人照料下安全無虞。」警察也這麼說。妳每天打電話，他們每天給妳相同的說法。

她把狗接去了嗎？第三天，妳這麼問。他們給妳肯定的答覆。一名警員在搜索房子時看到條板箱。他們把狗交給女孩的外公外婆。

她和他們住在一起，警員說。她不是獨自一人。她不會有事。

她不會有事。

妳需要他們不停重複這句話。如果妳聽得夠頻繁，也許有一天，妳會相信。

而現在，另一個女人在這裡。起居室裡的那個女人。戴妳項鍊的女人。愛蜜麗。

她站在妳新家裡，也許她是唯一能瞭解的人。生活在以他為中心的世界是什麼感覺。

她不知道該如何自處。該怎麼站，怎麼說話，怎麼看著妳母親，怎麼直視妳。

她想要一個擁抱。

妳母親試著介入。她知道妳現在對於擁抱的感覺不同了，妳必須努力，才能讓別人觸碰妳。知道妳不喜歡別人悄悄接近妳。知道妳受不了太緊或太久的擁抱。知道妳有時候需要獨處，除了等待，他們別無他法。

妳母親不知道的是：在她家的這個女人，是妳近些日子唯一熟悉的人。對妳來說，她具有某些意義。妳之前看過她，現在也看到她。這個女人就像妳，她的身體是連接兩個世界的橋梁。

妳希望妳能永遠將她留在身邊。妳希望她能夠留下來，妳們可以什麼都聊，或者，妳們也可以並肩同坐幾個小時，什麼也不說。

大家一直想要瞭解整件事。記者不停提問，然後轉達答案。警方也一樣。他們蒐集證據，挖掘他的過往，尋找動機和犯案手法，追溯他的腳步，試圖找出地下室那些女人的名字。

每個人都在追求小小的片段，但他們永遠不會知道。

她、妳、他的女兒。妳們三個人。妳們的故事相連在一起。這是任何人所能得到，最接近真相的版本。

「媽，」妳說：「沒事的。」

妳母親退開。這些日子，讓妳暴露在世界的憐憫之下，對她來說並不自在。

另一個女人等著，裹著她的白色羽絨大衣像是要吞下她，大衣下露出牛仔褲和雪靴，棕色的頭髮塞在遮耳保暖帽下。全新的帽子。可能剛買不久。為新生活準備的新配件。

她想要一個擁抱。她開口問了，而現在，她雙手垂在身側站著，臉上已經有後悔的表情。

妳敞開雙臂。

謝詞

我（一個法國人）在十九歲時有個夢想，也許日後，我可以用英文寫一本小說。我花了十年才達成這個夢想——這十年間，美國出版業對我似乎是一個明亮又遙不可及的奇蹟。我想說的是，我不相信我做到了。抱歉，我知道我應該要酷，但我真的沒辦法。

寫作這部小說時，我無比幸運，能夠和幾位不但在專業領域表現無比優異，而且能瞭解我想如何處理這本書的人士合作，更好的，是他們都喜愛這部小說。這對我的意義，筆墨實在不足以形容（即使訴諸文字是我實質上的工作）。所以，我想在此致上最誠摯的謝意。

我要感謝我的編輯Reagan Arthur。妳編輯、出版了幾本我非常喜愛的書，讓我成為作者的書。感謝妳的善意，妳銳利的目光，妳的精力和慷慨。這本書的審稿編輯Tim O'Connell，感謝你的初校，感謝你早早告訴我，這應該要充滿趣味。Reagan、Tim，我想，讓作者感覺到下筆安全不是件容易的事，但你們都成功了。感謝你們。

感謝Stephen Barbara，我有幸能有你擔任我的經紀人，感謝你從一開始就支持這本小說，感謝你永不疲倦的工作態度，以及你的友誼。我不想說得太戲劇化，但你對我寫作的信賴，改變了我的人生。謝謝你所做的一切。

感謝Knopf出版社團隊：Jordan Pavlin，我的朋友Abby Endler、Rita Madrigal、Isabel Yao

Meyers、Rob Shapiro、Maria Carella、Kelsy Manning、Zachary Lutz、Sara Eagle、John Gall以及Michael Windsor。

感謝Inkwell版權公司的夢幻團隊：Alexis Hurley將這本書帶到全世界（這個說法一點也不誇張），Maria Whelan、Hannah Lehmkuhl、Jessie Thorsted、Lyndsey Blessing以及Laura Hill。我還要感謝Anonymous Content娛樂公司的Ryan Wilson在影視版權上的努力。

感謝Little, Brown UK出版社的Clare Smith將這本書帶到大西洋彼岸，感謝她的熱情及永遠有助益的筆記。謝謝妳，Claire。我要特別感謝Fayard / Mazarine出版社的Elénore Delair，以及全世界喜歡這本書的所有編輯。

感謝非常特殊的公關人員Paul Bogaards將一切變得有趣又簡單（而且帶神祕賓客去喝咖啡）。你能喜歡這部作品是我的榮幸。同樣要感謝Bogaards公關公司的Stephanie Kloss以及Stephanie Hauer。

感謝我的雙親Jean-Jacques和Anne-France Michallon，前者教導我追逐有些荒謬的目標並沒有錯（例如母語是法文但想用英文寫小說），後者讓我對書本產生無限熱情（並開啟我對，嗯，連續殺人犯的興趣）。感謝我的外婆Arlette Pennequin在出書前就聽說了這部小說，並事先探知何為對於美國出版業應有的認識。我認為她可能是對這個行業有最充分認知的法國奶奶。

感謝我的公婆Tom和Donna Daniels。我在和你們同住在哈德遜河谷的房子裡時開始寫作這本書。接著，我用這棟房子（你們的房子）作為書中人物艾登的住家範本。在這本書完成且拿到出版合約後，我才告訴你們。而你們完全不生氣。事實上，你們既開心又驕傲。感謝你們的愛和支持，這對我意義重大。

感謝Holly Baxter在小說尚未完成時就已經表達的信心。妳的熱情，以及妳明智的建議支持我走到終點線。（先是初稿，接著是生存問題。）

感謝我的法國友人，他們令人讚嘆，機智風趣，不但支持我，而且，面對現實吧，他們還極其好看：Morgane Giuliani、Clara Chevassut、Lucie Ronfaut-Hazard、Ines Zallouz、Camille Jacques、Xavier Eutrope、Geoffroy Husson、Swann Ménage。

感謝Christine Opperman，神奇的朋友和大方的讀者，妳的筆記不知如何總是和編輯後來給我的註記相同。感謝妳花時間讀我的作品，並且在必要時阻止我的愚行。

感謝我親愛的朋友Nathan McDermott，你是作家（或是，真的，對任何人都一樣）最希望有的朋友。感謝你的支持、讚美，以及其他的一切。

感謝我的諮商心理師，我不能寫下名字的原因非常明顯。感謝你閱讀這本書的初稿。（多棒啊！），謝謝你在實質上讓我保持正常的神智。

書中第三十三章引用的對白來自由艾蜜莉亞·克拉克和亨利·高汀主演的溫馨電影《去年聖誕節》。我常常在想，與連續殺人犯有某種關連（或是，你們知道的，本身就是連續殺人犯）的人聽到電影或電視上有關連續殺人犯的笑話，會有什麼感覺。嗯，我們在這裡得到了結論。

在第二十五章，玫伊在名為「我的經歷」的網站發表了一篇文章。這個靈感來自於目前已經停止更新的xoJane網路雜誌專欄「這件事發生在我身上」，我記得這個網站在二〇一一年開台，在二〇一六年結束。那些段落是我在法國念大學時的自我介紹。而且我為之著迷。我很高興能在多年後，透過這部小說，再次體驗那個年代的版本。

最後，我要感謝讓我成為作者的其他人。Sultan太太，我這位高中老師在我十來歲時告訴我：「不要停止寫作。否則，妳會使得自己被生活淹沒……」（我沒有停止寫作。）Chaumié先生，在我的短篇小說還沒做好讓讀者閱讀的準備時，就先讀過。擁抱我那些雜亂念頭的Arlaina Tibensky。以及教我必須愛此勝過一切的Karen Stabiner。

Storytella 233

沉默的房客

The Quiet Tenant

沉默的房客/克蕾蒙絲.米夏隆作；蘇瑩文譯. -- 初版. -- 臺北市 : 春天出版國際文化有限公司, 2025.01
面 ; 公分. -- (Storytella ; 233)
譯自 : The Quiet Tenant
ISBN 978-626-7637-01-2(平裝)

874.57 113018586

ISBN 978-626-7637-01-2
Printed in Taiwan

作　者　克蕾蒙絲·米夏隆
譯　者　蘇瑩文
總編輯　莊宜勳
主　編　鍾靈

出版者　春天出版國際文化有限公司
地　址　台北市大安區忠孝東路四段303號4樓之1
電　話　02-7733-4070
傳　眞　02-7733-4069
E—mail　bookspring@bookspring.com.tw
網　址　http://www.bookspring.com.tw
部落格　http://blog.pixnet.net/bookspring
郵政帳號　19705538
戶　名　春天出版國際文化有限公司
法律顧問　蕭顯忠律師事務所
出版日期　二〇二五年一月初版

定　價　490元

總經銷　楨德圖書事業有限公司
地　址　新北市新店區中興路二段196號8樓
電　話　02-8919-3186
傳　眞　02-8914-5524
香港總代理　一代匯集
地　址　九龍旺角塘尾道64號 龍駒企業大廈10 B&D室
電　話　852-2783-8102
傳　眞　852-2396-0050